## II

**이청** 장편소설

# 미스 프린스 2

**초판 1쇄 인쇄** 2020년 2월 12일
**초판 1쇄 발행** 2020년 2월 26일

**지은이** 이청
**발행인** 오영배
**편집** 편집부
**디자인** Mull
**본문편집** 오정인
**제작** 조하늬

**펴낸곳** (주)삼양출판사 · 피오렛
**주소** 서울시 강북구 도봉로 173
**대표 전화** 02-980-2112 / **팩스** 02-983-0660
**편집부 전화** 02-987-9393 / **팩스** 02-980-2115
**블로그** blog.naver.com/dan_gul
**출판등록** 1999년 3월 11일 제9-00046호

ISBN 979-11-283-9848-3 (04810) / 979-11-283-9846-9 (세트)

**fio ret** 은 (주)삼양출판사의 로맨스 판타지 문학 브랜드입니다.

# 미스 프린스

## II

**이청** 장편소설

# ❖ CONTENTS ❖

## Chapter 10

0.01%의 가능성

식사를 마친 디엘은 강의를 듣기 위하여 역사학관으로 향하였다.

에드는 그런 디엘의 뒤를 쫄래쫄래 쫓아오며 다른 학생들의 시선을 집중시키고 있었다.

내심 그것이 부담스러웠던 디엘은 역사학관 정문에 도착하자마자 에드를 향해 입을 열었다.

"에드. 이제 당신도 슬슬 수업을 들으러 가야 하지 않겠습니까."

"응? 난 오늘 너 따라다닐 건데."

"……당신과 내 수업 일정이 다를 텐데, 왜 나를 따라다니겠다는 겁니까."

"그거야 내 주인님이 첫날부터 수업을 못 따라가서 힘들어하거나, 따돌림을 받아서 괴로워하거나 길을 잃어서 당황하거나 내가 보고 싶어졌을 때를 위해서?"

어느 상황이건 절대 벌어질 리 없는 일 뿐이었다.

디엘은 어떻게 하면 이 찰거머리 같은 남자를 떼어 낼 수 있을지 고심하였다.

뻔뻔함으로 치면 세상에서 적수가 없을 이 남자는 말 몇 마디로 쫓아낼 수 있는 상대가 아니었다.

다른 학생들의 호기심 어린 시선 속에서 초조하게 생각에 잠겨 있던 그녀에게 뜻밖의 구세주가 찾아왔다.

"에드!"

이제까지 한 번도 들어 본 적 없는 목소리가 주변 공기를 거세게 진동시켰다.

엄청난 성량에 놀란 디엘이 옆을 보자 커다란 체구의 사내가 빠른 속도로 이곳으로 오는가 싶더니— 순식간에 에드의 목덜미를 낚아챘다.

목덜미를 잡힌 상태로 에드는 능청스럽게 손을 흔들어 보였다.

"우와, 오랜만이네요. 제롬 교수님."

"그래, 아주 오랜만이구나, 욘석아!"

사람 좋아 보이는 얼굴의 제롬 교수는 거칠게 에드의 머리를 헝클어트렸다.

디엘은 에드를 마치 어린 맹수 다루듯 하는 그를 존경 어린 눈으로 바라보았다.

"명색이 검술학과 학생인 놈이 네 담당 교수보고 오랜만이라고 인사하는 게 말이 되냐? 오늘은 절대 실습 못 도망칠 줄 알아라!"

아무래도 그는 검술학과의 교수인 모양이었다.

최악의 문제아를 맡고 있을 제롬 교수를 향해 안쓰러운 시선을 보내던 디엘은 문득 그의 이름이 낯이 익다는 걸 깨달았다.

그러고 보니 분명 로비나 왕국에 있던 검술 스승이 저와 친구라고 했던 사람이 제롬이라는 이름이었던 것 같은데.

뒷덜미를 잡힌 채로 에드는 너스레를 떨었다.

"안 돼요. 교수님. 오늘은 우리 주인님 첫 강의 출석이라서 내가 옆에 있어 주지 않으면 안 된다고요."

"주인님?"

에드의 고갯짓을 따라 얼굴을 옆으로 돌린 제롬 교수가 그제야 디엘을 발견하고 놀랐다.

"주인님이라니, 그게 무슨—"

가만있다가는 이상한 오해라도 받겠다 싶었던 에드가 얼른 고개를 숙였다.

"처음 뵙겠습니다, 교수님. 어제부로 에드와 경호 계약을 맺게 된 고대학과 신입생 디엘 샤 자르타라고 합니다."

"오, 오랜만에 중도 입학자가 있다고 하더니 그게 바로 너— 응? 가만 있어 봐. 디엘 샤 자르타? 어디서 들어 본 이름 같은데."

제롬이 턱밑을 긁적이며 생각에 잠긴 얼굴을 하자 디엘이 먼저 힌트를 주었다.

"로비나에서 왔습니다."

"아아! 로비나! 맞아, 렌이 검술을 가르치는 왕자가 한 명 있다고 했었지. 그럼 넌 렌의 제자로구나."

그가 반가운 얼굴로 디엘을 바라보았다.

"그 녀석은 잘 지내고 있나?"

"네. 선생님은 제가 아카데미로 와 있는 동안에는 잠시 나라 밖으로 수련을 떠날 예정이라고 말씀하셨습니다. 기회가 되면 한번 스타투스에 찾아올 것이라는 말을 전해 달라고도 하셨습니다."

렌은 원래 떠돌이 용병 출신이었다.

처음에는 어느 귀족의 호위였던 그가 디엘의 검술 선생이 되기까지는 불과 1년도 채 걸리지 않았다. 그만큼 실력이 뛰어난 자였다.

디엘은 자신이 딱히 검에 재능이 있다고 생각하지는 않지만, 렌 덕분에 그럭저럭 검을 다루는 수준까지 제 실력을 발전시킬 수 있었다.

그런 의미에서 렌은 디엘에게는 고마운 스승이었다. 앞으로 살아갈 수 있는 수단 중 하나를 더 늘려 주었으니까.

"그렇군. 또 녀석의 방랑벽이 도진 모양이구나. 흠. 그나저나 기왕이면 검술학과에 들어왔다면 내가 아주 제대로 단련을 시켜 주었을 텐데."

제롬 교수가 아쉽다는 얼굴로 디엘을 보았다.

자신의 실력이 검술학과에 들어오기는 턱없이 부족하다는 걸 아는 디엘은 조용히 미소만 지을 뿐이었다.

"전공은 아니어도 검술 단련은 게을리하지 않을 생각입니다. 잘 부탁드리겠습니다."

디엘이 고개를 깊게 숙이자 제롬 교수가 흐뭇한 얼굴을 하였다.

"하하. 렌이 말했던 대로 정말 성실하구만. 이 녀석도 너만큼 성실하다면 두말할 필요가 없을 텐데."

저에게 불쑥 화살이 향하자 에드가 눈썹을 까닥거리며 불만을 표시하였다.

"내가 뭘요, 교수님."

"내가 뭘요, 교수님? 그걸 지금 몰라서 물어, 이 녀석아?! 너 오늘도 강의 땡땡이치면 벌써 일주일 연속으로 결석인 건 알고 있는 거냐? 자꾸 이런 식이면 아무리 학기 시험 성적이 만점이어도 봐줄 수가 없단 말이다!"

디엘은 깜짝 놀란 얼굴로 에드를 힐끔 보았다.

그가 수업을 일주일이나 빠진 건 전혀 새삼스럽지 않았다.

오히려 저 인간이라면 그러고도 남을 거라는 생각이 들었다.

하지만 중간고사에서 만점이 나온단 말에는 도저히 놀라움을 금치 않을 수 없었다.

에드가 자신이 천재라고 뻐기던 말은 아무래도 진짜인 모양이었다.

"자, 그런 관계로…… 미안하지만, 디엘 군. 에드는 내가 좀 데리고 가야 할 것 같으―"

"아닙니다. 전혀 필요 없으니 부디 그를 데려가 주시면 저야말로 감사하겠습니다."

디엘이 진심을 담아 고개를 숙이자 에드가 믿을 수 없다는 듯 외쳤다.

"잠깐, 디엘! 그렇게까지 날 배려해 줄 필요 없어! 수업은 좀 빠져도 된다니까? 그것보다는 우리 주인님의 첫 수업 참관이 더 중요―"

"에드! 수업을 좀 빠져도 된다니! 그게 교수 앞에서 할 소리냐!?"

분개한 제롬이 에드의 목덜미를 위로 높이 잡아올렸다.

그러자 에드가 목이 졸린다는 시늉을 하며 켁켁거렸다.

물론 다분히 연기를 하고 있다는 것이 드러나는 동작이었다.

"어쨌거나 이해해 줘서 고맙구나, 디엘 군."

"아닙니다. 저야말로 그를 데려가 주셔서 감사합니다, 제롬 교수님."

에드에게 오래 시달려 왔을 남자와 단 하루 만에 그에게 완전히 질리고 만 디엘은 서로를 향해 동정 어린 눈빛을 교환하였다.

"그럼 다음에 기회가 되면 무술학관에 있는 내 교수실로 한번 놀러 오려무나."

놀러가는 것보다는 수업을 듣게 되는 것이 먼저가 아닐까 싶었지만, 디엘은 잠자코 고개를 끄덕였다.

제롬은 마치 범죄자를 연행해 가는 것처럼 양팔로 에드를 포획한 채, 무술학관이 있는 방향으로 향하기 시작하였다.

에드가 디엘을 향해 어쩜 이럴 수 있느냐니 사랑이 식었다느니 고래고래 소리를 질러 댔다.

디엘은 그와 모르는 사이인 척 그것을 외면하며 얼른 담쟁이덩굴이 빽빽하게 휘감겨 있는 역사학관으로 뛰어들었다.

이제 좀 살겠네.

드디어 거추장스러운 남자를 떼어 낸 디엘은 만족스러운 미소를 지으며 계단으로 향하였다.

위층으로 올라가기 위해 계단에 발을 내딛는 걸음이 가벼웠다.

입가에 은은한 미소를 지은 디엘이 계단을 성큼성큼 오르던 때였다.

불쑥 뒤에서 계단을 올라오는 학생들의 대화 소리가 들려왔다.

역사학관이 다른 건물보다 춥다는 투덜거림이었다. 난방 온도를 좀 올려 주면 좋겠다는 학생의 불평에 다른 학생이 한숨을 쉬었다.

"어쩔 수 없잖아. 여기 귀중한 고대 유물이 보관되어 있어서 유물 보존을 위해 온도를 낮추는 거라는데."

"하긴. 우리 몸값보다 비싼 물건들이니까 어쩔 수 없지."

고대유물이 이곳에 있다고? 디엘은 순간적으로 멈추어 서서 그들을 돌아볼 뻔하였다.

최대한 느리게 걸으며 디엘은 학생들이 저를 지나쳐서 앞서가도록 유도하였다.

대화에 심취한 그들은 디엘이 대화를 엿듣고 있다는 것도 모른 채, 계속 떠들었다.

"그나저나 요새 스타투스에서 고대 유물이 자꾸 사라지는 게 도굴단 짓이라는 말이 있는데 사실일까?"

"아, 그 소문? 나도 듣긴 했는데……."

학생들이 다시 떠들기 시작한 이야기는 유감스럽게도 아카데미 내에 있는 유물에 대한 건 아니었다.

내심 이 아카데미에 어떤 유물이 있는지 궁금했던 디엘은 실망하였다.

하지만 곧 학생들이 나누는 말이 어디선가 들어 본 적이 있는 내용이라는 걸 깨달았다.

'그러고 보니 사라졌다는 말을 하니 생각난 건데. 스타투스에서
고대 유물이 사라지고 있다는 이야기는 들어 봤나?'

기억을 더듬어 보니 분명 디엘이 스타투스로 향하던 기차 안에
서 어느 중년 남성 손님들이 나누던 대화도 그에 대한 것이었다.

"어떤 나라에서는 국고 안에 엄중히 보관되어 있는 유물이 도둑
맞았다는 이야기도 있더라. 그게 사실이라면 대대적인 활동을 벌이
는 새로운 도굴단이 나타난 게 아닐까?"

"음…… 알 수가 없네. 고대 유물이 돈이 되는 건 사실이긴 한데,
국고에서 훔친 유물은 장물로 팔지도 못할 텐데 왜 훔친 걸까?"

"자기가 갖고 싶어서 그런 거 아냐?"

말도 안 되는 소리라며 다른 학생이 핀잔을 주자 엉뚱한 말을 했
던 학생이 낄낄 웃었다.

2층에 도착한 그들은 이런저런 추측을 늘어놓으며 그대로 복도
너머로 사라졌다.

그 뒷모습을 물끄러미 보고 있던 디엘은 생각에 잠겼다.

'고대 유물을 훔치는 도굴단이라.'

그들이 정말 스타투스에서 행동하고 있다면 가만히 두고 볼 수
만은 없는 문제였다.

혹시라도 그들 때문에 이 도시에서 어떤 소란이라도 생기게 되면
디엘의 향후 계획에도 차질이 생길지도 모른다.

불필요한 문제가 생길 가능성은 미리 싹을 쳐두는 것이 좋으리라.

'일단은 상황을 파악하기 위한 자세한 정보가 필요해.'

로비나 왕국에 있는 부하들을 움직이는 건 지나치게 비효율적이니, 이곳에서 움직여 줄 자를 따로 구해야 할 터였다.

디엘은 주말에 외출 허가를 받아서 용병 길드라도 찾아가야겠다는 계획을 세웠다.

전속으로 쓸 부하를 고용하는 건 위험부담이 컸으니 필요할 때마다 사람을 쓰는 게 좋을 것 같았다.

생각을 정리한 디엘은 다시 걸음을 서둘렀다.

한층 더 계단을 오른 그녀는 곧바로 고대학 강의실을 찾을 수 있었다.


[기본 고대학 샤칼]


명패까지 꼼꼼하게 확인한 디엘은 문을 열고 안으로 들어섰다.

강의실은 제법 시끌시끌하였다.

식당에서 나설 때만 하더라도 이른 시간이었으나, 에드와 실랑이를 벌이는 사이 어느새 시간이 제법 흘러 그런지 사람이 제법 차 있었다.

디엘은 앞줄이 텅텅 빈 것을 보고 의아하게 생각하며 앞으로 향하였다.

그녀는 다른 학생들이 저를 향해 뜨악한 시선을 보내는 것도 모른 채, 자리를 잡고 앉았다.

강의실은 100명이 넘는 인원을 수용할 수 있는 정도의 크기로 반

구형으로 책상과 의자가 놓여 있었다.

의자는 소파처럼 푹신하진 않아도 엉덩이가 배길 것처럼 딱딱하지도 않았다.

공부를 하기 위해서는 이 정도가 딱 좋았다.

의자를 당겨 제 몸에 맞춘 디엘이 가방에서 기초 고대학 책을 꺼내 책상 위에 늘어놓았다. 교재는 제법 두꺼웠다.

짐 정리며 에드와의 경호 계약으로 정신이 없었던 터라 예습조차 못했던 디엘은 그제야 서둘러 교재를 읽어 보기 시작하였다.

대부분은 처음 보는 내용이었기에 교재를 읽는 것은 제법 즐거웠다.

디엘은 선천적으로 배움을 싫어하는 타입이 아니었다.

그녀는 자신이 모르는 것을 알고 익히는 기쁨을 알았다.

단지 로비나에서는 그 기쁨보다 자신의 모자람이 다른 이들에게 흠이 될까 두려워한 탓에 순수하게 배움을 즐길 수 있는 여유가 없었다.

'이젠 그럴 필요가 없으니 부담감을 떨쳐내고 편한 마음으로 학업에 열중해야지.

그리고 반드시 저주에 대한 단서를 찾아서—'

그녀가 가슴속을 희망으로 물들이는 결심을 하던 때였다.

"아, 하필 첫 시간부터 고대학이냐. 졸려 미치겠네."

뒤편에서 큰 투덜거림이 들려왔다.

저도 모르게 힐끔 시선을 돌리니 책상 위에 발을 올리고 있는 남학생이 보였다.

그 옆으로 교복을 단정치 못하게 입은 한 무리의 남학생들이 있었다.

사실 에드도 썩 교복을 얌전히 입는다고는 할 수 없는 차림이었지만, 어째서인지 그보다 저 남학생들의 꼴이 더 보기 흉하다는 생각이 들었다.

"그래도 다른 수업보다는 이게 낫잖아? 아무리 자도 교수가 아무 말도 안 하고."

"맞아, 맞아. 다른 꼰대들은 바로 감점하겠다느니 어쩌느니 협박하지만, 샤칼은 아무 소리도 없잖아."

"그거야 그 할아범은 찌질하니까."

디엘의 얼굴이 조금 굳어졌다. 가르침을 받는 입장으로서 자신을 지도하는 스승에게 어떻게 저런 말을 할 수 있는지 도통 이해가 가질 않았다.

디엘은 주변을 둘러보았다. 다른 학생들은 남학생들이 떠드는 말에 관심조차 없어 보였다.

"야, 오늘 그 영감 지팡이 좀 빼앗아 갖고 놀아 볼까?"

모여 있는 학생들 중 하나가 히죽 웃으며 터무니없는 말을 꺼냈다.

지팡이?

고개를 갸웃하던 디엘은 곧 에드가 했던 말을 떠올렸다.

'원래는 현장에서 일했는데 다리 부상을 계기로 교수 임용 시험을 봤다나.'

에드의 말이 사실이고, 디엘이 추측한 게 맞다면 지금 저들이 지팡이를 빼앗으려고 하는 상대는 틀림없이 샤칼 교수이리라.

다리가 불편한 사람을 그런 짓을 하겠다고?

약자를 보호하고, 강자 앞에서 물러서지 않는 기사도를 당연히 여기는 디엘에게는 상상조차 할 수 없는 비열한 행위였다.

"그럼 샤칼이 강의실에 들어오면 바로 내가 달려가서—"

탕!

강의실 안에 요란하게 울려 퍼진 파열음에 학생들은 너 나 할 것 없이 깜짝 놀랐다.

그리고 소리의 진원지를 찾아 고개를 움직이던 학생들의 얼굴이 굳어졌다.

"……시끄럽게 해서 죄송합니다. 실수로 손이 미끄러져서 그만."

디엘은 책상에 대고 내리쳤던 책을 들어 올리며 저를 주시하는 학생들에게 우아하게 고개를 숙여 보였다.

워낙 소리 없이 들어온 탓에 디엘이 강의실에 있다는 것을 눈치채지 못하고 있던 학생들 사이로 조용한 혼란이 퍼졌다.

"야, 저거."

그녀를 지시대명사로 불러 대며 수군거리는 소리 사이에는 로비나, 일곱째 왕자 같은 단어들이 들려왔다.

그것은 익숙한 일이었기에 디엘은 크게 신경 쓰지 않았다.

그러나 그중 너무나도 낯설고 이질적인 단어가 하나 섞여 있었다.

"하, 하르파스의 주인—"

하르파스?

아직도 에드의 별명을 모르는 디엘이 의아하다는 얼굴로 고개를 갸웃하였다.

그러자 조금 전까지 볼썽사나운 계획을 짜고 있던 남학생 무리가 전부 자리에서 벌떡 일어섰다.

그들은 일사불란한 움직임으로 우르르 디엘이 있는 곳으로 몰려왔다.

엉겁결에 남학생 무리에게 둘러싸인 디엘은 경계하며 그들을 둘러보았다.

이번에야말로 싸움인가. 주먹에 힘을 주며 어떤 공격에라도 대응을 할 수 있게 디엘이 눈을 빛내던 순간.

"저, 저희야말로 떠들어서 죄, 죄송합니다!"

"……."

남학생 일동은 모두 고개 숙여 디엘에게 사죄하였다. 긴장해 있던 디엘의 몸에서 힘이 주르륵 빠졌다.

뭐가 이리 실없어?

당황한 디엘은 학생들의 얼굴을 둘러보다가 그들 중 상당수가 식당에서 저에게 와서 고개 숙여 인사했던 이들이라는 걸 깨달았다.

"디엘 님이 이곳에 계신다는 걸 미처 모르고 무례를 저질렀습니다. 용서해 주십시오!"

너무나 예의 바른 모습에 당황한 디엘이 주변을 한 번 둘러보았다.

남학생들 틈 사이로 얼핏 보이는 다른 학생들의 얼굴에도 디엘을 무서워하는 기색이 역력하였다.

아니, 내가 대체 뭘 어쨌다고 이러는 거야? 책상에 책을 내리친 게 너무 효과가 좋았나?

소리가 좀 요란하게 나긴 했어도 그렇게 폭력적인 행동은 아니었던 것 같은데.

디엘이 제가 했던 행동을 곰곰이 곱씹어 보는 사이, 다른 학생 하나가 조심스레 입을 열었다.

"저, 그러니까 제발 화를 내지 말아 주셨으면 합니다."

기분 탓이 아니라면 그 목소리가 사시나무처럼 덜덜 떨리고 있었다.

혀를 안 깨물고 끝까지 말을 한 게 용할 지경이었다.

"……딱히 화가 난 건 아닙니다."

사실 장애가 있는 사람을 조롱하고 괴롭히려는 계획을 세우는 것에 화가 나긴 했지만, 이렇게까지 이들을 두려움에 떨 생각까진 없었다.

무언가 일이 묘해졌다는 생각에 디엘은 고개를 저었다.

남학생들이 그제야 안도의 한숨을 내쉬었다.

그들이 감사하다며 재차 고개를 숙이는 모습을 보고 있던 디엘이 그중 한 명을 가리키며 물었다.

"몇 학년이십니까?"

갑작스러운 디엘의 질문을 받은 학생이 다시 긴장한 얼굴로 더듬더듬 대답하였다.

"3, 3학년입니다."

"그럼 저보다 선배이신데, 왜 저에게 경칭을 쓰시는 겁니까?"

역시나 뭔가 이상하다는 생각에 디엘이 묻자 그가 머뭇거리더니 뜻밖의 말을 하였다.

"그, 하르파스가 함부로 디엘 님을 부르지 말라고 해서."

"하르파스?"

아까도 분명 그런 이름을 들었던 것 같은데.

하르파스라는 이름을 들린 순간, 강의실 안에 긴장 어린 침묵이 내려앉았다.

모르아에 있는 모두가 붉은 눈의 악마를 잘 알고 있는 탓이었다.

정작 그 이름이 기억에 없는 디엘은 어리둥절할 수밖에 없었다.

"그게 누구입니까?"

디엘의 물음에 먼저 입을 여는 이가 없었다. 마치 그 이름을 입 밖으로 내는 순간, 대재앙이 찾아올 거라 믿는 것처럼 학생들이 옆으로 자꾸 말을 떠넘겼다.

네가 말해. 아니, 네가. 너라도— 끝없이 이어지는 뫼비우스의 띠 같은 꼴을 지켜보고 있던 디엘이 눈썹을 꿈틀거렸다.

"하르파스가 대체 누굽니까."

아까보다 가라앉은 목소리에 위험을 감지한 학생 하나가 얼른 외쳤다.

"검술학과 에드입니다!"

"에드? 에드의 성이 하르파스였습니까?"

그러고 보니 그의 성을 들어 본 적이 없다는 생각이 들었다. 그런데 왜 하필 고대의 악마와 같은 이름이 성일까.

어떤 의미로는 그와 잘 어울리는 성이긴 했다.

하르파스는 붉은 눈을 가지고, 파괴를 즐기는 죽음의 새로 묘사되는 악마였다.

자유분방하고, 호전적인 성격인 에드와는 꽤 잘 어울리는 성—

"아, 아닙니다. 그건 에드의 별명입니다."

"……."

그 남자는 대체 무슨 짓을 하고 다닌 걸까.

아니, 딱히 묻지 않아도 알 수 있을 것 같았다.

에드의 이름을 말하는 것조차 두려워 할 정도의 일을 저지르고 다녔으리라.

디엘은 한숨을 쉬었다. 마치 미친개처럼 위아래도 없이 날뛰는 그 남자가 저에게는 처음부터 꽤 호의적이었던 이유를 아직도 알 수가 없었다.

'진심이야. 네 눈이 마음에 들어서 그래. 난 복잡한 이유 같은 거 안 만드는 사람이라고.'

이유를 묻던 디엘에게 에드가 했던 말은 그의 별명과는 썩 어울리지 않는 것이었다.

그의 진짜 속셈은 뭘까.

그 속내를 짐작해 보느라 디엘은 눈을 가늘게 좁혔다.

그것을 보고 있던 남학생 중 하나가 머뭇머뭇 입을 열었다.

"저……."

"에드에게는 아무 말도 안 할 테니 걱정하지 마시고 자리로 돌아가시길 바랍니다."

이제 그들이 무엇을 걱정하는지 알고 있는 디엘은 곧바로 그들이 원하는 말을 들려주었다.

안심한 이들이 깊게 고개를 숙여 디엘에게 인사를 한 후, 우르르 자리로 돌아갔다.

이제 그들은 마치 입에 재갈이라도 물린 것처럼 조용했다.

"……."

그 모습을 물끄러미 보고 있던 디엘은 얼굴을 찌푸렸다.

사실 에드 때문에 이런 상황이 벌어지는 것은 좋은 일은 아니었다.

이 아카데미에는 저들처럼 에드를 두려워해서 복종하는 자들이 있는가 하면 그에게 반감을 갖고 있는 자도 분명 있으리라.

에드를 적대시 하는 자들은 틀림없이 디엘을 눈여겨 지켜볼 터였다.

어쩌면 불필요한 시비에 휘말리게 될 우려도 있었다.

'설마 그래서였을까?'

에드가 기를 쓰고 오늘 하루 저와 다니려고 했던 이유가 어쩌면 이런 일 때문일지도 모른다는 생각이 들었다.

생각 없이 사는 것처럼 구는 남자였으나, 디엘이 본 바에 의하면 그게 그의 진짜 모습은 아니었다.

물론 아직 안 지 이틀도 채 안 된 남자니 속단할 수는 없었지만.

'어쨌든 당분간은 눈에 덜 띄도록 생활해야겠어.'

잘못했다가는 에드와 한데 엮어 엉뚱한 오해를 받게 될 상황이 생길지도 몰랐다.

빨리 한 달이 지나서 룸메이트를 바꿔 달라고 할 수 있을 때까지는 기다려야—

아니, 잠깐. 그럼 그 경우에는 경호 계약은 어떻게 되는 거지?

디엘이 깊은 생각에 잠겨 얼굴을 찌푸리던 찰나.

드르륵—

문이 열리는 소리가 들렸다.

고개를 들어 보니 지팡이를 짚은 인자한 얼굴의 할아버지 한 분이 강의실 안으로 들어오고 있었다.

걸음을 옮길 때마다 그가 왼쪽 다리를 절룩거리는 모습이 보였다.

저 사람이 샤칼 교수?

자신이 막연히 생각해 왔던 것과 조금 다른 느낌이었다.

그녀가 상상했던 샤칼 교수는 유마 교수처럼 지적인 학자 분위기의 노인이었는데, 막상 보니 그는 사람 좋아 보이는 동네 할아버지 같은 느낌이었다.

느릿느릿 걸어 강단 앞에 선 샤칼 교수가 가볍게 지팡이로 바닥을 두들겼다.

나무 바닥이 철제 지팡이에 닿아 탕탕 소리가 나자 지나치게 조용하던 강의실 안이 오히려 조금씩 활기가 돋아나기 시작하였다.

"자, 자, 제군들. 안녕한가. 좋은 아침일세."

인사에 화답하듯 곳곳에서 좋은 아침이라 인사를 건네 왔다.

샤칼 교수는 부드러운 미소를 지으며 강단 위에 있는 탁자 위에서 검은색 노트 한 권을 펼쳐 들었다.

"일단 출석부터 확인하도록 하겠네. 호명된 학생은 지금부터 큰소리로 대답하게나. 혹시라도 대답이 안 들리면 결석 처리가 될걸세."

샤칼 교수가 곧 학생 한 명, 한 명의 이름을 호명하기 시작하였다.

디엘은 손을 번쩍 들며 대답하는 학생들을 이리저리 둘러보았다.

학과 특성인지 아니면 무언가 다른 이유라도 있는 것인지 여학생은 거의 없었다.

흥미롭게 주변을 둘러보던 디엘의 눈에 문득 남구 학생이 한 명 보였다.

디엘이 잘못 본 게 아니라면 첫날 식당에서 저에게 예의 바르게 인사를 했던 학생이었다.

긴 검정 머리칼을 단정히 하나로 묶은 그는 디엘과 눈이 마주치자 부드럽게 웃더니 고개를 까닥하였다. 정중하고 예의 바른 동작이었다.

디엘도 그를 흉내 내어 묵례하는 사이, 샤칼 교수가 디엘의 이름이 불렸다.

"마지막으로…… 디엘 샤 자르타 군?"

제 이름을 불린 디엘은 곧바로 대답하였다.

"여기 있습니다, 교수님."

제일 앞쪽에 있는 디엘을 본 샤칼 교수가 빙긋 웃었다.

"반갑네, 디엘 군. 여기서 교수 생활을 한 지 2년째지만, 중도 입학생은 처음이군. 학장님께는 디엘 군이 고대학 전공이라고 들었는데, 맞나?"

교수의 말이 끝나기가 무섭게 강의실에 웅성거림이 파도처럼 몰려왔다.

아니, 고대학을 전공하려는 괴짜가 있단 말이야? 유물학이면 몰라도 고대학을 대체 왜? 에이, 설마. 내가 잘못 들었겠지.

주로 제 청각을 의심하는 말들이었다.

"네, 맞습니다. 교수님."

디엘의 대답에 다시 한 번 강의실에는 충격 어린 신음이 흘러나왔다.

미쳤나 봐.

누군가 한 명이 그렇게 중얼거리자 다른 한 명이 곧바로 하르파스라는 이름을 입 밖으로 꺼냈다.

디엘을 향해 미쳤다는 말을 내뱉었던 학생이 가볍게 비명을 지르며 얼른 제 입을 틀어막았다.

다들 디엘을 믿을 수 없다는 얼굴로 보면서도 무어라 떠들지는 못하였다.

하르파스의 주인님이라는 신분은 로비나 왕국의 일곱째 왕자만큼이나 막강한 것이었다.

모두가 경악을 금치 못하는 가운데, 이 강의실에 오로지 샤칼 교수만이 흐뭇한 얼굴을 하고 있었다.

"좋네, 디엘 군. 그럼 강의가 끝나면 한번 면담을 갖도록 하지."

알겠다는 대답 대신 디엘은 가볍게 묵례를 하였다.

어느새 그녀의 머릿속에는 '면담할 때 성별을 바꾸는 저주에 관해서 물어봐도 되려나? 어떻게 해야 이상하지 않게 보이지?'라는 생각이 가득 들어앉아 있었다.

그사이, 학생들은 저들끼리 소리를 나주어 무어라 떠들어 대고 있었다.

샤칼 교수는 다시 한 번 지팡이로 바닥을 탁탁 두들겼다.

"자, 제군들. 좋네. 그럼 이제 수업을 시작해 보도록 하지."

교수의 말과 함께 학생들이 우울한 얼굴로 책을 펼치기 시작하였다.

"오늘은 32페이지— '블루 블러드가 사용한 마법'에 대한 내용을 배울 차례군."

다리를 절뚝이며 칠판 앞에 선 샤칼 교수가 분필로 커다랗게 마법이라는 단어를 적어 두었다.

"여러분도 이미 배워 아는 것처럼 블루 블러드란— 아, 디엘 군이 있었군."

수업 내용을 술술 설명해 나가려던 샤칼 교수는 디엘을 힐끔 본 후, 교재를 집어 올렸다.

"복습 차원에서 그간 우리가 배웠던 내용을 가볍게 다시 설명해 주어야겠군. 그럼 우선 고대학의 정의부터 시작해 볼까? 말해볼 학생이 있나?"

강의실은 조용하였다. 학생들 중 그 누구도 선뜻 손을 드는 사람이 없었다.

빨리 '마법'에 대한 수업을 듣고 싶었던 디엘은 번쩍 손을 들어 올렸다.

샤칼 교수는 의외라는 얼굴을 하면서도 고개를 끄덕였다.

"말해 보게나. 디엘 군."

디엘은 이틀 전, 카리스 학장 앞에서 했던 말을 그대로 다시 읊었다.

샤칼은 머뭇거림 없이 술술 설명을 이어 나가는 디엘을 향해 기특하다는 얼굴을 하였다.

"좋네, 디엘 군. 그럼 혹시 '붉은 피의 시작'에 대해서도 설명할 수 있나?"

다행스럽게도 샤칼 교수가 던진 이번 질문 역시 디엘이 대답할 수 있는 내용이었다.

"붉은 피의 시작이란 과거 마법을 사용할 수 있던 블루 블러드가 일삼는 횡포에 반발을 가진 일반 시민들이 일으킨 혁명에서 시작된 전쟁을 말합니다. 처음에는 샤타나 공국에서 시작되었던 작은 규모의 혁명이었으나 곧 각지로 퍼져 나간 혁명의 불꽃은 전 세계에 있는 블루 블러드를 대상으로 삼게 됩니다. 약 20여 년에 걸친 기간 동안, 수많은 사람들이 목숨을 잃었으나 사람들은 투쟁을 포기하지 않았고 결국 최종적으로 블루 블러드와의 전쟁에서 승리하게 됩니다. 이로 인하여 블루 블러드와 그들이 사용하던 '마법'은 세상에서 자취를 감추게 되었습니다."

기초 고대학 교재의 초장에 있던 내용을 머릿속으로 꿰어 맞추며 디엘이 한 대답에 샤칼 교수가 가볍게 박수를 쳤다.

"완벽하네! 역시 고대학과 지망생이라고 할 만하군."

과한 칭찬에 부담을 느낀 디엘은 곧바로 고개를 저었다.

"아닙니다, 교수님. 제가 알고 있는 내용은 이 정도까지입니다. 그 밖에 다른 것에 대해서는 모르는 점이 더 많습니다."

정직하게 자신의 부족함을 털어놓는 디엘의 모습에 호감을 느낀 것인지 샤칼 교수가 흐뭇한 얼굴로 대답하였다.

"괜찮네, 디엘 군. 우리는 모두 잘 알고 있기에 이곳에 있는 것이 아니라 모르는 것을 잘 알기에 이곳에 있는 것이니까. 혹시라도 수업 도중에라도 모르는 점이 있다면 편하게 질문하도록 하게나."

내심 수업 내용을 따라갈 수 있을까 걱정하던 디엘의 마음이 편안해졌다.

샤칼 교수의 말대로였다. 이곳은 로비나 왕국이 아니었다.

자신이 셋째 왕자보다 검술이 부족하다고 혹은 다섯째 왕자보다 학문이 부족하다고 핀잔 줄 어머니가 없었다. 그것만으로도 숨통이 트이는 기분이었다.

디엘은 자세를 반듯하게 하고 앉았다.

"자, 그럼 오늘은 예정대로 고대인들의 마법, 즉 저주에 대해 말해 보도록 하지."

샤칼 교수는 마법이라는 글자 바로 옆에 저주라는 글씨를 큼지막하게 적었다.

"저번 시간에도 이야기했던 것처럼 고대에 존재하였던 블루 블러드는 '마법'을 사용할 수 있었다네. 지금 우리 세상에서는 저주라고 불리는 힘일세. 마법은 매우 강력한 힘이라 지금으로서는 상상도 할 수 없는 여러 일이 가능했다고 전해지지."

교수는 교재를 한번 보라는 것처럼 손으로 페이지를 짚는 시늉을 하였다.

고개를 아래로 내리니 여러 장의 삽화가 눈에 들어왔다.

메마른 땅에 비를 내리는 어느 여자, 수많은 사람들을 손가락질 한 번으로 쓰러트린 깡마른 남자, 하늘을 둥실둥실 날고 있는 어린 아이까지.

그야말로 동화 속에서나 볼 법한 삽화였다.

"블루 블러드의 이 힘은 자연물을 원천으로 하는 것이라고 알려져 있네. 바로 우리가 흔히 접할 수 있는 물, 불, 바람, 땅 같은 것이지."

다음 페이지에는 그 자연물을 상징하는 고대 기호가 그려져 있었다.

물은 안이 텅 빈 물방울 모양을, 불은 작은 불꽃 모양을, 바람은 크기가 제각각 다른 날개로 된 바람개비 모양, 그리고 그냥 돌—

"돌?"

땅의 기호가 적잖이 의외였기에 디엘은 저도 모르게 소리 내어 그것을 읽었다.

디엘이 의아해하며 책장을 몇 장 더 넘겨보는 사이에도 샤칼 교수는 수업을 이어 가고 있었다.

"그렇다면 여기서 우리는 의문을 갖게 되네. 그들이 자연물을 원천으로 '마법'을 구사하였다면 대체 왜 블루 블러드가 아닌 일반 사람들은 그런 힘을 쓰지 못했던 걸까?"

교수가 학생들에게 대답을 원하는 것처럼 시선을 던졌다.

누구라도 좋으니 어디 한 번 아무 말이라도 해 보라는 것처럼.

하지만 이번에도 선뜻 입을 여는 학생은 없었다.

샤칼은 강의실에 있는 반 정도가 어느새 책상에 엎드릴 자세를 취하고 있다는 걸 알아차리고는 한숨을 쉬었다.

"여기에는 두 가지 추측이 있네. 하나는 선천적으로 체질이 일반 인과 달랐을 거라는 설, 그리고 다른 하나는 그들만이 사용하던 특수한 '언어'와 관련이 있을 거라는 설."

디엘은 교재에 실려 있는 고대 문자를 유심히 바라보았다. 읽을 수도 없거니와 도저히 그 뜻을 알 수 없는 문자들이었다.

"블루 블러드가 사용하던 언어를 해독할 수 있는 사람은 거의 없기에 우리는 고대 문자 중 일부만 그 뜻을 알 수 있지. 예를 들어 교재를 보도록 하게. 세 번째 문단에서 두 번째 줄에 있는 내용을 보면 고대인들은 불멸이란 단어를 '임모르탈리스(immortalis)'라고 불렀던 것을 알 수 있지. 그리고 또 다른 단어로는—"

교수가 설명을 이어 가는 사이, 고개를 까닥거리던 학생들이 하나둘 책상 위로 엎어지기 시작하였다.

그가 고대 문자에 대한 설명을 끝낼 때는 바르게 앉아 있는 학생이 디엘을 포함하여 단 네 명뿐이었다.

"이런 식으로 그들이 사용하던 언어에서 그 힘의 원천을 찾는 가설의 경우에는 사실 한 가지 모순점이 발생하네. 혹시 그것이 무엇인지 아는 학생이 있나?"

때마침 누군가가 코를 도로롱 고는 소리가 들려왔다.

강의실을 휘이 둘러보는 샤칼 교수의 눈이 쓸쓸해 보였다. 한숨을 푹 내쉰 디엘이 다시 손을 들어 올렸다.

샤칼이 의외라는 얼굴을 하면서도 고개를 끄덕였다.

"말해 보게, 디엘 군."

"만일 언어 자체에 특수한 힘이 존재하는 것이라면, 블루 블러드가 아닌 일반인도 그 언어를 배우기만 하면 마법을 쓸 수 있어야 하지 않았을까 생각합니다."

누군가에게 배운 적이 없는 내용이나 디엘은 자신의 답이 오답은 아니리라 생각하였다.

이러한 것은 고대학을 잘 알고 모르고의 여부와는 상관없었다. 단순히 논리의 문제였다.

샤칼 교수는 반가우면서도 고맙다는 얼굴로 입을 열었다.

"오, 맞네. 디엘 군. 아주 정확한 의견일세. 디엘 군이 말한 대로일세. 붉은 피의 시작 이전에 살던 고대인들 중에서 블루 블러드가 사용하던 언어들을 익히고 배운 사람이 있었다는 기록이 있지. 하지만 그 고대인들이 마법을 사용했다는 기록은 어디에서도 찾아볼 수 없지. 자, 그렇다면 남은 것은 '마법'은 블루 블러드라는 이들만이 가진 특수한 힘이었다는 가설이 남는군. 하지만 여기에도 문제가 하나 존재하네. 그것이 어떤 것인지 말해 볼 학생 있나?"

"……."

이번에도 강의실은 고요하였다.

디엘은 재차 강의실을 둘러보았다.

그나마 졸지 않고 있던 다른 학생 중 한 명은 다른 이들처럼 책상 위에 엎드려 있고, 다른 한 명은 딴 짓에 여념이 없었다.

이제 유일하게 수업에 집중하고 있는 것은 저와 조금 떨어진 곳에 앉아 있는 남구 출신의 남학생뿐이었다.

그것을 본 디엘은 씁쓸한 얼굴을 하였다.

아무래도 고대학은 실습 외에는 학생들의 학업 열의가 썩 높은 과목은 아닌 모양이었다.

디엘이 저라도 나서서 무언가 말을 해야 생각하는 찰나, 남구 출신의 학생이 손을 들어 올렸다.

"좋네, 유진 군. 한번 말해 보게."

유진? 발음하기가 어려운 이름에 디엘은 다시 한 번 옆을 힐끔거렸다.

단정한 얼굴의 소년이 천천히 입을 열었다.

"블루 블러드 중에서도 마법을 쓰지 못하는 이가 있었던 기록이 있기 때문입니다."

선이 고운 생김새에 비하면 낮은 목소리였다.

디엘은 호기심 때문에 자꾸 남구 소년에게 향하는 시선을 거둘 수가 없었다.

샤칼 교수가 감격에 젖은 눈으로 유진을 보며 웃었다.

"유진 군도 정답일세. 맞네. 우리는 블루 블러드 중에서도 마법을 쓰지 못하는 이가 있었다는 기록을 종종 찾을 수가 있네. 이것으로 미루어 보건대, 블루 블러드라는 종족으로 태어났다고 해서 무조건 마법을 쓸 수 있었던 건 아니라는 결론이 나오지. 그럼 이제 기존의 두 학설이 모두 틀렸으니 새로운 학설이 필요한 시점이로군. 그러니 나는 '마법'을 이렇게 설명하고 싶네."

등을 돌린 샤칼 교수가 칠판 위에 무언가를 적기 시작하였다.

《마법 = 선천적 재능 + 후천적 학습》

"우선 마법을 사용하기 위해서는 특수한 조건— 신체적인 특징이라거나 혹은 혈통을 타고날 필요가 있었을 것일세. 블루 블러드로 태어나면 이 선천적인 재능이 기본적으로 갖추어졌던 것이겠지. 그리고 이런 조건이 갖추어지면 그때부터는 특수한 언어나 기술을 배워 마법을 쓸 수 있게 되는 것이 아닐까 생각하네. 재능만 가지고 있어도 안 되고, 열심히 공부만 한다고 해도 안 되는 것이지. 결국 이렇게 보면 마법이라는 것은 우리가 학문을 배우는 것과 크게 다르지 않은 셈일세."

흠, 그런 식으로 생각해 볼 수도 있군.

디엘은 샤칼 교수의 주장을 들으며 고개를 끄덕였다.

하지만 교수의 말이 옳다면 그녀에게는 매우 중요한 문제가 한 가지 발생하였다.

"교수님. 질문이 하나 있습니다."

손을 번쩍 들어 올린 디엘의 말에 샤칼 교수가 말해 보라는 것처럼 고개를 끄덕였다.

옆에 있는 유진도 디엘이 어떤 질문을 하려는 것인지 궁금하다는 얼굴로 이쪽을 보고 있었다.

대부분의 학생들이 쿨쿨 잠이 들어 버린 상황이라 이 강의는 실질적으로 2:1 수업이나 별반 다를 게 없었다.

"지금 교수님께서는 마법이 선천적인 재능과 후천적인 학습을 통해 구현 가능한 힘일 것이라 설명하셨는데, 그렇다면 저주에 대해서는 어떻게 생각해야 하는 겁니까?"

고대의 산물인 마법은 분명 블루 블러드만이 사용할 수 있는 것이었다. 하지만 마법과 달리 저주는 그 의식을 행하는 절차만 안다면 일반인 역시 사용할 수 있었다.

디엘은 저주와 마법 사이에서 이러한 차이점이 발생하는 이유가 궁금하였다.

"제가 알기로 저주는 그 방법을 제대로 익히기만 하면 어린아이도 사용할 수 있다고 들었습니다. 교수님께서 하신 말대로라면 사실 저주 역시 일반인은 사용하지 못하는 게 맞지 않습니까?"

그 산 중인이 바로 자신이지 않던가. 디엘은 저도 모르게 시선을 아래로 제 몸을 살펴보았다.

바바라는 디엘을 남자로 만들기 위해 자그마치 5년이란 시간 동안 성별을 바꾸는 저주를 찾아 헤맸다.

그리고 저주를 행하는 데 필요한 물건들을 갖추기 위해 다시 3년을 기다렸다.

보통 사람 같았으면 진즉 포기했을 번거로운 과정이었고, 힘든 여정이었다.

바바라 정도 되는 위치의 사람이 아니었다면 끝까지 실행하지 못했으리라.

요컨대 저주는 조건을 갖추기 어려운 것이지만, 반대로 말하자면 조건만 갖추면 누구나 행할 수 있는 성질의 것이었다.

고대에 블루 블러드가 행하던 마법과는 분명 달랐다.

"저주, 라. 상당히 예리한 질문을 하는군, 디엘 군."

처음으로 수업 시간에 질문을 받은 것처럼 들뜬 교수가 팔짱을 끼며 고개를 끄덕였다.

"분명 저주는 우리같이 평범한 일반인 역시 사용할 수 있네. 나는 그 이유를 블루 블러드의 멸종과 연관 지어 생각하고 있다네."

샤칼 교수는 자신이 칠판에 적어 두었던 내용 중 '선천적 재능'이라는 부분을 지웠다.

"아까도 말한 것처럼 마법은 지금의 우리로서는 상상할 수 없는 모든 일을 가능하게 하는 힘이었지. 이와 같은 놀라운 힘에는 선천적인 재능이 분명 필요했을 것일세. 하지만 현재 세상에 존재하는 저주는 고대의 마법이 그랬던 것처럼 엄청난 일을 행하지는 못하네. 누군가를 고통스럽게 죽게 만들거나 불길한 환상을 보게 만들거나 혹은 신체 부위를 바꾸는 그런 정도의 수준이지. 즉, 이러한 작은 힘에는 선천적인 재능까지는 필요가 없기에—"

지팡이를 들어 올린 교수가 칠판에 남아 있는 '후천적 학습'이라는 부분을 가리켰다.

"그 방법만 알고 있다면 저주를 사용할 수 있는 것일지도 모르지."

신체 부위를 바꾸는 저주. 성별을 바꾸는 저주와 비슷한 종류의 저주일 것 같다는 생각에 디엘의 가슴속 심장이 요란스레 떨렸다.

"사실 마법이 어떻게 저주로 변형되어 현재까지 남게 된 것인지에 대해서는 아직까지 이렇다 할 답이 존재하지 않는다네. 어떤 기록에서는 블루 블러드가 마법을 일반인이 쓸 수 있게 개조하여 알려 주는데, 그것이 저주의 원형이 되었다는 이야기가 나오기도 하지."

마법을 개조하여 나온 것이 저주라고?

처음 듣는 이야기에 디엘이 눈을 동그랗게 떴다. 그 말이 사실이라면 자신이 저주를 쓸 수 있었던 것도 납득이 되었다.

하지만 대체 왜?

인간과 전쟁을 벌였던 블루 블러드가 무엇 때문에 인간을 위해 마법을 개조해 주었을까?

디엘은 살짝 얼굴을 찌푸렸다. 가능하다면 샤칼 교수가 말한 기록을 직접 읽어 보고 싶었다.

"개인적으로는 그런 비하인드 스토리가 정말 역사 어느 한 곳에 감추어져 있을지도 모른다고 생각하기도 하네. 나는 우리가 배우는 이 학문을 아직 밝혀내지 못한 역사의 어느 페이지라고 표현하고 싶네. 그렇기에 고대학이라는 학문은 매력적이지."

샤칼 교수는 자신이 이런 학문을 가르칠 수 있어 참으로 자랑스럽게 생각한다며 가슴을 쭉 폈다.

"혹시나 이제까지 말한 내용에서 또 다른 궁금한 점이 있는 학생이 있나?"

모처럼 수업다운 수업을 하게 되어서 고무된 것인지 샤칼이 강의실을 두리번거렸다.

그에 이끌린 것처럼 디엘도 뒤를 돌아보았다.

다들 졸고 있으니까 따로 질문을 할 사람은 없을 것 같은데—

"교수님."

불쑥 들려온 목소리에 놀라 옆을 보니 유진이 손을 들어 올리고 있었다.

아차. 나 말고도 안 자고 있는 학생이 한 명 있긴 했었군.

디엘은 유진이 그러했던 것처럼 그가 무슨 질문을 할지 호기심 어린 눈으로 지켜보았다.

"혹시 블루 블러드가 인간을 위해 마법을 저주로 개조하여 세상에 남겼다는 기록이 있는 책의 제목이 무엇인지 알 수 있을까요?"

유진이 입 밖에 낸 물음은 디엘도 궁금해 하던 내용이었다.

"아, 그건 헬턴의 '남겨진 자들'이라는 책에 나오는 내용이네. 사실 그 책에 실려 있는 내용은 대부분 학계에서는 터무니없다는 평가를 받는 게 대부분이긴 하지만, 다른 기록에서는 접할 수 없었던 내용을 엿볼 수 있는 서적이기도 하지."

헬턴의 남겨진 자들. 디엘은 머릿속으로 그 이름을 단단히 외워 두었다.

오늘 도서관에 들를 시간이 된다면 가서 그 책을 찾다 빌려 볼 생각이었다.

"자, 그럼…… 잠시 이야기가 새었으니 다시 수업으로 돌아가지. 아까도 말한 것처럼 블루 블러드가 마법을 사용할 수 있었던 그 배경에 대해서는 이런 학설들이 존재하네. 다음 학기 시험에 나올 문제니 잘 기억해 두도록."

대놓고 시험 문제를 알려 주어도 받아 적는 학생은 거의 없었다.

오로지 디엘과 유진만이 열심히 노트에 샤칼 교수가 일러 준 내용을 적고 있었다.

"그럼 이번에는 블루 블러드들이 사용했던 마법의 특징에 대해 말해 보도록 하지. 블루 블러드의 마법은 그 종류가 매우 다양한 것으로 알려져 있네. 1215년 전으로 작성된 것으로 추정되는 어느 기록에서는 한 블루 블러드가 3년째 비를 멈추게 만들어 모든 땅이 메말라 죽도록 한 기록이 있지. 또 다른 기록에서는 반대로 비가 오지 않는 지역에 4일 밤낮으로 비를 내려 대지에 다시 풍요로움을 되찾아 주었다는 기록도 있고. 그럼 해당 내용은 교재를 한번 보도록 하지."

교재에는 샤칼 교수가 말한 것과 같은 내용이 약 2페이지에 걸쳐 적혀 있었다.

검게 물든 바다, 해가 뜨지 않는 아침, 하늘에서 내리는 물고기 떼.

하나같이 옛날이야기에서나 나올 법한 신기한 일뿐이었다.

정말 고대에는 이런 일이 흔하게 벌어졌던 걸까.

신기함에 디엘은 교재에서 눈을 떼지 못하였다.

"이와 같은 기록 사례들이 모두 실제였다 전제한다면 블루 블러드의 마법은 한 마디로 정의할 수 있을 것일세."

다시 등을 돌린 교수가 칠판에 적은 글자를 지우더니 새로운 글자를 적었다.

《전지/전능.》

"그들은 비록 죽음을 피하지는 못했지만, 불로(不老)하며 원할 때마다 성별을 바꾸는 것 역시 가능했다고 전해지네."

이제까지 열심히 강의를 듣고 있던 디엘은 저도 모르게 자리에서 벌떡 일어설 뻔하였다.

원할 때마다 성별을 바꾸는 마법이라니!

저 마법에 대한 원전을 찾는다면 틀림없이 저주를 풀 수 있는 단서를 찾을 수 있을 거라는 생각이 들었다.

"다만 일부 문헌에 따르면 모든 블루 블러드가 그러한 마법을 사용했던 것은 아니면 보다 오래 살고 강력한 힘을 가진 블루 블러드일수록 성별과 겉모습을 자유자재로 바꿀 수 있었다는 내용을 발견할 수 있지."

원하는 모습으로 저를 바꾸고, 천재지변을 일으키는 힘.

새삼 블루 블러드가 굉장하다는 생각이 들었다. 그들은 감탄사가 절로 나올 정도로 놀라운 존재였다,

하지만 사실 그렇게 부럽다는 생각이 들지는 않았다.

아무리 전지전능한 힘을 가진 자들이어도 그들은 이미 고대와 함께 사라진 존재였다.

그것도 그들이 그렇게 무시하던, 마법을 사용하지 못하는 자들에 의해.

"그렇게 블루 블러드의 힘이 강력했기에 '붉은 피의 시작'은 그토록 많은 고대인들이 함께 힘을 합쳐 싸웠음에도 불구하고 50년이라는 긴 시간 동안 전쟁을 이어갈 수밖에 없었으리라 생각하네. 그나마 고대인들이 승리를 거둘 수 있었던 것은 모든 블루 블러드가 불사가 아니었기 때문이고, 그들에게 대항하기 위한 무기 개발이 활발히 이루어졌기 때문이지."

늙지도 않고, 성별이나 모습을 제 마음대로 바꾸며 자연물을 제 마음대로 부리는 능력을 가진 이를 검과 방패를 쥔 자들이 어떻게 당해 내겠는가.

긴 전쟁이 진행되는 동안 그들은 자신들에게 새로운 무기가 필요하다는 것을 깨달았다.

사람들은 전지전능한 존재들과 싸워 이기기 위해 수많은 방법을 모색하였다.

곧 원거리 저격용 장총과 대형 대포와 지뢰 같은 여러 무기가 개발되었다.

무기의 개발은 덩달아 다른 것들의 발전을 일으키기도 하였다.

무거운 대포를 안전하게 옮기기 위해서는 새로운 이동 수단이 필요했고, 파괴력이 좋은 탄환을 만들기 위한 연구도 이루어졌다.

50년에 걸친 전쟁은 많은 것들을 부수고 파괴하였지만, 동시에 고대에는 없던 문명의 산물을 사람들에게 남겨 주기도 하였다.

샤칼 교수는 그 외에도 '붉은 피의 시작' 동안 일어났던 여러 가지 일들에 대해 설명을 이어 갔다.

디엘에게는 하나같이 매우 흥미로운 내용이었지만, 다른 학생들은 코를 도로롱 골며 신나게 아침잠을 채우느라 정신이 없었다.

노트에 중요하다 생각하는 내용을 필기하기도 하고, 제 생각을 덧붙이기도 하던 디엘은 문득 유진과 눈이 마주쳤다.

디엘처럼 노트에 무언가를 열심히 적고 있던 유진이 그녀와 눈이 마주친 순간 미소를 지었다.

어쩐지 그와는 친해질 수 있을 것 같다는 생각이 들었다.

장장 1시간 넘게 이어지던 샤칼 교수의 지루한 설명이 간신히 끝을 보인 것은 강의가 종료하기 정확히 1분 전이었다.

"고대를 마법의 시대라고 한다면 현재는 과학의 시대라고 할 수 있겠지. 이러한 시대적 가치와 연결하여 마법의 특징을 잘 기억해 두도록 하게나."

샤칼 교수가 지팡이로 바닥을 탁탁 두들겼다. 그리 요란하지는 않지만, 조용히 잠들어 있던 학생들을 깨우기에는 충분한 소리였다.

마치 용수철이 튀어 오르는 것처럼 몸을 일으키는 학생들의 얼굴은 가관이 아니었다.

침 자국이 하얗게 말라붙어 있는 학생이 있는가 하면 그 짧은 사이에 머리가 완전히 다 뻗친 학생도 있었고, 얼굴에 책 자국이 또렷하게 찍힌 학생도 있었다.

"오늘 수업은 여기까지일세. 다음 수업 시간에는 고대 건축물에 대해 배울 예정이네. 그럼 다들 다음 시간에 보도록 하지."

인사를 마친 샤칼 교수가 강단을 내려가자 학생들이 하나둘 자리를 일어서기 시작하였다. 실컷 자다 깨었는데도 잠이 모자란지 하품을 쩍쩍 해 대는 학생이 태반이었다.

세계 최고의 아카데미에서 배우는 학생으로서의 자부심도 없단 말인가. 한심스럽다는 얼굴로 그들을 보던 디엘은 가방을 주섬주섬 챙겨 자리에서 일어났다. 강의 시작 전에 샤칼 교수가 면담에 대한 이야기를 꺼냈던 걸 기억하고 있기 때문이었다.

앞쪽을 힐끔 보니 샤칼 교수가 지팡이를 교탁에 걸쳐 두고 교재와 수업 도구를 챙기는 모습이 보였다. 샤칼 교수는 다리가 불편하니까 가서 도와 드려야겠군.

"교수님, 제가 들어드리겠습니다."

성큼성큼 앞으로 나아간 디엘이 얼른 샤칼 교수의 손에서 교재와 수업 도구를 빼앗듯 받아 들었다.

샤칼 교수가 놀란 얼굴로 그녀를 보았다.

"아, 디엘 군."

"어디로 가지고 가면 될까요?"

"아니네, 괜찮아. 이 정도는 혼자서도 충분히 할 수 있네."

혹시 내가 괜한 짓을 한 건가.

세상에는 타인에게 도움을 받는 걸 탐탁지 않게 여기는 사람도 분명 있었다.

디엘이 샤칼 교수의 뜻을 살피려는 것처럼 가만히 표정을 살피자, 그녀가 무슨 생각을 하는지 알아차린 것처럼 교수가 입을 열었다.

"학생에게 이런 일을 시키면 미안해서 그러네."

안심이 된 디엘이 부드럽게 웃었다.

"괜찮습니다, 교수님. 어차피 면담이 있으니 제가 들고 가겠습니다."

"아아, 참. 그랬었군, 내 정신 좀 봐. 면담을 깜빡하고 있었구먼."

고개를 절레절레 저은 샤칼 교수가 미간 사이를 긁적였다.

"그럼 디엘 군. 염치 불구하지만 부탁을 좀 해도 되겠나? 그리고 면담은 한 10분 이상은 걸리지 않을까 싶은데, 다음 강의까지 시간이 괜찮겠나?"

디엘은 얼른 고개를 끄덕였다. 없다고 해도 시간을 만들어야 할 판인데 다행히도 다음 강의가 시작하는 시간까지는 30분 정도 여유가 있었다.

"괜찮습니다. 교수님."

"다행이군. 그럼 교수실로 이동하도록 하지."

지팡이에 몸을 의지한 샤칼 교수가 왼쪽 다리를 질질 끌며 강의실 앞문으로 향하였다.

양손에 짐을 들고 밖으로 나가려던 디엘의 눈에 문득 활기 넘치는 학생들의 모습이 보였다.

강의 시간에는 다 죽은 것처럼 굴던 이들과 동일 인물이라는 생각이 들지 않을 정도였다.

"……수업 분위기가 썩 좋지는 않지? 기초 고대학은 필수 교양과목이라서 어쩔 수 없이 듣는 학생들도 많아서 그렇다네."

디엘이 강의실 안을 힐끔거리는 것을 본 샤칼 교수가 머쓱하게 웃었다.

"전공 강의를 듣게 되면 지금과는 분위기가 많이 다를걸세. 지금 기초 고대학에서 고대학과 학생은 디엘 군과 유진 군밖에 없어서……."

"유진 군은 아까 전 수업을 함께 들은 남구 학생을 말씀하시는 겁니까?"

"맞네, 단(團)국에서 온 친구인데, 아주 영리하고 학구적인 성격이지. 듣기로는 유진 군의 집안은 대대로 고대학을 연구하는 학자를 많이 배출했던 가문이라더군."

가만히 샤칼 교수의 말을 듣고 있던 디엘의 눈이 번쩍 빛났다.

고대학을 연구하는 학자가 많은 가문 출신이라면 당연히 다른 학생에 비해 고대학에 대한 지식이 깊으리라.

"두 사람은 성격이 비슷할 것 같으니 친하게 지내면 좋겠군. 혹시라도 나에게 묻기 어려운 게 있다면 친구에게 물어보는 게 좋을 테니까."

친구. 아직도 낯선 단어에 디엘은 잠시 멈칫하였다.

이제까지 그녀는 누군가와 친해지고 싶다고 생각해 본 적이 없었다. 정치적인 목적으로 교류를 하는 것과 호감을 갖는 것은 별개의 문제였으니까.

니나처럼 저에게 선뜻 다가와 주는 사람이라면 몰라도 그렇지 않은 상대에게는 어떻게 먼저 다가가야 할지 알 수가 없었다.

'친구가 될 수 있다면 좋을 텐데.'

그의 출신과는 별개로 디엘은 강의 시간 내내 시종일관 진지한 자세로 수업에 임하던 유진에게서 호감을 느꼈다.

그와 함께라면 샤칼 교수의 말대로 서로에게 좋은 영향을 주며 학업에 매진할 수 있을 것 같았다.

"오늘 수업은 어땠나? 따라가기 많이 어렵지는 않았나?"

"괜찮습니다. 아직까지는 크게 어렵다고 느끼지 않았습니다."

이제 고작 첫날의 첫 수업이었다. 디엘은 수업 내용이 그다지 어렵지 않은 것에 안심하는 한편, 자신이 배우지 못했던 내용을 따로 공부해야겠다고 생각하였다.

이러니저러니 해도 남들보다 뒤처졌다는 소리를 듣는 건 참을 수가 없었다.

몇 가지 소소한 잡담을 나누며 디엘은 샤칼 교수의 한 걸음 뒤에서 그를 따랐다.

다리가 불편해서인지 샤칼 교수의 걸음은 다른 이보다 조금 느린 편이었다.

그 때문에 복도 끝에 있는 샤칼 교수의 교수실까지 가는 길은 생각보다 오래 걸릴 수밖에 없었다.

디엘은 그 사실에 조바심을 느끼기는커녕 오히려 교수가 조금 걱정스러웠다.

다리가 많이 불편한 걸까? 에드가 현장에서 다리를 다친 것이라 했으니까 유적지 조사 중에 입은 부상이겠지?

이런저런 추측을 하는 게 실례라고 생각하면서도 절뚝이는 다리를 보고 있으니 자연스레 여러 가지 생각이 떠올랐다.

"자, 여기가 내 교수실— 응? 왜 그러나, 디엘 군?"

한참 샤칼 교수의 다리를 물끄러미 보고 있던 디엘은 그제야 자신들이 교수실 앞에 도착했다는 것을 깨달았다.

"아, 아무것도 아닙니다. 교수님."

디엘이 얼른 샤칼 교수의 다리에서 시선을 거두고 고개를 젓자, 샤칼 교수는 의아하다는 얼굴을 하면서도 고개를 끄덕였다.

"으응? 그런가? 그럼 들어가도록 하지."

교수가 문을 열자 훈훈한 공기가 교수실로부터 쏟아졌다. 안에 들어서보니 강의실만큼은 아니더라도 제법 널찍한 공간이었다.

벽면 한쪽을 빼곡하게 채운 책들이며 테이블 위에 놓여 있는 물건을 흥미롭게 바라보던 디엘은 책상 위에 들고 온 교재와 도구들을 내려놓았다.

그사이, 샤칼 교수는 책상 옆에 있는 작은 서랍장에서 낱개로 포장이 되어 있는 스틱 커피를 두 개 꺼내 들었다.

"마실 건 인스턴트커피뿐인데, 괜찮나? 지금 여기에 이거 말고는 마실 게 없긴 한데."

"아, 네, 괜찮습니다."

인스턴트커피를 난생처음 본 디엘이 얼른 고개를 끄덕였다.

커피 자체야 홍차만큼 자주 마시는 것이었으나, 로비나 왕국에는 인스턴트커피가 보급이 되지 않아 보기가 드물었다.

아직 한 번도 마셔 본 적이 없는 것이라 오히려 그 맛이 궁금하였다.

"금방 되니까 그 앞에 있는 의자에 편하게 앉아 있겠나."

샤칼 교수가 가리킨 것은 책상 앞에 놓여 있는 의자였다.

조심히 자리를 잡고 앉자, 곧 교수가 뜨거운 김이 모락모락 피어오르는 컵을 디엘에게 내밀었다.

그것을 받아 드니 난생처음 맡아 보는 향긋한 냄새가 코끝을 찔렀다.

컵 안을 들여다보니 진한 갈색의 액체가 담겨 있었다.

흠, 향은 다른 커피보다 조금 더 단내가 나는군.

"음—"

일반적으로 마셔 왔던 커피와 크게 다르지 않은, 아니, 오히려 더 괜찮은 맛에 디엘은 적잖이 충격을 받고 말았다.

인스턴트커피는 각설탕과 우유를 듬뿍 넣은 커피 같은 맛이었다.

하지만 분명 아까 전에 교수는 스틱 하나만으로 커피를 끓여 왔는데…….

그 스틱 안에 설탕과 크림이 들어 있었다는 걸 모르는 디엘은 신기함을 감추지 못하며 한 모금을 더 마셔 보았다. 역시나 진한 우유 맛과 달콤한 설탕 맛이 났다.

"디엘 군도 인스턴트커피를 좋아하나 보군."

"아, 실은 인스턴트커피는 지금 처음 마셔 봅니다. 굉장히 맛있군요. 감사합니다, 교수님."

예의 바르게 인사를 하는 디엘의 모습에 샤칼 교수의 웃음이 더욱 짙어졌다.

"아닐세. 혼자 타 마시기에는 인스턴트커피만 한 게 없지. 다른 차나 커피는 제대로 마시려면 우려 내는 시간이며 수고가 들지 않나. 어쨌든 입에 맞다니 다행일세."

책상에 지팡이를 걸친 샤칼 교수는 커다란 의자에 천천히 걸터앉았다.

그와 마주 앉으니 이제 진짜 면담을 한다는 생각에 조금 얼굴이 굳어졌다.

교수가 그것을 알아차린 것처럼 입을 열었다.

"전공 면담이라고도 해도 그렇게 어렵거나 복잡한 이야기는 안 할 테니 걱정 말게, 디엘 군. 사실 처음에는 고대학에 관심이 있다고 해서 왔던 학생들이 1년도 채 안 되어서 전공을 포기하는 경우도 많으니 말일세. 지금 상급생 중에서도 고대학을 전공하는 학생은 열 명이 채 안 된다네."

이 큰 아카데미에서 고대학을 전공하는 상급생이 열 명도 안 된 다니. 디엘은 적잖이 놀라는 동시에 약간의 오기를 느꼈다.

교수가 딱히 저를 겁주기 위해 꺼낸 말은 아닐 테지만, 디엘에게 는 어쩐지 그의 말이 '너도 어쩌면 고대학 공부를 포기하게 될지도 모른다'라는 것처럼 들렸다.

"듣자 하니 자네는 원래 고대학 전공 지망이 아니었다고 하던데."

"네, 원래는 전술학과 지망생이었습니다."

"음, 그럼 추후에 성적에 따라서는 전술학과 편입도 생각을―"

"아닙니다. 교수님. 저는 고대학을 배우겠습니다."

디엘이 단호하게 한 말에 샤칼 교수가 당황한 얼굴로 눈을 깜빡 였다.

디엘은 다시 한 번 또렷한 목소리로 강조하였다.

"저는 반드시 고대학을 전공하겠습니다."

편입이라니, 절대 있을 수 없는 일이었다. 어떻게 찾은 희망인데, 이 길을 포기할 수 있을까.

처음에는 단지 제 살길을 도모하고자 이곳으로 온 것이었으나 이제는 또 다른 목적이 있었다.

반드시 저주를 풀 수 있는 방법을 찾아내리라는 꿈이.

"……갑자기 마음이 바뀐 무슨 이유라도 있는 건가?"

샤칼의 주름진 눈가에 조금 어리둥절한 기색이 서려 있었다.

오늘 하루 수업을 들어 본 게 전부인 것치고는 디엘의 태도가 너무 완강한 탓이었다.

잠시 입 안에서 말을 고르던 디엘이 천천히 입을 열었다.

"교수님. 저는 고대학과 입학시험을 위해 유적지 조사를 할 때, 처음으로 마법 도구를 접하였습니다."

어느 소녀의 모습이 담겨 있던 검은 거울 조각을 떠올리며 디엘이 눈을 가늘게 접었다.

"사실 고대학에 대해 잘 알지 못하는 상태에서 조사에 임한 것이라 제대로 시험을 치를 수 있을지 불안했습니다. 하지만 제가 가지고 있는 광물에 대한 지식이 도움이 되어 무사히 유적지 조사를 마쳤고, 거기서 이제까지 한 번도 느껴 본 적이 없는 보람을 느꼈습니다."

입 밖으로 술술 나오는 것은 거짓말이 아니었다.

이제까지 로비나에서는 왕자에게는 필요가 없다 불리던 보석 감별 능력이 고대학에서는 꼭 필요한 능력이었다.

그 사실이 디엘에게는 마치 운명처럼 느껴졌다.

"교수님은 아까 전 강의 시간에 고대학은 아직 밝혀내지 못한 역사의 어느 페이지라고 하셨습니다. 저는 그 페이지를 넘겨서 감추어진 진실을 파헤치는 일에 도전하고 싶습니다."

디엘의 말에 샤칼 교수는 잠시 무언가를 생각하는 얼굴로 디엘을 바라보았다.

곧 그의 입가에 부드러운 미소가 걸렸다.

"……그렇군. 자네의 의지가 아주 굳은 걸 잘 알겠네. 디엘 군의 뜻이 그렇다면 우선 이번 학기는 고대학 전공을 희망하는 것으로 커리큘럼을 진행하도록 하지. 예술 특기생이 아닌 일반 학생의 경우에는 하급생 과정까지도 충분히 전공 변경이 가능하니까, 혹시

나중에라도 마음이 바뀌면 그때 다시 이야기하면 되겠지."

모르아의 학사과정은 의학을 전공하거나 일부 예술 전공자의 경우 7년 정도의 기간이 걸리긴 하나, 기본적으로 일반 학생의 교육 과정은 5년이었다.

보통 1학년부터 3학년까지는 하급생 과정으로 분류되고, 4학년부터 졸업반 때까지를 상급생 과정으로 불렀다.

"디엘 군도 이미 학장님을 뵈었다면 알겠지만, 그분은 학생들이 아카데미에서 다양한 지식을 얻고, 여러 경험을 쌓아 자신만의 길을 찾는 것을 중요시 여기는 분일세. 그러니 의지가 강한 것도 좋지만, 처음부터 너무 가능성을 닫아 둘 필요도 없다는 걸 기억해 두게나."

조곤조곤한 샤칼 교수의 말에 디엘은 고개를 끄덕였다.

카리스 학장이나 샤칼 교수가 뭐라 하건 간에 자신의 뜻이 변할 일은 없었지만 어쨌든 이들이 하는 말은 나름대로 저의 미래를 걱정해서 하는 말이라는 생각이 들었다.

"알겠습니다, 교수님. 앞으로 열심히 해 보겠습니다."

샤칼 교수는 인자한 미소를 지었다. 편입을 권유했어도 고대학을 배우겠다고 나서는 젊은이가 있는 게 내심 반가운 모양이었다.

"그러고 보니 유적지 조사라고 해서 생각난 건데…… 자네가 제트의 저택에서 발견한 유물에 대한 보고서를 고대학 연구 협회에 보내야 하는데. 혹시 보고서 작성 요령을 알고 있나?"

디엘은 고개를 저었다.

로비나에 있을 때는 보고서를 받아 보는 입장이었어도 작성할 일은 별로 없었던 터라 선뜻 알고 있다 대답할 수 없었다.

"음, 그렇군. 그럼 잠시만 기다리게."

샤칼 교수가 책상 서랍을 열더니 그 안을 뒤적거려 서류 봉투를 하나 꺼냈다.

봉투 안에서 나온 것은 칸마다 무언가가 빼곡하게 적혀 있는 서류와 그와는 반대로 빈 칸이 가득한 종이였다.

"간혹 가다 유적지에서 유물을 발견하는 학생들을 위해 만들어 둔 보고서 양식이네. 이걸 참고해서 보고서를 작성하면 되네. 혹시라도 작성하는 것이 어려울 것 같다면 지금 여기서 쓰는 것도 괜찮네. 자네 시간만 괜찮다면 말일세."

디엘은 공손히 그것을 넘겨받아 눈으로 빠르게 훑어보았다.

발견 일시, 발견 장소, 발견자명, 유물의 종류, 형태, 특이 사항─딱히 어려울 것은 없어 보였다.

"혼자서도 괜찮을 것 같습니다. 혹시라도 막히는 부분이 있다면 따로 여쭈러 오겠습니다."

어깨를 반듯하게 편 디엘의 대답에 샤칼 교수가 기특하다는 시선을 보냈다.

"그러게. 언제든 마음 편하게 와서 물어보도록 하게나."

"그럼 언제까지 작성을 마쳐 제출해야 합니까?"

"자네가 편한 대로 해도 괜찮네만, 기왕이면 세 달 안으로는 작성을 끝내 발송하는 게 좋네."

생각보다 여유가 있는 기간에 안심하는 것도 잠시, 디엘은 고개를 갸웃하였다.

왜 하필 세 달이지? 무언가 특별한 이유라도 있나 생각하며 샤칼을 바라보자 그것을 깨달은 교수가 입을 열었다.

"세달 후가 학기 시험이니 시험 전까지는 이 일을 마치는 게 좋지 않겠나. 보고서가 협회에 도착해서 접수되는 데 걸리는 시일과 협회에서 보고서를 접수하는 시일, 그리고 다시 조사원을 파견하는 시일을 합쳐 계산하면 얼추 한두 달은 소요될 걸세. 혹시라도 다른 일이 많이 밀려 있다면 더 걸릴 수도 있지."

그제야 교수의 뜻을 이해한 디엘이 고개를 끄덕였다.

요컨대 학사 일정과 겹치지 않게 하기 위해 이 일을 빠르게 처리하는 것이 좋다는 말이었다.

오늘 기숙사에 돌아가면 당장 보고서 작성부터 해야겠군.

"잠시 기다리게, 디엘 군. 지금 새 종이봉투를 꺼내 오겠네."

의자에서 일어난 샤칼 교수가 다리를 절룩이며 책장으로 향하였다. 디엘은 벌떡 일어나 그를 돕고 싶었지만, 꾹 참았다.

샤칼이 도움을 청하지 않는데, 제가 멋대로 나서는 것이 때로는 상대에 대한 기만이 될 수 있음을 알기 때문이었다.

교수가 책장 사이에서 두툼한 종이봉투 더미를 꺼내는 걸 지켜보고 있자니 저절로 시선이 그 옆에 놓여 있는 책으로 향하였다.

얼핏 보니 표지에 '마법과 저주의 상관관계'라는 문구가 적혀 있었다.

"마법과 저주의 상관관계?"

저도 모르게 소리 내어 그것을 읽자 샤칼 교수가 디엘을 힐끔 보았다.

"응? 이 책 말인가?"

손에 종이봉투를 든 샤칼이 반대쪽 손으로 책을 빼내어서 디엘이 있는 쪽으로 다가왔다.

가까이서 보니 제법 두꺼운 책이었다.

"관심이 있다면 한번 가져가서 읽어 보겠나? 그렇게 내용이 쉬운 책은 아니나, 고대학을 배우는 자라면 읽어 봐야 할 책이지."

디엘은 책을 받아 책장을 넘겨보았다. 목차에는 블루 블러드가 행했던 마법과 현대에 남아 있는 저주가 유형별로 분류되어 있었다.

샤칼 교수가 수업 시간에 말했던 내용— 성별을 바꾸거나 겉모습을 바꾸는 마법에 대한 챕터도 얼핏 보였다.

디엘은 그 부분을 유심히 보며 마른 입술을 혀로 축였다.

"교수님."

"응?"

지금 자신이 이 말을 하는 것이 이상해 보이지는 않을까 생각하면서 디엘은 천천히 말을 골랐다.

"교수님께서 강의 시간에 블루 블러드가 마법으로 성별이나 겉모습을 자유롭게 바꿀 수 있다는 말씀을 하셨는데⋯⋯."

"음, 그랬지."

"그럼⋯⋯ 혹시 저주 중에도 그와 유사한 것이 있습니까?"

시간을 들여 이 책을 정독한다면 자신이 원하는 걸 알 수 있을 터였으나 우선은 전문가에게 확인받고 싶었다.

자신이 쓸데없는 희망을 갖고 있는 것이 아니라는 것을.

"저주 중에?"

조심스레 고개를 들어 보니 샤칼 교수가 고개를 옆으로 기울이고 생각에 잠겨 있는 모습이 보였다.

한참의 생각 끝에 턱 끝을 어루만지며 그가 입을 열었다.

"들은 바에 의하면 성별을 바꾸는 저주는 있네. 꽤 오래전에 어느 나라에서는 아이의 성별을 바꾸는 저주가 성행했던 시기가 있었지. 하지만 그 저주에는 강력한 부작용이 따라 이후 그러한 저주를 금하게 되었다고 전해지네."

"어떤 부작용이 있었습니까?"

"저주를 행한 아이의 성별이 사내도 계집도 아닌 것이 되어 버리고 마는 경우가 있었다더군."

심장이 쿵— 무겁게 내려앉았다.

디엘은 소리 없이 침을 삼켰다.

사내도 계집도 아닌 것. 익숙한 말이었다.

목구멍 안에서 두서없는 소리가 흘러나올 것만 같았기에 그녀는 한참이나 심호흡을 해야만 했다.

"……그럼 그들은 어떻게 되었습니까? 저주를 풀고 부작용에서 벗어나는 데 성공하였습니까?"

"아닐세. 그대로 생을 끝냈다는 기록이 대부분이네."

아— 디엘은 탄식하지 않기 위해 입술을 이빨 끝으로 질끈 깨물었다.

그래, 그렇게 일이 잘 풀릴 리가 없었다.

저주의 부작용은 금기를 어긴 대가였다.

결코 쉽게 갚을 수 있는 죗값이 아니었다.

디엘의 절망을 알 리 없는 샤칼이 설명을 이어 갔다.

"저주와 마법은 여러 가지 차이가 있지만, 그중 공통되는 부분이 하나 있네. 대상이 갖고 있는 형질을 바꾼다는 점이지."

마법은 본래라면 낫지 않을 상처를 단번에 없어지게 만들 수 있고, 저주는 살아 있는 것을 죽음에 이르게 할 수 있다.

요컨대 마법도, 저주도 모두 원래 상태를 인공적으로 조작하는 행위였다.

"한 번 바꾼 형질을 원래 있던 형태로 복원하는 것은 쉽지가 않네. 탄성력(彈性力)을 가진 대상이라면 몰라도 말일세. 그 이유를 알겠나, 디엘 군?"

질문을 던진 샤칼 교수는 힌트를 주려는 것처럼 자신이 마시다 만 커피를 들어 올려 그 위에 맹물을 부었다.

예쁜 갈색이 순식간에 옅은 갈색으로 변하였다. 이제 그것은 커피도 물도 아닌 애매모호한 액체였다.

디엘은 샤칼 교수가 설명하려는 것을 정확하게 이해할 수 있었다.

"한 번 바뀌어 버린 걸 원래대로 되돌리는 건 불가능한 일이니까요."

"그러네. 그렇기에 한 번 저주를 걸고 나면 그것을 다시 물릴 수가 없는 거지."

"……."

디엘은 무릎 위에 올려 둔 책을 꾹 쥐었다. 저주를 풀 수 있을 거라 생각하다니.

단 삼 일 동안 꾼 달콤한 꿈이었다.

만일 신이 존재한다면 그 존재는 금기를 어긴 자들에게 평생에 걸쳐 속죄하라는 의미로 또 다른 저주를 내린 게 아닐까.

'이 몸이야말로 진짜 저주지.'

고개를 살짝 숙인 그녀의 눈에 문득 가슴 부근에 도톰하게 올라와 있는 부분이 보였다.

셔츠 속에 넣어 걸고 있는 레아의 목걸이였다.

그것을 만지듯 디엘은 가슴 위로 손을 올렸다.

마치 레아가 손을 잡아 주는 것처럼 마음이 조금 편안해졌다.

실망하지 말자.

조금 기운을 차린 디엘은 그렇게 저를 타일렀다. 애초에 저주를 풀겠다는 기대 없이 온 곳이었다.

잠깐이라도 꿈을 꿀 수 있었던 것으로 만족—

"하지만 딱 한 명이 저주를 푸는 데 성공했다는 기록도 있지."

"네?"

놀란 디엘이 저도 모르게 번쩍 고개를 들어 올렸다.

샤칼 교수는 다시 인스턴트커피 스틱을 들고 오더니 그것을 멀건 커피가 든 컵에 쏟아부었다.

몇 번 수저로 저으니 커피색이 금세 다시 좀 전의 것과 같이 고운 갈색으로 변하였다.

커피도 물도 아니던 액체가 다시 커피가 되자, 샤칼 교수는 그것을 한 모금 들이마시고 웃었다. 아까보다 조금 진해졌다며.

"한 번 바뀌어 버린 걸 원래대로 되돌리는 건 불가능하지. 하지만 원래대로 되돌리는 것이 아니라 형질을 다시 한 번 바꾼다고 생각하면 결코 불가능한 일이 아닐세. 물론 쉬운 일도 아니지만."

교수의 말대로였다. 쉬운 일이었다면 저와 같은 부작용으로 고통 받던 모든 이들이 저주를 풀었으리라.

그러나 100% 불가능한 것과 99.9% 확률로 불가능한 것은 분명 차이가 있었다.

어렵지만, 0.01%의 가능성이 존재하는 한, 그것은 불가능이 아니었다.

디엘의 왼쪽 가슴이 다시 요란히 뛰었다.

"……저주라는 것은 정말 흥미롭군요."

지나치게 물고 늘어지면 이상해 보일지도 모른다는 생각에 디엘은 흥분을 억눌렀다. 커피를 호로록 마시며 샤칼이 동의하였다.

"그렇지. 사실 저주는 아직까지 연구가 활발히 이루어지지 않은 분야인 만큼 연구할 가치가 분명 있다고 나도 생각하고 있다네. 만일 디엘 군이 저주에 관심이 있다면 내 나중에 도움이 될 만한 책을 몇 권 추천해 주도록 하지."

"감사합니다."

디엘은 제 목소리가 지나치게 간절하게 들리지 않길 바라며 말을 아꼈다.

"아닐세. 학업에 열의를 갖는 학생과 대화를 나누는 것은 나에게도 큰 기쁨일세."

앞으로도 디엘이 계속 고대학에 대한 열정을 계속 간직했으면 좋겠다며 샤칼 교수가 주름진 눈으로 웃었다.

"2주 후에 유적지 조사 실습이 있을 테니 당분간 충분히 지식을 쌓아 두도록 하게. 그리고— 어이쿠!"

무언가를 더 말하려던 샤칼 교수는 탁자 시계를 보고 깜짝 놀란 얼굴을 하였다.

그가 왜 그러나 싶어 고개를 돌려보니 어느새 처음 말했던 10분이 훌쩍 넘어 있었다.

다음 수업을 위해서라도 이제 면담을 끝내야 할 때였다.

"가볍게 이야기를 한다는 게 본의 아니게 시간이 조금 길어진 것 같군. 다음 수업 시작 괜찮겠나?"

샤칼 교수가 미안하다는 얼굴로 한 말에 디엘은 괜찮다며 고개를 끄덕였다.

그녀는 반쯤 남은 커피컵을 테이블 위에 올려 두었다. 그리고 교수에게 받은 서류 봉투며 책을 챙긴 후, 자리에서 일어섰다.

"오늘은 감사했습니다, 교수님. 덕분에 유익한 시간이었습니다."

"아닐세. 나야말로 즐거웠네. 그럼 다음 강의 시간에 보도록 하지."

가볍게 묵례하여 인사를 마친 디엘이 그대로 교수실을 빠져나갔다.

그 뒷모습을 물끄러미 지켜보고 있던 샤칼 교수는 천천히 자리에서 일어섰다.

다리를 절뚝이며 몸을 돌린 그는 방금 책을 빼내 텅 빈 자리를 보았다.

"저주, 라. 특이한 것에 관심을 갖는 학생이군."

샤칼은 제가 마시다 만 커피 컵을 들어 올렸다.

일렁이는 갈색 액체에 비춘 교수의 얼굴에 일순 묘한 표정이 떠올랐다.

컵을 가볍게 흔든 그가 커피를 한 모금 들이켰다.

역시 맛이 지나치게 진해졌다고 중얼거리며.

## Chapter 11

거울이 꼭 사물만 비추는 것은 아니다

부리나케 역사학관을 빠져나온 디엘은 곧바로 인문학관으로 달려갔다.

고대학 다음 수업은 예절학 강의 시간이었다.

이번 교수는 아주 깐깐하고 엄격해 보이는 노년의 여성으로 학생들의 교복 모양새를 시작으로 말투와 걸음걸이까지 따지고 들었다.

예절학 강의를 듣는 학생은 크게 두 가지로 나뉘었다.

교수가 흠잡을 곳 하나 없이 완벽한 걸음걸이와 몸가짐을 보이는― 틀림없이 어느 나라의 귀족이나 왕족으로 보이는 학생, 그리고 교수의 잔소리 지옥에서 도저히 헤어 나오지 못하는 학생.

다행스럽게도 디엘은 전자였다.

로비나에 있을 때를 떠올리면 사실 그녀에게 이런 예절 수업은 식은 죽 먹기만큼 간단한 것이었다.

다른 학생들은 강의가 끝나자마자 노교수를 향한 저주와 욕설을 쏟아 냈지만, 디엘은 기분 좋게 예절학 강의실을 나섰다.

'이번 학기 수업 일정에 예절학 강의는 꼭 넣어야겠군.'

물론 자신이 예절학 강의에서 새로 배울 만한 건 없을 것 같았다.

하지만 어렵고 새로운 과목으로만 강의를 채우는 것보다는 그래도 조금은 쉽게 들을 수 있는 과목도 하나씩 넣어 숨을 돌릴 만한 여유가 필요하겠다 싶었다.

좋은 성적표를 만들기 위한 일종의 전략이었다.

그다음 강의는 자연과학이었다.

하필 수업을 듣게 된 첫날부터 실험 실습이 있어서 당황스러웠지만, 자신과 한 조가 되겠다고 나서 주는 친절한 여학생들이 많아 별다른 불편함은 없었다.

그 대신 남학생들이 저에게 다소 적대적인 시선을 보내는 것이 마음에 걸렸다.

아무래도 에드 때문이겠거니 생각하며 디엘은 그것을 잊어버렸다.

세 번째 강의까지 무사히 끝내고 나니 어느덧 점심시간이었다.

디엘은 예술학관에 있는 식당으로 향하였다.

오늘 점심은 니나와 함께 예술학관에서 식사를 하기로 미리 약속을 해 둔 상태였다.

전날 디엘이 점심을 샀던 것에 대한 보답으로 니나가 점심을 사겠다고 한 것이라 거절할 수가 없었다.

물론 거절할 이유도 없었다. 밝고 유쾌한 그녀와 대화를 나누는 것은 무척 즐거운 일이었으니까.

인문학관에서 예술학관까지는 제법 거리가 있었다.

디엘은 잘 꾸며진 가로수 길을 따라 걸으며 건물 정중앙마다 크게 박혀 있는 시계를 확인하였다.

니나와 약속한 시간까지는 충분히 여유가 있었다.

사실 니나와 주고받은 약속 시간은 일반적인 점심시간보다는 이른 시간대였다.

그 이유가 뭔지 궁금해서 니나에게 물었을 때, 그녀는 엉뚱한 답을 하였다.

'굶주린 짐승만큼 난폭한 건 없으니까!'

그때는 그게 무슨 말인가 싶었지만, 식당이 가까워지면 가까워질수록 디엘은 그 말이 무슨 뜻인지 알 것만 같았다.

"야! 오늘 제일 양 많은 메뉴는 뭐냐?"

"빨리 좀 와! 배고파 돌아가시겠네!"

"자리 먼저 맡아 둘 테니까 주문 알아서 해 와!"

검술 훈련이나 체술 수업을 막 마친 것으로 추정되는 학생들이 마치 겨울철 멧돼지처럼 식당을 향해 돌진하고 있었다.

학생들이 짓고 있는 표정은 하나같이 '당장 밥을 먹지 못하면 아무 거나 뜯어 먹겠다'라고 말하고 있는 것만 같았다.

디엘은 성난 멧돼지 떼와 맞부딪치지 않도록 주의하며 길 한편으로 비켜서서 조용히 걸었다.

자칫 잘못하면 제 살이 뜯어 먹히지 않을까 걱정이 될 정도였다.

무서운 기세로 식당으로 돌진했던 학생들 중 몇은 몇 분이 채 되지 않아, 만족스러운 얼굴로 다시 식당을 빠져나왔다.

그들은 대부분 양손에 커다란 빵을 한 개씩 들고 있었다.

"역시 식사하고 후식으로는 빵이 최고지 않냐?"

"응, 난 두 개로도 좀 부족하더라. 한 세 개 정도는 먹어야 양이 차."

"너 아까 수프도 세 그릇 마시고, 고기도 두 덩어리 먹지 않았냐? 근데도 빵을 또 그렇게 먹어?"

"남말 하시네. 그러는 너는 아까 젤리를 한 3인분 처먹고 있더구만."

어쩐지 듣고 있자니 속이 더부룩해지는 대화였다.

아침에는 본의 아니게 과식을 했다고 생각했었는데, 저들에 비하면 제가 먹은 건 입에 음식을 가져다 댄 정도가 아닐까 하는 생각이 들었다.

허기를 채운 멧돼지— 아니, 학생들이 멀어져 가는 모습을 보며 디엘은 식당 입구로 들어섰다.

시간이 이른데도 입구에는 제법 많은 학생이 있었는데, 디엘은 그 속에서 어렵지 않게 니나의 모습을 찾아낼 수 있었다.

그녀 역시 디엘을 발견하고는 반가움 가득한 얼굴로 손을 흔들어 보였다.

"아, 디엘! 어서 와!"

"니나. 기다리게 해서 미안해."

"아냐, 아냐! 내가 예정보다 일찍 끝나서 기다리고 있었던 건데, 뭐."

활짝 웃은 니나는 디엘의 어깨를 가볍게 툭 쳤다.

구김살이 없는 그 행동에 디엘은 살짝 미소 지었다.

니나는 주문부터 하자며 디엘을 끌고 카운터로 이동하였다.

종류가 제법 많은 메뉴판에서 한참을 고민하던 디엘은, 니나의 추천을 받아 구운 소시지와 라즈베리 잼이 곁들여진 판쿠헨(Pfannkuchen)을 시켰다.

니나는 연어 크림 리조또를 시켰다. 그녀가 진열장 안에 있는 카놀리(Cannol)까지 후식으로 시키자, 얼마 지나지 않아 음식이 모두 준비되었다.

두 사람은 트레이를 들고 빈자리를 찾아 앉았다. 어느덧 카운터에 줄이 길게 늘어서 있었다.

니나는 저것을 보라며 고갯짓을 하였다.

"수요일은 예술학관에 강의가 많아서 점심 먹으러 오는 학생도 그만큼 많거든. 적어도 30분 전에는 자리를 선점해 놔야 편하게 밥을 먹을 수 있어."

니나는 음식이 식기 전에 얼른 먹어보라며 디엘이 시킨 판쿠헨을 가리켰다.

디엘은 함께 나온 주스로 입술을 축인 후, 판쿠헨을 나이프로 한 입 크기로 잘라 보았다.

잘라 낸 단면에서 부드러운 크림이 녹아내리듯 터져 흘렀다. 거기에 잼을 발라 소시지와 함께 먹으니까 단맛과 짠맛의 조화가 기가 막혔다.

"……맛있지?"

"응, 엄청."

제 추천을 마음에 들어 해 줘서 기쁘다며 니나가 헤헤 웃었다.

디엘은 자신의 접시에 있는 것을 조금 잘라 니나의 접시에 놓아 주었다.

이렇게 맛있는 음식이라면 당연히 나눠 먹어야 한다는 생각에서였다.

니나는 디엘의 호의를 사양하지 않았다.

그녀가 내 것도 먹어 보라며 리조또를 새 스푼으로 떠서 디엘의 접시에 덜어 주었다.

포크로 작게 떠서 먹어 보니 입 안에서 퍼지는 크림향이며 연어의 고소함에 절로 감탄이 흘러나왔다.

기숙사 식당에서도 그랬지만, 이곳에서 먹는 음식 역시 왕자궁에서 나오는 것 못지않았다.

디엘은 에드가 아침에 했던 말을 떠올리며 저도 모르게 중얼거렸다.

"혹시 여기 담당 요리사도 유명한 사람인가……?"

"응? 방금 뭐라고 했어?"

열심히 리조또를 먹으며 입술을 오물거리던 니나가 고개를 갸웃하였다.

"별 건 아니야. 아침에 룸메이트한테 들은 건데, 남자 기숙사 식당의 요리사가 전직 로마니크 왕실 요리사라고 들었거든. 혹시 예술학과 식당의 요리사도 유명한 사람인가 궁금해서."

"아, 난 또 뭐라고."

니나는 입술에 묻은 크림을 냅킨으로 닦아 내며 고개를 끄덕였다.

"맞아, 여기 요리사도 전에 이시호 제국에서 아주 유명한 레스토랑의 메인 쉐프였던 사람이래. 그래서 그 판쿠헨은 이시호 제국 스타일인 거고."

디엘은 아래로 시선을 숙여 제가 먹고 있는 판쿠헨이 담긴 접시를 내려다보았다.

그렇군, 이게 이시호 제국 스타일의 팬케이크구나.

로비나에서는 팬케이크를 버터를 많이 넣고 얇게 구워 낸 그것을 여러 겹으로 쌓아서 으깬 감자를 곁들여 먹는 경우가 일반적이었다.

디엘은 이시호 제국 스타일의 팬케이크가 꽤 마음에 들었다.

이시호 제국하면 떠오르는 금발의 룸메이트에 대해서는 잊으려고 노력하며 열심히 음식을 먹고 있는 사이, 니나가 문득 생각났다는 얼굴로 물었다.

"그나저나 네 룸메이트는 누구야?"

질문을 받은 순간, 디엘의 얼굴이 그대로 굳어졌다.

그녀의 머릿속에 순간적으로 느물거리는 미소를 지은 에드의 얼굴이 떠올랐다가 사라졌다.

남자 기숙사에서는 이미 누구나 디엘이 에드와 한방을 쓰고 있다는 걸 알고 있었으나 여학생 사이에서는 소문이 아직 퍼지지 않은 것 같았다.

"……."

"응? 디엘? 왜 그래? 어디 아파?"

표정이 눈에 띄게 좋지 않아진 디엘을 보고 니나가 고개를 갸웃하였다.

디엘은 에드를 떠올리기만 해도 머리가 아픈 게 제 착각이 아닌가 보다 생각하며 입을 열었다.

"검술학과의 2학년생인 에드와…… 룸메이트가 되었어."

"뭐어? 그 하르파스의 악마랑!?"

아무래도 에드가 악마의 이름으로 불리는 것은 남학생들 사이에서만 그런 게 아닌 모양이었다.

"대체 어쩌다가 그랑 같은 방이 된 거야……? 일반적으로 룸메이트 배치는 보통 같은 학과의 선후배나 동급생으로 하는데…… 물론 고대학과야 학생 수가 적으니까 보통 다른 학과 학생이라도 배치가 많이 되는— 아!"

한참을 추측을 이어 나가던 니나가 그 이유를 알겠다는 얼굴을 하였다. 그리고 곧바로 다시 자신의 결론을 믿을 수 없다는 표정으로 입을 벌렸다.

"설마 에드랑 경호 계약을 맺은 거야!?"

"……본의는 아니지만."

쓴 약이라도 씹은 것 같은 얼굴로 디엘이 고개를 끄덕이자, 니나가 무어라 말해야 좋을지 모르겠다는 얼굴을 하였다.

그녀가 "아니, 어쩌다가……."라고 중얼거리는 소리가 들려왔다.

"그, 에드가 성격이 좀…… 장난 아니잖아."

디엘은 '지랄 맞다'는 말 대신 '장난이 아니다'라고 순화하여 표현한 니나를 향해 한숨을 쉬어 보였다.

니나는 어느새 들고 있는 스푼을 테이블 위로 올려 두고 디엘을 바라보고 있었다.

"괜찮은 거야?"

"아직은 모르겠어. 한 달 후에 상황을 봐서 계약을 해지하고, 룸메이트 변경을 요청할까 생각하고 있어."

대체 무슨 일이 있었던 거냐는 말 대신 니나는 카놀리가 쌓여 있는 접시를 디엘 쪽으로 밀어 주었다.

하나를 집어 올려 와그작 깨물자 달콤한 초코 크림이 입 안을 적셨다.

말없이 카놀리를 먹는 디엘을 보며 니나가 안타까움이 가득한 얼굴을 하였다.

"에드가 생긴 건 진짜 엄청 잘생겼는데, 하필 성격이 그래서 좀 유감스러워."

니나가 한숨처럼 내뱉은─ 그가 잘생겼다는 말은 부정할 수 없는 사실이었다.

물론 그렇다고 해서 그 잘생김으로 그가 저지르는 온갖 터무니없는 짓이 용서가 되는 건 아니겠지만.

"작년에 입학식 때도—"

니나가 무언가를 말하려고 할 때, 디엘은 저들에게로 가까워지는 기척을 눈치챘다.

고개를 돌려보니 주근깨가 가득한 단발머리 소녀 한 명이 쭈뼛거리며 니나가 있는 쪽으로 다가오고 있었다.

"어, 에이미? 무슨 일이야?"

잘 아는 사이인 것처럼 니나가 그 소녀에게 아는 척을 하였다. 에이미라 불린 소녀는 디엘을 보고 조금 겸연쩍은 얼굴을 하더니 니나를 향해 입을 열었다.

"슈페니아 교수님이 콩쿠르 예선전에 대해하실 말씀이 있다고 부르셔서."

"교수님이? 으으. 서류 덜 낸 게 있었나?"

조금 귀찮다는 듯 얼굴을 찌푸렸던 니나가 디엘을 향해 고개를 돌리더니 면목 없다는 표정을 지었다.

"미안해, 디엘. 나 먼저 가 봐야 할 것 같아."

"난 괜찮으니까 신경 쓰지 마. 점심이야 내일도 같이 먹으면 되니까."

디엘의 대답에 니나가 기쁜 듯 활짝 웃었다. 웃는 얼굴은 영락없이 레아와 판박이였다.

역시 니나는 레아와 친인척 관계인 게 아닐까?

디엘은 레아에게 형제자매가 제법 많았다고 들었던 것을 떠올렸다.

다만 문제는 니나가 노예 출신이라는 사실이었다.

레아는 입궁 시녀였으나 신분은 노예가 아닌 평민이었다.

레아가 저에게 거짓말을 했을 리는 없다. 그렇다고 해서 니나가 제 신분을 속였을 리도 없었다.

무엇보다 그녀가 노예 출신인 건 소피아의 말로도 증명되지 않았던가.

'그럼 대체 레아와 니나 사이에는 무슨 연결 고리가 있는 거지?'

복잡한 생각 때문에 디엘의 얼굴이 조금 딱딱해진 사이, 트레이를 급하게 정리한 니나가 얼른 자리에서 일어섰다.

"알려 줘서 고마워, 에이미. 디엘, 그럼 내일 보자!"

경쾌하게 인사를 마친 니나가 총총걸음으로 자리를 떠났다.

그 모습을 물끄러미 보고 있자니 니나에게 말을 전하러 왔던 에이미가 디엘을 힐끔거렸다.

저에게도 무슨 할 말이 있는 건가 싶어서 디엘이 그녀의 눈을 물끄러미 마주하자, 주근깨 가득한 소녀의 콧등이 불붙은 것 같은 빨강으로 물들었다.

"저—"

"……!"

디엘이 먼저 말을 건넨 찰나.

화들짝 놀란 에이미가 사건 현장에서 도망치는 사람처럼 후다닥 사라졌다.

부끄러움이 많은 건지, 낯가림이 심한 건지. 니나와는 정반대의 타입이었다.

홀로 남겨진 디엘은 떨떠름하게 아직 음식이 반이나 남은 접시

위를 보았다.

맛있긴 해도 원래부터 음식을 많이 먹는 편이 아닌 그녀에게는 지나치게 양이 많았다.

이제 슬슬 나도 자리에서 일어설까.

디엘이 그런 생각을 하던 순간, 이번에는 반갑지 않은 목소리가 디엘의 이름을 불렀다.

"어머나, 디엘 님!"

교태를 부리는 것 같은 높은 톤의 목소리, 멀리서도 느껴지는 진한 향수 냄새.

디엘은 표정 관리를 하려는 것처럼 가볍게 입매를 손으로 만진 뒤, 고개를 돌렸다.

"안녕하십니까, 소피아 양."

제 이름이 불리자 소피아는 자신감이 가득한 미소를 지으며 디엘의 앞자리에 앉았다. 디엘이 선뜻 앉으라고 권유한 적도 없건만.

소피아를 에워싸고 있던 다른 소녀들은 저마다 옆으로 물러섰다.

익숙한 광경이었다. 디엘은 귀족 영애를 졸졸 따라다니는 시녀들을 떠올렸다.

아카데미에서는 분명 신분과 상관없이 모든 학생이 평등하다고 하지 않았나?

새삼 다시 드는 의문이었지만, 그녀는 그것을 입 밖으로 내지 않았다.

"하룻밤 만에 다시 뵙네요, 디엘 님. 간밤에는 평온하셨나요?"

"네, 덕분에."

디엘은 지나치게 가면 같은 미소를 입가에 걸며 대답하였다. 지나치게 쌀쌀맞게 구는 것도 문제지만, 소피아가 착각할 정도로 친밀한 태도를 보이는 것도 곤란했다.

이런 상대에게는 적당한 거리감이 중요했다.

"저도 식사를 할 생각인데, 이 자리에 함께해도 괜찮을까요?"

이미 맞은편에 앉아 있으면서 소피아는 그제야 디엘의 의향을 물어 왔다.

이 자리에서 디엘이 싫다 대답할 수 없다는 것을 알고 있는 사람의 뻔뻔함이었다.

디엘은 고개를 끄덕이되 소피아가 원하지 않는 대답을 들려주었다.

"물론입니다. 하지만 소피아 양. 저는 이미 식사를 다 마친 상태라서 먼저 일어서야 할 것 같군요."

"네? 하지만 아직……."

소피아가 디엘의 접시를 곁눈질하였다. 음식이 남아 있는데 왜 벌써 자리에서 일어냐는 뜻이었다.

디엘은 접시 위로 스푼과 포크를 올려 두었다.

"생각보다도 훨씬 양이 많아 다 먹기가 힘들 것 같더군요."

"그러, 시군요."

실망한 기색을 감추지 않으며 입술을 샐쭉거리던 소피아가 좋은 생각이 났다는 것처럼 작게 손뼉을 쳤다.

"아! 그럼 내일 점심은 어떠신가요?"

다행히도 이번에도 댈 핑계가 있었다.

"죄송합니다. 선약이 있어서."

디엘이 정중한 미소로 사양하자 소피아가 얼굴을 굳혔다.

"……음악학과의 니나와 말인가요?"

이 자리에서 그렇다고 대답하면 또다시 소피아가 니나를 괴롭힐 것이라 직감한 디엘이 대답을 아꼈다.

어떻게 행동해야 니나에게 조금이라도 피해가 덜 갈까 생각하던 때, 소피아가 입을 열었다.

"디엘 님. 그 아이가 대체 어떻게 디엘 님의 환심을 산 것인지는 모르겠지만, 디엘 님께서 가까이 지내실 만한 아이는 아니랍니다."

얼핏 듣기로는 마치 디엘을 염려하는 것 같은 목소리 안에는 어떻게든 니나를 깎아내려 그녀의 존재를 지우고 싶어 하는 비뚤어진 우월감이 가득하였다.

디엘은 소피아에게서 바바라의 잔상을 보았다.

"……그게 무슨 말입니까, 소피아 양?"

"문자 그대로의 의미랍니다. 저는 로비나의 왕자님이신 분이 노예 출신의 학생과 친하게 되면 아무래도 평판에 누가 되지 않을까 걱정이 되어서……."

예상했던 그대로의 말에 디엘이 픽 웃었다.

애초에 이해관계를 따져가며 사귀는 친구라면 진정한 의미의 친구라고 할 수 없는 게 아닐까?

정치적인 목적으로 서로를 이용하는 친구라면 디엘 역시 로비나 왕국에는 잔뜩 있었다.

하지만 진짜 친구는 그런 것이 아니었다. 니나도 말하지 않았는가.

*'어떤 상황에서건 내 편이 되어 주기?'*

절대적으로 아군이 되어 주는 사람을 만나는 일은 결코 쉬운 게 아니었다.

어쩌면 시간이 좀 더 지나면 니나와도 서로 맞지 않는 부분을 찾고, 우정을 나누기 어려울지도 모른다.

하지만 적어도 처음부터 이렇게 신분으로 상대를 가리고 우열을 매기는 소피아보다는 제 신분에 기죽지 않고, 당당하게 행동하는 니나가 훨씬 더 가까워지고 싶은 상대였다.

"친구를 사귐에 있어서 상대의 신분은 흠이 되지도 않고, 득이 되지도 않습니다."

단호하게 말한 디엘이 자리에서 일어섰다.

적당한 거리감이 안 좋은 방향으로 기울어져 있다는 것을 느끼고 있었으나 더는 이런 헛소리에 어울려 주고 싶은 마음이 없었다.

싫은 걸 꼭 참을 필요도 없었다. 여긴 로비나가 아니었으니까.

"강의 준비를 위해 먼저 실례하죠, 소피아 양. 식사는 다음에 기회가 되면 함께하면 좋겠습니다."

완전히 잔인하게 소피아를 내칠 수 없는 디엘이 인사치레로 붙인 말에 소피아가 무어라 표현할 수 없는 얼굴을 하였다.

웃어야 할지 화를 내야 할지 모르겠다는 표정이었다.

트레이를 든 디엘이 그것을 반납대에 두기 위하여 걸음을 옮기던 순간.

"디엘 님!"

뒤에서 저를 부르는 소리에 반사적으로 고개를 돌렸다. 의자에 앉은 소피아가 입꼬리를 가늘게 접어 올리며 눈을 표독하게 빛내고 있었다.

"그 아이를 너무 믿지는 마세요. 저를 키워서 아카데미에게까지 보내 준 주인에 대한 은혜도 모르는 아이니까요."

주인? 은혜?

무심코 그게 무슨 소리냐고 반문할 뻔했던 디엘은 놀라운 자제심으로 입을 닫았다.

아무리 디엘이 악의가 없다하더라도 니나가 없는 자리에서 그녀에 대한 이야기를 떠드는 것은 단순한 뒷담에 불과하였다.

게다가 디엘은 둘째 치고 소피아는 분명 니나에게 악의를 가지고 있었다. 그런 상대가 하는 말을 믿을 수는 없었다. 궁금한 건 니나 본인에게 직접 물어보면 그만이었다.

디엘은 알았다는 대답도, 불쾌하다는 반박도 하지 않은 채, 그대로 자리에서 벗어났다.

홀로 남겨진 소피아는 입술을 꾹 깨물고 그 뒷모습을 바라보고 있었다.

*         *         *

　오후 강의를 모두 마친 디엘은 지친 걸음으로 기숙사로 돌아왔다.

　강의 내용 자체를 따라가는 건 그리 버거운 일이 아니었으나 강의실을 찾아 이동하는 과정이 지나치게 번거로웠다.

　심지어 시간을 가늠하여 여자로 변한 몸을 감추는 준비를 하는 것도 쉽지가 않았다.

　일주일이 지나고 본격적으로 강의 시간표를 짜게 될 때는 동선을 고려해서 최대한 효율적인 시간표를 만들어야 할 것 같았다.

　디엘은 무거운 발걸음을 옮겨 기숙사 계단을 천천히 올랐다.

　그녀를 향해 학생들이 호기심과 약간의 두려움이 섞인 눈빛을 보내고 있다는 것을 알아차렸지만, 그 시선에 일일이 반응할 여유가 없었다.

　방문 앞에 도착한 디엘은 문패에 제 이름과 함께 나란히 쓰여 있는 에드의 이름을 보고 한숨을 쉬었다.

　로비나 왕국에 있을 때도 왕자궁 밖에서나 안에서나 마음 편한 생활을 해 본 적이 없긴 했지만, 어째 그때가 지금보다는 낫지 않았나 하는 생각이 들었다.

　거긴 적어도 금발에 붉은 눈을 가진 남자가 없었잖아.

　한숨 같은 투덜거림을 입속에 담은 채, 디엘이 손잡이를 잡아 옆으로 돌렸다.

　달칵, 하는 소리와 함께 문이 열리는 걸 보아서는 아무래도 에드가 방 안에 있는 모양이었다.

이러니저러니 해도 함께 생활하는 사이인데 인사 정도는 해야겠지.

"다녀왔一"

문을 열며 안으로 한 걸음 들어선 디엘은 하던 말을 멈추고, 그대로 굳어졌다.

그럴 수밖에 없는 상황이 눈앞에 펼쳐져 있었다.

"어서 와, 주인님."

디엘을 보고 반갑다며 환하게 웃는 에드는 실오라기 하나도 걸치지 않은 알몸이었다. 방금 씻고 나온 것인지 머리칼이며 몸이 축축하게 젖어 있었다.

에드의 뺨을 타고 흐르는 물방울이 바닥을 흥건하게 적셔 놓고 있었다.

"오늘 첫날이라 그런지 늦었네. 수업은 어땠어? 우리 주인님 괴롭히는 놈들은 없었어?"

에드가 이것저것 물어 왔지만, 디엘은 도저히 입을 열 수 없었다.

입을 여는 순간 평소보다 세 옥타브 정도 높은 비명이 튀어나갈 것 같았다.

적어도 시선이라도 피하자며 눈을 아래로 내리니一

"뭐야, 디엘. 안 들어오고 거기서 뭐해?"

영문을 모르겠다며 에드가 디엘을 향해 성큼성큼 다가왔다.

옆으로 피하지도, 그렇다고 뒤로 물러서지도 못하는 사이. 에드는 디엘이 열어 두었던 문을 닫았다.

밖에서 마침 지나가던 어느 학생이 "으악!"하고 비명을 지르는 소리가 들려왔다.

불시에 속옷 한 장 안 걸친 남자의 알몸을 본 경악 때문인지 아니면 그 알몸의 남자가 하르파스라서 느끼는 공포 때문인지는 몰라도.

디엘도 차라리 그 학생처럼 소리라도 질러 버리고 싶었다.

"어디 몸이라도 안 좋아? 아까부터 완전 돌처럼 굳어서─"

에드가 열이라도 나는 거냐며 손을 들어 올리자 디엘은 재빨리 입을 열었다.

"……옷을."

"응? 뭐라고?"

"지금 당장 옷을 입길 바랍니다."

용케 혀를 안 깨물고 말을 전부 뱉었구나.

디엘은 제 자신의 놀라운 인내심과 침착함에 스스로 칭찬을 해주었다.

제 알몸을 부끄럼도 없이 전부 드러낸 에드가 어깨를 으쓱하였다.

"왜? 내 몸이 무슨 문제라도 있어?"

"문제는─ 당신의 몸이 아니라 머리에 있습니다."

한 걸음 뒤로 물러선 디엘이 에드를 피해 옆으로 움직였다. 하지만 반응속도가 거의 들짐승 같은 에드가 디엘을 놓칠 리가 없었다.

그는 커다란 손으로 덥석 디엘의 어깨를 잡았다.

이게 뭐하는 거냐고 버럭 화를 내려던 디엘은 고개를 돌린 순간, 붉은 눈이 번뜩이는 것이 보였다.

육식동물 앞에 선 초식동물이 된 기분으로 디엘이 침을 꿀꺽 삼켰다.

"으응? 지금 부끄러워하는 거야? 그런 거야, 디엘? 같은 거 달려 있는 사이에 뭘 그렇게 부끄러워 해?"

바로 코앞으로 다가온 얼굴의 입가에는 평소처럼— 아니, 평소보다 더욱 능청스러운 미소가 걸려 있었다.

디엘은 씻고 나온 사람에게서 나는 특유의 물 향기며 비누 냄새에 괜히 심장이 빠르게 뛰는 것을 느꼈다.

"누, 가…… 부끄러워 한다는 겁니까."

디엘은 제 어깨를 잡고 있는 에드의 손을 떨쳐 버리고 싶은 충동을 억눌렀다.

여기서 신경질적인 반응을 보이면 오히려 에드를 기쁘게 만들 뿐이라는 건, 이제 싫어도 알 수 있었다.

이 뺀질거리는 남자를 물러서게 만들려면 침착하게— 어디까지나 이성적으로 대응해야만 했다.

"나는 다른 사람과 함께 공유하는 생활공간에서 폐를 끼치는 행위는 삼가라고 말하고 있는 겁니다."

"내가 벗고 있는 게 너한테 무슨 폐가 되는데?"

도저히 영문을 알 수 없다는 얼굴로 에드가 고개를 옆으로 기울였다.

"오히려 보고 있으면 막 흐뭇하고, 기분 좋아지지 않아? 예술 작품을 감상하는 것처럼."

뻔뻔하다 생각은 했지만, 이 정도로 뻔뻔한 인간이었을 줄이야. 디엘은 기가 막힌다는 표정으로 에드를 보았다.

길을 가다 생판 모르는 사람에게 뒤통수를 크게 한 대 얻어맞아도 차라리 이것보다는 덜 어이가 없겠지.

어떤 의미로는 이렇게까지 자신감이 넘치는 이 남자가 부럽긴 하였다.

디엘은 한숨을 쉬며 입을 열었다.

"……당신은 예술 작품이 아니니 내가 당신을 보면서 흐뭇함과 기분 좋음, 혹은 예술 작품을 감상할 때와 같은 감동을 느낄 리가 없잖습니까."

"무슨 소리야?"

에드는 정말 이해할 수 없다는 얼굴로 디엘의 양손을 와락 잡더니 그 손을 그대로 제 몸 위에 올렸다.

"이게 예술 작품이 아니면 대체 뭔데?"

본의 아니게 단단하면서도 탄력 넘치는 몸에 손을 대게 된 디엘의 얼굴이 굳어 버렸다. 에드는 어서 완벽하게 갈라진 제 복근을 만져 보고, 감탄하라며 디엘의 손을 아래로 끌어당겼다.

"에드!"

도저히 참을 수 없어진 디엘은 비명을 지르다시피 하며 그를 밀쳐 내고 뒤로 물러섰다.

이미 등 뒤로는 문이 있어서 더는 물러설 곳이 없다는 걸 깨달은 순간, 에드가 웃음을 터트렸다.

"하하하!"

"……."

그가 제 반응을 보며 놀고 있었을 뿐이라는 걸 깨달은 디엘의 얼굴이 사정없이 구겨졌다.

아니, 그가 장난을 치고 있는 거라고 생각을 하긴 했지만— 그걸 알면서도 그의 수작에 속수무책으로 당했다고 생각하니 분해 죽을 지경이었다.

"에드."

목소리를 내려 깐 디엘이 저를 부르자 여전히 낄낄거리고 있던 에드가 손을 팔랑거렸다.

"미안, 미안. 근데 어차피 매일 볼 건데, 익숙해지는 게 낫지 않겠어?"

"매일?"

"응. 나 잘 때는 다 벗고 자거든."

"……."

매일 벗고 잔다고? 그럼 어제는 왜 옷을 입고— 아.

디엘은 그제야 자신이 전날 밤에는 에드보다 먼저 잠들어 버렸기에 그가 자는 모습을 보지 못했다는 걸 깨달았다.

그럼 정말 오늘부터는 이 남자가 아무것도 안 입고 방안을 활개 치는 이 꼴을 지켜봐야만 한단 말인가.

밀려오는 두통에 디엘이 이마를 부여잡았다. 상반신을 드러내는 정도는 괜찮았다. 하지만 하반신까지 아무것도 안 걸치고 있는 건 너무하지 않은가. 노출증 환자도 아니고.

"적어도 속옷 정도는 입고 자길 바랍니다."

디엘이 핀잔을 주자 에드는 싫다며 어깨를 으쓱거렸다.

"보기 싫으면 안 보면 되잖아. 내가 벗고 싶은 걸 참는 것보다는 상대가 보는 걸 참는 게 더 낫지 않나?"

어차피 이 남자에게는 상식적인 설교가 통하지 않는다는 걸 알고 있는 디엘은 이를 악문 채, 입을 열었다.

"명령입니다. 에드. 옷을 입으십시오."

누군가에게 명령을 하는 것은 익숙한 것이었으나 썩 즐거운 일은 아니었다. 자신이 상대보다 우위에 있기에 할 수 있는 행동은 대부분 사람에게 비뚤어진 우월감을 주기 마련이었다.

디엘은 그러한 감정을 경계하였다. 하지만 이번만큼은 기꺼이 자신이 우위에 있다는 것을 십분 활용해야 했다.

디엘은 하르파스의 '주인님'이었으니까.

"……흠. 명령. 음, 명령, 이라."

무슨 이유에서인지 에드는 연신 같은 말을 반복하였다.

"나 누구한테 명령받는 거 처음이야. 하지만 우리 주인님 명령이라면 거스를 수가 없지."

뭐가 그리 즐거운지 싱글거리던 그가 순순히 뒤로 물러서더니 실내복 바지를 대충 걸쳤다.

디엘은 그가 속옷도 입지 않았다는 사실은 모른 척하기로 하였다.

이제야 좀 눈 둘 곳이 생겼네.

깊게 한숨을 내쉰 디엘은 자신의 책상 앞으로 다가가서 의자에 털썩 걸터앉았다.

마음 같아서는 씻고 침대로 다이빙을 하고 싶었으나, 에드가 방에 있으니 여유롭게 욕실을 쓸 수가 없었다.

저 남자를 어떻게 하면 또 방 밖으로 내쫓을 수 있을까 생각하며 디엘은 옆을 힐끔거렸다.

마침 콧노래를 흥얼거리며 지퍼를 올리고 있던 에드가 그것을 알아차리고 한쪽 눈을 찡긋거렸다. 디엘은 얼른 고개를 돌렸다.

"그래서 어땠어?"

"뭐가 말입니까?"

갑작스러운 질문에 디엘은 에드가 무엇을 물은 것인지 알지 못하고 반문하였다.

성큼성큼 다가온 에드는 디엘이 싫은 얼굴을 하거나 말거나 멋대로 그녀의 책상 위에 걸터앉았다.

제대로 다 잠그지 않은 셔츠 사이로 조금 전 자신이 본의 아니게 더듬거린 가슴팍이 보인다는 걸 깨달은 디엘이 고개를 비스듬하게 숙였다.

같은 남자니까 부끄러워 할 필요는 없는데ー 아니, 하지만 지금은 남자가 아니라 여자인 상태니까 부끄러워하는 게 당연한 게 맞나? 그래도 이렇게 계속 반응하면 저 감 좋은 남자가 무언가를 눈치채지는 않을까?

"……없었어?"

"네?"

한참 엉뚱한 생각에 잠겨 있던 디엘이 퍼뜩 정신을 차리고 고개를 들어 올리자 저를 향해 영 미심쩍다는 얼굴을 하고 있는 에드가 보였다.

그가 지금 뭐라고 물어봤던 거지? 당황한 디엘이 아무 대답도 하지 못하고 있자 에드가 날카롭게 눈을 빛냈다.

"있었어?"

"어— 미안합니다, 에드. 뭐라고 했는지 다시 말을……."

"널 괴롭히는 놈들 있었냐고."

아, 난 또 뭐라고. 별것 아닌 일이라는 생각에 디엘은 고개를 저었다.

"아닙니다. 오히려……."

'저, 그러니까 제발 화를 내지 말아 주셨으면 합니다.'
'그, 하르파스가 함부로 디엘 님을 부르지 말라고 해서.'

고대학 수업 시간에 있었던 일을 떠올린 디엘의 표정이 무어라 형용할 수 없는 것으로 변하였다.

그녀는 팔짱을 낀 채, 에드를 보았다.

"당신 때문에 덩달아 나를 무서워하는 학생들 덕분에 마음이 아주 불편하더군요."

"얕잡아 보여서 시비를 걸어오는 것보다는 낫잖아. 두려움은 인간이 다른 인간을 지배하는 아주 효과적인 수단이라고."

히죽 웃은 에드가 상체를 숙여 디엘에게 얼굴을 가까이 가져다 대었다.

"널 무서워하는 자들은 절대 너에게 거스르지 않을 거야. 그편이 앞으로의 생활에 훨씬 도움이 되지 않겠어?"

붉은 눈의 남자가 내뱉는 한 마디, 한 마디가 마치 악마의 속삭임처럼 들렸다.

두려움으로 상대를 지배하라.

디엘은 에드가 왜 하르파스라는 별명으로 불리는 것인지 알 것 같다는 생각을 하였다.

때로는 한없이 가벼워 보이는 주제에 이 남자에게는 상대를 주눅 들게 하는 위압감이 있었으며 가까이 다가갈 수 없는 거리감이 있었고, 동시에 그를 거스를 수 없도록 만드는 힘이 있었다.

만일 에드가 어느 나라의 왕족이었다면 틀림없이 그 나라 역사상 가장 강력한 왕이 되었을지도 모른다.

아니, 귀한 신분으로 태어나지 않았다고 하더라도 자신의 실력하나로 능히 지배자의 길을 걸을 수도 있는 남자였다.

디엘은 그를 두려워하는 학생들의 심정이 충분히 이해가 갔다.

어느 나라의 귀족, 왕족 같은 신분은 결국 잘 차려입은 옷에 불과하였다.

그 옷을 한 겹 벗겨 내고 나면 인간이 가지고 있는 본성 혹은 순수한 바탕이 드러나는 법이었다.

에드는 그 바탕을 타고난 남자였다. 디엘은 에드의 터무니없는 성격과는 별개로 순수하게 그런 점에 감탄을 느꼈다.

그러나 디엘은 에드가 아니었다. 결코 그가 되고 싶지도 않았다.

"당신의 생각에 일부는 동의합니다."

"일부는?"

다른 뭐가 문제냐고 묻는 것처럼 에드가 디엘을 보고 있었다.

"공포는 효과적인 수단이나 절대적인 방법이 될 순 없습니다. 누군가를 두려워하며 따르는 자와 누군가를 존경하며 따르는 이는 자신이 따르는 주인을 위해 하는 선택이 다릅니다."

디엘은 로비나 왕국에 있을 무렵의 일을 떠올렸다.

첫째 왕자가 서거하고 얼마 안 있어서 셋째 왕자와 다섯째 왕자 사이에서 불온한 기류가 흐르던 시기가 있었다.

그로부터 얼마 지나지 않아 다섯째 왕자가 파티장에서 어느 귀족 여인을 겁탈했다는 소문이 퍼졌다.

왕실의 체면을 매우 중요시 여기는 왕의 귀에 그 소문이 들어간 후, 한동안 다섯째 왕자는 왕실의 저녁 식탁에 앉을 수 없었다.

그때, 선뜻 나서서 다섯째 왕자의 누명을 풀기 위해 나선 자가 있었다.

평소에도 다섯째 왕자에게 각별한 충성심을 보이던 자는 제 목을 걸고 왕자의 누명을 벗기는 데 성공하였다.

이후, 셋째 왕자가 그 추잡한 계획에 연루되어 있다는 게 밝혀졌다.

셋째 왕자는 제 측근이 지나친 충성심으로 제게 알리지도 않고 한 일이라며 부하들을 사지로 내몰았다.

평소에 셋째 왕자를 두려워하며 따르던 자들은 자신을 아무렇지 않게 버리는 왕자에게 분노하며 왕에게 사실을 아뢰었다.

하지만 왕은 셋째 왕자를 따로 벌하는 대신, 사실을 알린 자들을 모두 죽였다.

셋째 왕자는 한동안 왕에게 '너는 사람을 다루는 기술이 부족하다'는 꾸짖음을 피하지 못했다.

그 사건을 통해 디엘이 얻은 교훈이 하나 있었다.

"사람을 움직이기 위해서는 공포뿐만이 아니라 인망이 필요합니다."

"아, 그러니까 요컨대 공포가 아니라 경외심으로 사람을 지배해야 한다?"

그거라면 나도 동의한다며 에드가 고개를 끄덕였다.

"평소에 못되게 굴던 놈이 가끔 가다가 착하게 대해 주면 다들 그 갭에 홀라당 넘어가잖아. 나쁜 놈에게 빠지는 여자의 심리 같은 거지?"

"……."

그게 아닌 것 같은데.

디엘은 자신이 한 말과 에드의 예시 사이에 대체 무슨 공통점이 있나 따져 보려다가 그만두었다.

말을 하면 할수록 이야기가 엉뚱한 곳으로 샐 것만 같았다.

성가셔진 디엘은 에드를 향해 옆으로 비키라는 손짓을 하였다.

고집을 피울까 싶던 에드는 뜻밖에도 순순히 책상에서 몸을 비켰다.

안심한 디엘은 가방 속에 손을 넣어 오전 중에 샤칼 교수에게 받아 왔던 보고서 양식을 꺼내 들었다.

늦어도 상관없으나 빠르면 빠를수록 좋다 하였으니 오늘 당장 작성을 끝낼 생각이었다.

그리고 시간이 남는다면 레아에게 보내는 편지를 써야지.

디엘이 펜을 찾기 위해 서랍을 열자 에드가 고개를 쓱 들이밀었다.

움찔한 디엘은 재빠르게 책상 서랍을 닫았다.

이상한 물건은 없었지만, 붕대를 여러 개 넣어 두었기에 괜히 에드에게 서랍 속을 보이는 것이 불편하였다.

그가 혹시라도 붕대의 사용처를 꼬치꼬치 캐묻기라도 한다면―

"뭐야? 보고서 양식? 아! 제트의 저택에서 발견한 유물 보고서 작성하는 거야?"

에드가 쓸데없는 것을 물을까 내심 걱정하던 디엘은 속으로 안도의 한숨을 쉬었다.

"네, 그렇습니다."

"샤칼 교수가 오늘 바로 보고서 작성을 하라고 시킨 거야? 어차피 협회에서 조사원 나오려면 시간 걸릴 텐데 굳이 뭐하러?"

"아닙니다. 교수님은 여유 있게 작성을 해도 된다고 하셨습니다. 다만 제가 미리 해 두어야 마음이 편―"

"에이, 그냥 대충 작성해도 되는 거니까 그렇게 각 잡고 할 필요 없어. 오늘은 어차피 첫 강의라 힘들었을 테니까 밥 먹고 씻고 푹 쉬자고."

에드가 어서 식당으로 가자며 디엘의 어깨에 팔을 턱 올렸다.

이 남자는 대체 왜 나만 보면 식당에 가자는 말을 못 해서 안달이지. 얼굴을 구긴 디엘이 그의 팔을 쳐 냈다.

"혼자 가서 먹고 오시죠."

"……꼭 그걸 지금 써야 해?"

"네, 지금 쓸 겁니다."

디엘이 고집스럽게 고개를 끄덕이자 에드가 어쩔 수 없다는 듯 양손을 펼쳐 들어 올리는 시늉을 하였다.

"알았어, 알았어. 좋아. 그럼 다 쓸 때까지 기다리지, 뭐."

"아니요. 그럴 필요가 없습니다. 난 이걸 다 작성한 후에는 본국에 보낼 편지를 쓸 생각입니다."

오늘은 점심까지 잘 챙겨 먹었으니 저녁 한 끼 정도는 굶어도 별 지장이 없으리라.

애초부터 로비나에 있을 때도 디엘은 끼니를 꼬박꼬박 잘 챙겨 먹는 편은 아니었다.

왕자는 다른 이들이 생각하는 것보다도 훨씬 더 바쁜 존재였고, 심지어 디엘은 해야 할 일과 만족시켜야 할 사람이 많은 왕자였다.

만일 레아가 없었다면 하루 종일 쿠키 몇 조각과 홍차 몇 잔으로 끼니를 때우는 것이 흔했을 터였다.

새삼 레아의 존재에 감사하며 디엘이 에드를 향해 말했다.

"기다리게 하면 미안하니, 다녀오십시오."

사실은 미안해서라기보다는 잠깐이라도 그와 떨어져 있을 수 있는 시간이 간절해서 하는 권유였다.

에드가 나가면 씻고, 붕대를 조금 느슨하게 다시 묶을 수도 있었다. 어떻게든 그가 먼저 나가 주는 게 고마웠다.

하지만 이제까지 단 한 번도 디엘의 마음에 드는 행동을 한 적이 없는 에드는 이번에도 그녀의 기대를 팍 꺾어 버렸다.

"뭐어? 혼자 가서 무슨 재미로 밥을 먹어? 그러지 말고 같이 가자, 주인님. 응? 으응?"

덩치는 디엘의 두 배는 족히 되는 남자가 떼쓰는 아이처럼 굴고 있었다.

디엘은 한심스럽다는 얼굴로 그를 바라보며 입을 열었다.

"당신이라면 혼자서도 충분히 즐겁게 지냈을 것 같습니다만."

"그거야 전에는 그랬지. 하지만 지금은 네가 있잖아."

어깨를 으쓱하며 에드가 한 대답에 디엘은 순간적으로 말문이 막혔다.

원래부터 이런 종류의 말을 자주 하는 남자였으나 이상하게도 이번 말은 가슴속에 콕 박혀서 떨어지질 않았다.

자신의 존재를 반기는 그 말이 이상하게 깊은 여운을 주었다.

내가 이런 말에 약한 사람이었나.

디엘은 조금 감동한 표정을 감추기 위해 손으로 입가를 가렸다.

이렇게까지 말했으니까 오늘 저녁 정도는 함께 먹어도 괜찮지—

"우리 주인님 놀려 먹는 재미가 좀 쏠쏠해야지."

"……."

디엘은 아주 잠시라도 에드의 말 따위에 감동을 느꼈던 자신에게 분노하였다.

이 남자가 이런 남자인 건 이미 알고 있는 사실이 아니었던가. 무얼 새삼스럽게 기대하고, 실망했나.

입가를 가렸던 손을 아래로 내린 디엘은 고개를 돌렸다. 에드를 무시하기로 한 디엘은 펜을 들어 올려 칸이 비어 있는 쪽의 양식에 우선 제 이름을 적었다.

무슨 이유에서인지는 몰라도 서류에는 발견한 사람의 이름과 보고하는 사람의 이름을 각각 적게 되어 있었다.

사인까지 마친 디엘이 다른 칸을 채워 나가기 시작하자 에드가 시무룩한 목소리를 냈다.

"뭐야, 진짜 같이 안 갈 거야, 디엘?"

"⋯⋯."

"디에에에엘?"

"⋯⋯."

"디엘 군? 디엘 님? 디엘 씨? 주인님?"

또 시작이군. 디엘은 한숨을 쉬며 입을 열었다.

"안 갑니다."

짧게 대답한 그녀는 〈유물 발견 장소〉라고 되어 있는 항목을 채워 나가다가 멈칫하였다.

샤칼 교수가 참고하라며 주었던 예시 양식에 쓰여 있는 장소의 이름이 낯익었다.

"아주라이트(azurite)의 탄광?"

그녀의 기억이 맞다면 분명 이곳은 로비나 왕국의 어느 변두리에 있는 구리 탄광이었다.

아주라이트라는 라피스 라줄리(lapis lazuli)와 매우 흡사한 색상의 푸른 보석이지만, 암석인 라피스 라줄리와는 구리 광물에 해당

하였다.

그 구조 특성상 아주라이트는 말라카이트(Malachite)로 변하기 쉬우며 때에 따라서는 구리로 변하기도 하였다.

그러다 보니 아주라이트는 사람들에게 그렇게 각광받는 보석이 아니었다.

독특한 푸른 광채는 분명 아름다운 것이었으나 염산에 녹아 발포할 뿐만이 아니라 운이 나쁘면 보석이 아닌, 그냥 광석으로 변하기도 하니 당연한 일이었다.

아마도 아주라이트 탄광에서도 아주라이트보다는 구리 광석이 더 많이 생산되고 있을 터였다.

보고서 예시를 꼼꼼히 훑어 내려가던 디엘은 뜻밖의 내용에 놀라 눈을 동그랗게 떴다.

'아주라이트의 탄광에서도 고대 유물이 발견된 적이 있었구나.'

다른 예시에도 익숙한 이름이 몇 곳 보였다.

로비나에 있을 때는 고대학에 관심이 없어 미처 몰랐지만, 아무래도 로비나에는 유적지가 제법 있는 모양이었다.

어쩌면 바바라가 성별을 바꾸는 저주에 대해 알고 있었던 것도 그래서였을지도 모른다는 생각이 들었다.

그렇다면 제 저주를 풀 수 있는 유물이 이미 발견되어 어딘가에 고이 보관되고 있는 건 아닐까?

한참 종이를 뚫어져라 쳐다보던 디엘은 조용히 에드를 불렀다.

"에드."

"응?"

디엘의 옆에 무릎을 굽히고 앉아 말없이 그녀를 지켜보고 있던 에드가 말해 보라는 것처럼 고개를 끄덕였다.

"전에 모르아에서 보관하는 고대 유물이 제법 많이 있다고 들은 적이 있는 것 같은데, 맞습니까?"

"응, 그랬지. 맞아. 오죽하면 모르아에 있는 고대 유물만 털어도 나라 두어 개는 살 수 있다는 말이 돌겠어?"

디엘은 종이에서 시선을 떼어 내어 에드를 보았다.

"그럼 다른 나라에서 발견된 유물을 모르아에서 관리하는 경우도 있습니까?"

만일 그렇다면, 로비나에서 발견된 유물 중 일부가 이곳에 있을지도 모른다.

디엘은 내심 가슴속에 작은 기대를 담고, 에드의 말을 기다렸다.

"음— 정확히는 모르아가 아니라 스타투스에서 관리하는 형태로 오는 경우가 많지."

에드는 디엘의 손에서 펜을 빼앗아 들더니 책상 위에 놓여 있는 학생 수첩을 펼쳐서 빈 공간에 '고대학 연구 협회'라고 적었다.

그리고 그 글씨 주변으로 동그라미를 커다랗게 친 후, 다시 동그라미에 가느다란 선을 몇 개 그려 넣었다.

곧 그 선 끝에 이시호 지부, 로비나 지부, 스타투스 지부와 같은 글씨가 적혔다.

"고대학 연구 협회에는 지부가 몇 개 있는데, 그중 가장 크게 꼽히는 지부는 이 세 나라를 포함해서 다섯 곳 정도일 거야. 이 큰 지부는 보통 다른 도시에서 관리하기 어려운 유물을 관리하는 일을 맡는데― 스타투스의 경우에는 다른 도시뿐 만이 아니라 다른 나라에서도 일거리를 많이 받거든."

스타투스 지부라는 글씨 옆에 곧 작은 동그라미가 수없이 그려졌다.

에드는 그중 몇 개에는 일이라고 적었다.

"그래서 스타투스 지부에서 감사 자리를 차지하고 있는 우리 학장님께서 스타투스 지부에서 손대기 어려워하는 유물을 가지고 오시는 거야. 어쨌거나 여기는 귀중한 유물을 관리할 수 있는 인력과 그것을 지켜낼 수 있는 경비 시스템이 갖추어져 있으니까 말이지."

일 옆에 커다랗게 카리스 학장이라 적은 에드가 펜을 디엘에게 돌려주었다.

낙서가 가득해진 종이를 내려다보며 디엘이 입을 열었다.

"……그럼 최근 스타투스에서 유물이 사라지는 일이 벌어지고 있다는 건, 스타투스 지부에 있는 유물이 사라지고 있다는 뜻입니까?"

"그렇기도 하고, 아니기도 하고."

에드가 어깨를 으쓱하며 한 대답이 모호한 것이라 디엘이 얼굴을 찌푸렸다.

그러자 에드는 예쁜 얼굴을 가지고 뭐하는 거냐며 디엘의 이마 사이 주름을 손끝으로 꾹꾹 눌러 펴는 시늉을 하였다.

불쾌해진 디엘이 탁 쳐내자 이번에는 그 손이 디엘의 뺨을 콕콕 찔렀다.

디엘은 그냥 이 손이 사람 좋아하는 강아지의 헛바닥 같은 거라고 생각하기로 했다.

그렇게 생각하니 조금은 마음이 편해지는 것 같았다.

"사실 유물은 유통이나 매매가 금지된 물건이 아니라서 꼭 고대학 연구 협회에서 관리해야 하는 건 아니야. 스타투스에는 유물 감별 전문가가 운영하는 상점도 있다고."

"상점에서 살 수 있는 겁니까, 유물을!?"

깜짝 놀란 디엘은 저도 모르게 큰 소리를 냈다.

에드는 시큰둥한 얼굴로 고개를 끄덕였다.

"음, 뭐 싸진 않지만. 우리 주인님은 부자니까 원하는 것 정도는 살 수 있을지도 모르지. 근데 문제는 믿을 만한 가게를 찾는 것 자체가 일이라서."

비전공자는 유물이 진짜인지 가짜인지 감별하는 것이 불가능하니 절대적으로 상인의 말을 믿을 수밖에 없었다.

그러니 경우에 따라서는 운 좋게 진짜 유물을 살 수 있는가 하면, 반대로 터무니없는 가격에 엉뚱한 물건을 사게 되는 일도 있을 터였다.

유물 수집 자체가 일반적인 사람이 즐길 수 있는 취미가 아니었다.

어지간한 경제력으로는 손을 뻗을 수 없는 일이었다.

턱 끝을 매만지며 생각에 잠겨 있던 디엘은 문득 무언가를 깨달은 얼굴로 에드를 보았다.

"……역시 당신은 아는 게 많군요, 에드."

"응? 그거야 당연히―"

"당신이 2학년생이라는 건 별 이유가 되지 않습니다. 스타투스의 상황이나 내부 사정에 그렇게 밝은 건 어째서입니까?"

"잠깐. 그 눈은 뭐야? 주인님을 위해 있는 정보, 없는 정보를 탈탈 털 나를 향해 왜 그렇게 '이 의심스러운 놈!'이라는 눈빛을 보내는 건데?"

"……."

아무래도 이 남자에게는 사람의 마음을 읽는 능력이 있는 게 틀림없다 생각하며 디엘은 아직도 제 뺨에 붙어 있는 에드의 손을 천천히 떼어 냈다.

"에드. 다시 한 번 묻겠습니다. 이번에는 정직하게 대답하길 바랍니다. 당신이 가진 정보의 출처는 어디입니까?"

디엘이 순순히 물러나지 않은 것을 감지한 에드가 한숨을 푹 내쉬었다. 다분히 고의적인 동작이었다.

"그게 그렇게 궁금해? 꼭 알아야 하겠어?"

말없이 디엘이 고개를 끄덕였다.

마침 스타투스에서 벌어지는 유물 분실 사건에 대한 정보가 필요하던 찰나였다.

에드가 어디서 정보를 얻고 있는지만 알게 된다면 그곳에서 사람을 고용할 생각이었다.

"어느 용병 길드입니까? 아니면 정보 상인이 따로ㅡ"

"레글로."

에드의 입에서 나온 세글자의 단어는 낯선 이름이라 디엘이 어리둥절한 얼굴을 하였다.

"우리 아카데미 학생이라면 주말 외출 필수 코스지."

"……뭘 하는 가게입니까?"

학생들이 드나들 수 있을 정도라면 딱히 위험한 가게는 아닐 것이다.

하지만 그런 곳에서 정말 에드가 말한 것 같은 정보를 얻을 수 있긴 한 건가?

디엘은 에드가 저에게 거짓말을 하고 있는 게 아닌가 생각하며 그를 물끄러미 보았다.

둘 중 하나는 거짓말이리라.

정보의 출처가 그 레글로라는 가게가 아니거나 혹은 레글로라는 가게에 모르아 학생들이 자유롭게 출입할 수 없거나.

어쩌면 두가지 모두가 거짓말일지도 모르지만.

"펍이야. 22시까지는 매우 건전하게 술이랑 안주만 파는 곳이지."

"22시 이후부터는?"

디엘의 물음에 에드가 의미심장하게 웃었다. 흔히 아카데미 학생들이 '악마 그 자체'라고 표현하는 미소였다.

"뭐든지."

그 짧은 말 속에 제가 원하는 정보 역시 포함되어 있으리라 생각한 디엘이 물었다.

"그곳에 정보원이 많습니까?"

"정보원이 많은지는 모르겠지만, 돈 없이도 얻을 수 있는 정보가 많긴 하지. 술에 약한 놈들은 술 몇 잔에 이런저런 이야기를 다 털어놓거든. 그런 정보는 다 믿을 수 없으니 적절하게 골라내는 게 더 일이지만."

아무래도 레글로는 하급 정보원들의 아지트 같은 공간인 것 같았다.

　실력이 좋은 정보원은 따로 아지트가 필요 없었다.

　그들의 정보를 원하는 이들이 정보원을 찾아내거나 혹은 정보원 스스로가 제 정보를 비싸게 사 줄 사람을 찾아냈다.

　하지만 누군가 찾아주는 이가 없는 보잘것없는 정보원이 정보를 팔 방법은 하나였다.

　아지트에 모여 앉아 제 정보를 사 줄 사람을 기다리는 것.

　에드의 말대로라면 레글로에서 얻는 정보는 대단찮은 수준의 것일 가능성이 컸다.

　그래도 간혹가다가 엄청난 정보가 얻어걸릴 가능성 역시 배제할 수는 없었다.

　"자주 가는 곳입니까?"

　디엘의 물음에 에드가 고개를 끄덕였다.

　"음, 10시 이후부터 파는 술맛이 기가 막혀서."

　"……10시 이후에는 바깥 외출이 금지되어 있는 거 아닙니까?"

　"어허. 우리 주인님은 다 좋은데, 너무 딱딱한 게 흠이야. 사람이 어디 규칙만 지키고 살 수 있나? 가끔은 일탈 행동도 몇 번 일삼아 주어야 스트레스가 안 쌓인다고."

　"당신은 가끔 일탈 행동을 하는 게 아니라 늘 일탈 행동을 하고 있는 것 같습니다만."

　"응? 뭐라고 했어, 주인님?"

　못 들은 척 되묻는 남자의 얼굴이 뻔뻔하였다. 디엘은 아무것도 아니라며 고개를 저었다.

에드는 그러냐고 대답하더니 씨익 웃었다.

"뭐, 관심 있으면 나중에 내가 데려가 줄 테니까 함께 가 보자고. 거기서 파는 복숭아 맥주가 맛있거든."

"정말입니까?"

"응? 응, 그렇다니까! 그 복숭아 맥주가 레글로 명물—"

"아니, 그게 아니라 레글로에 정말 데려가 줄 거냐고 묻는 겁니다."

복숭아 맥주 따위는 아무래도 상관없다.

디엘이 관심을 갖는 건 어디까지나 정보원의 아지트였다.

"기꺼이. 어려운 일도 아니니까."

저에게 맡겨 두라는 것처럼 에드가 어깨를 쭉 폈다.

"우리 주인님을 위해서 안내견 노릇 정도야 얼마든지 해야지."

안내견이라는 말에 디엘은 몸을 숙이고 앉아 저를 바라보는 남자의 머리칼을 가만히 바라보았다.

얼핏 보기에는 정말 잘 손질된 강아지의 털 같다는 생각도 들었다.

그것을 쓰다듬어 보고 싶다는 위험한 생각을 억누르며 디엘이 입을 열었다.

"감사합니다."

고개를 가볍게 숙이며 감사를 표하자 에드가 깜짝 놀란 얼굴을 하였다.

디엘이 에드를 알게 된 이후로 처음 보는 표정이었다.

왜 그러나 싶어서 고개를 갸우뚱하자 에드가 조금 감동한 목소리로 말했다.

"주인님은 웃으니까 더 미인이네."

"……."

디엘은 잠시 굳어졌다. 내가 지금 웃었다고?

스스로는 전혀 자각하지 못한 일이었다.

그녀가 제 입가를 손으로 더듬자 에드가 양손으로 턱을 괴었다.

"앞으로 그렇게 자주 좀 웃어. 내가 다 기분 좋아지니까."

저를 향해 정말로 기분 좋아 보이는 얼굴을 한 남자에게 괜한 말을 하지 말라는 삐딱한 대답도, 그래 보겠다는 말뿐인 약속도 할 수 없었다.

괜한 머쓱함에 디엘은 억지로 말을 돌렸다.

"……그나저나 언제 레글로에 데려가 줄 겁니까?"

"음, 원한다면 오늘 당장? 점호 끝나고 나서 가면 돼."

지금 출발하기라도 할 것처럼 에드가 벌떡 몸을 일으켰다.

오늘 당장?

멈칫한 디엘의 귓가에 문득 토니가 했던 말이 스쳐 지나갔다.

*'너도 앞으로 말썽 피우지 말고, 잘 지내 보자. 그럼 이만 가 보마!'*

저를 믿겠다고 했던 토니의 험상궂지만, 조금은 선한 눈망울이 ─ 아니, 딱히 선한 눈망울은 아니었지만.

어쨌거나 타인의 신뢰를 저버리는 것은 매우 불편한 일이었다.

게다가 암만 그래도 기숙사 입소 이틀째부터 규율을 어기는 것 자체가 못할 일이라는 생각이 들었다.

"……오늘은 피곤하니 다음으로 하죠. 제가 아카데미 생활에 조금 익숙해지고 나면 가는 게 좋겠습니다."

"그래? 뭐, 나야 아무래도 상관없으니까 주인님 편한 대로 해."

디엘의 말이 일리가 있다 생각한 것인지 에드가 고개를 끄덕였다.

이제 어느 정도 대화가 정리되었다고 느낀 디엘은 몸을 돌려서 보고서 작성을 재개하려고 하였다.

그러자 에드가 실망이 가득한 목소리로 불만을 터트렸다.

"뭐야? 그래서 결국 보고서 계속 쓰게? 정말 밥 먹으러 안 갈 거야? 응?"

"저는 괜찮— 아니, 에드. 부탁이 하나 있습니다."

이러다가 또 에드의 페이스에 휘말려 들 것이라 생각한 디엘은 얼른 고개를 저으려다 생각을 고쳤다.

디엘이 부탁이라는 말을 하자 에드가 눈을 번쩍 빛냈다.

"오! 부탁, 좋지! 뭐든 말만 해. 네 부탁이라면 할 수 있는 것만 다 해 줄 테니까."

그건 결국 할 수 없는 건 못 해 주겠다는 뜻 아닌가.

그렇게 생각하면서도 디엘은 트집을 잡지 않았다.

"오늘도 제 식사를 따로 가져다줄 수 없겠습니까? 조금 조용하게 저녁을 먹고 싶어서."

사실 에드가 나가면 씻을 생각이었지만, 디엘은 식당이 지나치게 소란스럽다는 핑계를 대었다.

"흠? 좋아. 나갈 구실 따로 안 만들어도 돼서 오히려 편하네."

"네?"

뒷부분의 말이 의미 불명이라 디엘이 어리둥절한 얼굴을 하였다. 에드가 그런 디엘의 머리를 다정스레 쓰다듬었다.

"아무것도 아니야. 뭐, 굳이 다시 말하자면 우리 주인님이 참 귀엽다는 뜻이지."

"……."

디엘이 눈초리를 뾰족하게 올려 노려보자 에드가 실실 웃으며 뒤로 물러섰다.

"그럼 오늘도 내가 식사를 배달해 오도록 할게. 먹고 싶은 거 있어?"

"싫어하는 음식이 따로 없으니 아무 거나 괜찮습니다."

"좋아, 좋아. 그럼 내 사랑을 가득 담은 음식으로 골라서 가져올 테니까 기다려 줘."

너스레를 떤 에드가 가벼운 발걸음으로 방을 빠져나갔다.

그 뒷모습을 지켜보고 있던 디엘은 에드가 완전히 근처를 벗어났다는 확신이 들자마자 얼른 방문을 잠갔다.

잠금장치가 아주 단단히 잠겨 있음을 확인한 그녀는 갈아입을 옷을 챙겨 욕실 안으로 들어갔다.

욕실 문도 단단하게 잠근 후에야 그녀는 옷을 벗었다.

레아의 목걸이를 옷가지 사이에 조심스레 끼워 둔 후, 꽉꽉 조여

매고 있던 붕대를 느슨하게 풀자 그제야 숨통이 트이는 기분이었다.

"후우—"

깊게 심호흡을 한 디엘이 수도꼭지를 비틀어 뜨거운 물을 틀었다.

흐르는 물소리만 가득한 공간에 혼자 남겨지자 비로소 하루를 치열하게 버텨 냈다는 실감이 들었다.

아직 첫날인 만큼 방심은 금물이지만, 이 정도라면 새로운 생활이 그리 어렵지만은 않을 것만 같았다.

아니, 그래야만 했다.

'하지만 딱 한 명이 저주를 푸는 데 성공했다는 기록도 있지.'

샤칼 교수가 했던 말을 떠올리며 디엘은 욕실 벽면에 붙어 있는 거울을 힐끔 보았다.

봉긋하게 솟아올라 온 가슴과 가느다란 허리는 어딜 보나 여성의 것이 분명하였다.

한때는 이것이 거추장스럽다 생각한 적이 있었다.

차라리 남자로 태어났으면 얼마나 좋았을까 생각한 적도 있었다.

어머니의 말대로 신이 실수를 하여 제가 여자로 태어난 것이라 신을 저주한 적도 있었다.

하지만 사실은 그 생각이 잘못된 것이었다.

디엘은 왕자가 아닌 공주로 태어났고, 그것은 신의 실수가 아니었다.

절대자가 간혹 실수를 할 수 있을지언정, 디엘에게는 실수를 한 적이 없었다.

그녀는 스스로 원해서 남자로 살아야겠다 생각한 게 아니었다.

어머니의 강요로 혹은 주변에서 필요로 하는 존재가 되기 위해 왕자로 살아왔을 뿐이었다.

이제 그녀에게 필요한 것은 남자의 몸이 아니라 자신을 있는 그대로 받아들이고 아낄 수 있는 각오였다.

뜨거운 물에서 뭉게구름처럼 피어오르는 수증기가 거울을 뒤덮었다.

이제 제 모습이 거의 비치지 않는 거울을 바라보며 디엘은 주먹을 꾹 쥐었다.

Chapter 12

단서

모르아에서의 새 출발은 다행히도 순조로운 편이었다.

처음 며칠 동안은 뒤처진 강의 진도를 따라가느라 정신이 없었으나 요령이 생기고 나니 크게 어려울 게 없었다.

단 며칠 만에 교수들의 질문에 척척 대답을 하는 디엘을 향해 학생들은 모두 감탄 어린 시선을 보내고는 하였다.

로비나에서 완벽한 왕자가 되기 위해 혹독한 수업을 견뎌 온 보람이 느껴질 정도였다.

디엘은 자신이 흥미를 느꼈던 과목 몇 가지와 생존에 필요한 기술을 익힐 수 있다고 생각되는 과목 위주로 시간표를 작성하였다.

기초 고대학과 응급 의료 기술, 고대사회의 이해, 수학의 기원 등등.

디엘은 제 수준에서 크게 어렵지 않은 과목들을 골랐건만, 시간표를 본 나나는 정말 1학년 때부터 이걸 다 들을 생각이냐며 입을 쩍 벌릴 정도였다.

에드 역시 디엘의 시간표를 두고는 어째서 저와 겹치는 과목이 하나도 없는 거냐며 트집을 잡았다.

물론 디엘은 에드와 함께 듣는 수업이 없어서 정말 다행이라고 생각하였다.

강의뿐만이 아니라 기숙사 생활도 어려울 것이 없었다.

모두들 하르파스의 주인을 두려워하였고, 다가오지 않았다.

쓸데없이 시비를 거는 자가 없는 건 좋았으나 따로 친구를 사귈 기회가 없는 건 다소 유감스러운 일이었다.

때때로 디엘은 저를 향한 일부 학생의 시선에서 불온한 기색을 감지하였지만, 내색하지 않았다.

그것은 저에 대한 감정이라기보다는 에드에 대한 반감이었다.

아카데미에서 정신없는 첫 주를 보내고 나니 디엘은 왜 에드가 모르아에서 '하르파스'라는 거창한 별명으로 불렸는지 알 수 있었다.

그가 입학하던 때부터 저지른 온갖 충격적인 행패를 접한 디엘은 자신이 괜한 계약을 한 게 아닌가 조금 고민했을 정도였다.

하지만 남들 앞에서는 그토록 미친놈처럼 구는 에드가 디엘 앞에서는 어쩐지 대형견처럼 온순하였다.

간혹 짓궂은 장난으로 디엘을 약 올릴 때가 있긴 했으나 그는 경호원 역할에 매우 충실하였다.

붉은 눈의 하르파스를 두려워하는 학생들은 감히 그 누구도 함부로 디엘에게 접근하지 못하였다.

디엘에게 관심을 갖고 있는 여학생들도 에드를 두려워하기는 마찬가지였다.

그런 의미에서 니나는 정말 거물이었다.

"우와아아! 그게 진짜야? 우리 아카데미에 정말 그런 비밀 통로가 다 있단 말이야?"

"그렇다니까. 어차피 그 근처로는 밤 9시 이후에는 순찰을 도는 사람이 없으니까, 몰래 밤 나들이를 다녀오기에는 딱 좋은 곳이지."

고대학관 내부에 위치한 카페 테라스. 디엘은 저를 사이에 두고 둥글게 둘러앉아 있는 에드와 니나를 향해 다소 기가 막힌다는 얼굴을 하였다.

그녀의 기억이 바르다면 분명 에드와 니나는 지금 막 만난 사이였다.

그런데도 마치 한 10년은 알고 지낸 친구처럼 호흡이 잘 맞았다.

"좋아, 그럼 나도, 나도! 예술학관 3층 B동에 있는 관현악기 보관실 알아? 거기가 장소가 외지고, 관현악기 전공 학생들이 아니면 잘 들르는 곳이 아니거든. 그래서 땡땡이치는 데 그만한 장소가 없다고 친구들이 그러더라고!"

"혜에, 그런 명당이 있었단 말이야?"

신이 난 두 사람이 나누는 대화는 대부분 별 영양가 없는 말뿐이었다.

뭐가 그리 즐거운지 에드도, 니나도 말이 끊이질 않았다.

어쩐지 묘한 소외감을 느끼며 디엘은 제 앞에 놓여 있는 완두콩 스튜 접시에서 스튜를 한 모금 떠먹었다.

뭉근하게 피어오르는 민트향은 좋았지만, 입 안에서 퍼지는 콩 특유의 떫은맛은 도저히 좋아할 수가 없었다.

모처럼 니나와 오붓하게 즐기려던 점심은, 눈치 없는 에드와 보기도 싫은 완두콩 때문에 엉망이 된 지 오래였다.

수프 자체가 맛이 없는 건 아니지만, 그 안에 들어 있는 완두콩을 보기만 해도 기분이 절로 나빠졌으니까.

만일 이곳이 로비나 왕국이고, 옆에 레아가 있었다면 왜 오늘은 완두콩 수프냐고 거하게 투정을 한번 부렸을 터였다.

그런 디엘의 말에 눈 하나 깜빡할 레아는 아니었겠지만.

"……."

레아를 떠올린 디엘은 무의식중에 힐끔 니나를 보았다.

에드에게 또 다른 땡땡이 장소를 추천하느라 정신이 없는 소녀의 눈동자가 별처럼 반짝이고 있었다.

생동감이 가득한 표정과 활기 넘치는 태도.

겉모습은 레아와 많이 비슷하지만, 성격에서는 접점을 찾기가 어려웠다.

역시 니나는 레아와는 직접적인 혈연관계는 없는 걸까?

디엘이 기억하는 레아는 차분하면서도 인내심이 강하고, 옳은 말을 하는 걸 두려워하지 않는 맏언니 같은 사람이었다.

그에 비해 니나는 유쾌하고, 발랄한 막냇동생 같았다.

디엘이 느끼는 것을 다른 이들 역시 비슷하게 느끼는지 나나는 제법 친구가 많아 보였다.

모두들 소피아가 있는 앞에서는 나나에게 말을 걸지 않았지만, 아카데미에서는 그녀가 다른 친구들과 함께 웃고 있는 모습을 종종 발견할 수 있었다.

*'그 아이를 너무 믿지는 마세요. 저를 키워서 아카데미에게까지 보내 준 주인에 대한 은혜도 모르는 아이니까요.'*

며칠 전에 소피아가 저에게 경고랍시고 했던 말이 사실인지는 아직 알 수 없었다.

디엘은 나나에게 그것에 대해 물을 생각은 없었다.

나나가 먼저 말해 주지 않는다면 물을 필요도 없었다.

저 역시 남들에게 말하고 싶지 않은— 아니, 말할 수 없는 사정을 품고 있었으니까.

숨을 참고 스튜 속의 콩을 꿀꺽 삼킨 디엘이 입으로 커피로 입 안을 헹구었다.

"에드 말에 지나치게 귀기울이지 마, 나나. 전부 터무니없는 정보니까."

디엘이 냅킨으로 입가를 닦으며 한 말에 에드가 입술을 삐죽였다.

"뭐야, 주인님? 누가 보면 나 혼자서 다 떠든 줄 알겠네. 나나도 나한테 양질의 정보를 제법 많이 제공했다고."

덕분에 새로운 땡땡이 장소 후보가 늘어났다며 에드는 히죽거렸다.

이제 제트의 저택 대신 관현악기실에서 낮잠을 자려는 건가.

디엘은 검술학과의 제롬 교수가 에드를 찾을 때는 그곳을 알려 줘야겠다고 생각할 때였다.

이쪽을 유심히 보는 눈빛이 느껴졌다.

그에 이끌린 것처럼 고개를 돌리자 어째서인지 후후, 웃고 있는 니나의 얼굴이 보였다.

"니나?"

왜 그러냐는 것처럼 이름을 부르자 니나가 별거 아니라는 것처럼 다시 웃었다.

"에드가 디엘에게 주인님이라고 하니까 내가 본국에 있을 때 생각이 났어."

"본국?"

"응, 우리 주인님 생각."

디엘은 순간적으로 멈칫하였다.

니나가 아무렇지 않게 꺼낸 '주인님'이라는 말은 에드가 장난스레 저를 부르는 호칭과는 그 무게가 다른 말이었다.

"아, 맞아. 니나, 너 노예 출신이었지."

"에드!"

눈치라고는 약에 쓰려 해도 없을 것 같은 남자의 무신경함에 디엘은 얼굴을 찌푸렸다.

하지만 니나는 전혀 신경 쓰지 않는다는 것처럼 가볍게 손을 저었다.

"괜찮아. 내가 노예 출신이라는 게 딱히 비밀도 아닌데, 뭐. 다들 아는 일이야."

"……."

디엘이 대답할 말을 찾지 못해 입을 다물자 싱긋 웃은 니나가 제 앞에 있는 접시에서 아보카도 베이컨 샌드위치를 들어 올렸다.

한입 사이즈로 작게 잘려 있는 그것을 입 안에 넣더니 입을 몇 번 우물거렸다.

괜히 무거운 분위기를 만들고 싶지 않다는 것처럼 가볍게 그녀 가 말을 이었다.

"난 일곱 살 때, 노예 상인한테 잡혀서 가이로 국에 있는 한 부유 한 상단에 팔려 갔어. 거기서 청소와 빨래, 음식 준비, 짐 나르기. 그리고, 음—"

손가락을 하나하나 접으며 니나는 자신이 그곳에서 했던 일을 세었다.

다섯 손가락을 두 번 접고도 부족하여 한 번 더 접어야만 했다.

일곱 살짜리 아이가 감당할 수 있는 노동량은 아니었다.

"딱히 불만은 없었어. 그냥 난 내가 그런 일을 하기 태어난 아이 라고 생각했고, 내가 할 수 있는 일은 그것뿐이니 열심히 해야겠다 고 생각하는 게 전부였거든."

새장에서 태어난 새는 자신이 갇혀 있는 공간이 세상의 전부라 고 생각하기 마련이었다.

니나는 자신의 세상이 딱 그런 형태였다며 웃었다.

그녀의 세상이 바뀐 것은 니나가 13살이 되던 어느 여름날이었다.

"상단에 고급 피아노 배달을 부탁하는 의뢰가 들어왔었어. 난 태어나서 처음 보는 피아노가 너무 신기했어. 저 이상하게 생긴 커다란 물건에서 어떻게 소리가 나겠냐고 생각했거든."

호기심에 진 니나는 새하얀 건반 위에 손을 올렸다.

손가락을 가볍게 튕기자 니나의 세상이 거꾸로 뒤집혔다.

처음 느끼는 충격이 그녀의 전신을 휘감았다.

니나는 지금도 그 순간을 잊을 수 없다고 말하였다.

"지금 생각하면 연주랄 것도 없고, 그냥 건반을 두들겨서 소리를 내는 정도였어. 겁도 없었지. 그 비싼 피아노에 멋대로 손을 대다니. 하지만……."

그 덕분에 니나는 자신이 해야 할 일이 무엇인지 분명히 깨달았다고 했다.

그리고 그것을 깨달은 건 니나만이 아니었다.

"험멜 주인님— 그러니까 상단에 피아노 배달을 의뢰하러 왔던 사람 역시 나랑 같은 생각을 했나 봐. 그분은 나에게 분명 재능이 있다고 하셨고, 내가 노예라는 이유로 그 재능을 꽃피울 수 없다는 건 매우 어리석은 일이라고 하셨어."

험멜은 제법 유명한 작곡가였다. 니나의 재능을 알아본 그는 상단에 거액을 지불하고 니나를 데려와 그녀에게 피아노를 가르쳤다.

단 몇 년 만에 니나는 제 또래의 아이들이 따라갈 수 없는 실력을 갖게 되었다.

니나에게 더는 가르칠 게 없다 판단한 험멜은 그녀를 모르아로 보냈다.

노예 출신의 학생이 이 아카데미에 입학한 것은 드물긴 해도 아예 없던 일이 아니었다.

니나는 그렇게 모르아의 음악학과 학생이 되었다.

"에드가 주인님, 이라고 부를 때마다 디엘이 되게 불편하다는 얼굴을 하잖아. 험멜 주인님도 내가 주인님, 이라 부를 때마다 그러셨거든."

내가 그랬던가? 스스로는 아무 자각이 없던 디엘이 저도 모르게 입가를 매만졌다.

팔짱을 낀 에드는 그렇다며 고개를 끄덕였다.

"맞아, 슬슬 내가 애정을 가득 담아 부르는 주인님 소리에 익숙해질 때도 되었는데 말이지. 엊그제는 기숙사 식당에서 주인님 소리 했다고 나를 죽일 듯이 노려보더라니까. 뭐, 그래도 난 우리 주인님이 좋지만."

에드가 디엘의 무심함에도 개의치 않고, 한결같이 애정 공세를 퍼붓는 저를 얼른 칭찬해 달라는 것처럼 눈을 찡긋거렸다.

또 저런 실없는 소리. 속으로 혀를 끌끌 찬 디엘은 니나를 향해 고개를 돌렸다.

"좋은 분이셨구나."

"……응. 엄청."

그가 무엇을 해 주었는지 니나는 구구절절하게 설명하지 않았다. 대신 제 목덜미에 매어 둔 노란색 스카프를 조심스럽게 어루만졌다.

니나가 다른 말을 하지 않았어도 디엘은 이제 저 스카프가 누가 준 것인지를 알 수 있을 것 같았다.

*'아니에요, 저한테는 엄청 대단한 일이에요. 제 보물을 찾아 주셨잖아요.'*

처음 만난 날, 니나가 저를 향해 울 것 같은 얼굴로 하던 감사가 떠올랐다.

보물, 소중한 사람과의 추억이 담긴 물건.

니나가 그러는 것처럼 디엘 역시 목덜미를 쓰다듬었다. 제 체온으로 따뜻하게 덥혀진 목걸이 줄이 손끝에 닿았다. 괜히 목구멍 안쪽이 간질거렸다.

그동안 아카데미에 적응하느라 정신이 없어서 레아에게 편지를 꼬박꼬박 보내겠다는 약속은 아직 지키지 못한 채였다.

디엘은 오늘은 강의를 전부 마치는 대로 꼭 새로운 편지를 써야겠다고 생각하였다.

마침 오후에는 수업이 하나밖에 없으니 조용한 도서관에 가는 것도 나쁘지 않을 것 같았다.

방에서는 저를 성가시게 구는 룸메이트 때문에 영 집중을 할 수 없을 게 분명했다.

무엇보다…….

"하지만 굉장하네, 니나."

디엘이 속으로 에드를 따돌릴 계획을 세우고 있는 사이, 그가 턱을 괸 채 니나를 향해 입을 열었다.

"아무리 아카데미 측의 허락이 있어도 입학을 결심하는 건 쉽지 않았을 텐데. 용케 왔구나."

분명 에드의 말대로였다. 아무리 이 아카데미에 다양한 신분층의 학생들이 모여 있다고 하더라도 노예 출신은 전체 학생의 1%도 채 되지 않았다.

그들이 다른 학생들에게 어떤 취급을 받을지는 불 보듯 뻔한 일이었다.

디엘은 니나가 다른 학생들과 우호적인 관계를 만들기 위해서 얼마나 많은 노력을 기울였을지 생각해 보다가 속으로 고개를 저었다.

자신은 도저히 니나처럼 행동할 수 없을 것만 같았다.

"그거야 뭐, 불안하지 않았다고 하면 거짓말이지만……. 시도해 보기 전부터 포기할 필요는 없다고 생각했는걸. 운이 좋으면 일이 잘 풀릴 거고, 운이 좀 나쁘면 기껏해야 실패밖에 더 하겠어?"

디엘은 작게 입을 벌렸다. 굉장해. 무심코 그런 중얼거림이 튀어나갈 뻔하였다.

어쩌면 니나와 같은 사람에게는 신분이 불편함이 될 수는 있을지언정 약점이 될 수는 없을 거라는 생각이 들었다.

그럼 나는 어떨까?

디엘은 생각에 잠겼다.

니나와 같은 환경이었다면 과연 절망하지 않고 제 삶을 바꾸기 위한 노력을 이어 갈 수 있었을까?

그럴 거라고 자신 있게 대답할 수는 없었다.

사실 디엘이 여기까지 오게 결심하게 된 것은 니나처럼 반짝반짝 빛나는 포부 때문이 아니었다.

어머니의 그늘에서 벗어나기 위해서, 그리고 살아남기 위해서.

생존을 위한 투쟁에 가까운 선택이었다. 심지어 고대학과를 선택한 것조차 소거법에 의한 것이었다. 그것이 나쁘다거나 비겁한 일이라고는 생각하지 않았다. 다만 니나처럼 멋진 삶이라고도 생각할 수 없었다.

지금은 그저 저주를 풀 단서를 찾아야겠다는 간절함만으로도 머릿속이 한가득이었다. 다른 생각을 할 여유는 없었다. 디엘은 그런 자신이 조금 부끄러워졌다.

자신도 빨리 니나처럼 빛나는 무언가를 손에 쥐고 싶었다.

"아! 시간이 벌써 이렇게 되었네. 이제 나 가 봐야겠다."

반대편 건물에 있는 커다란 시계를 곁눈질 한 니나가 허둥지둥 자리에서 일어섰다.

"벌써?"

디엘이 아쉬움 가득한 목소리를 내자 니나가 면목 없다는 얼굴로 고개를 끄덕였다.

"응, 미안. 오늘은 콩쿠르 예선 때문에 일찍 가서 연습을 해야 하거든."

니나가 2학년 대표로 피아노 콩쿠르에 나가게 되었다는 사실은 이미 알고 있었던지라 디엘은 아쉬움을 접어 둘 수밖에 없었다.

"오늘 점심 즐거웠어, 디엘. 그리고 에드. 다음에 기회 되면 또 같이 먹자. 안녕!"

그녀는 악보를 가득 담은 가방을 챙겨서 부리나케 테라스를 벗어났다.

예술학관까지 종종걸음으로 달려가는 뒷모습이 분주했다. 에드는 턱을 괸 채, 그 뒤에 대고 손을 흔들어 주었다.

디엘은 햇볕을 받아 눈이 부실 정도로 찬란하게 빛나는 에드의 머리칼을 물끄러미 바라보았다.

아니, 빛이 나는 건 머리칼뿐만이 아니었다.

살바르의 루비처럼 깊고 그윽한 붉은 눈동자도 어둠을 모르는 불꽃처럼 타오르고 있었다.

좋은 것들만 모아 만든 것처럼 빛나는 남자의 얼굴에는 구김살이나 불행이라고는 눈곱만큼도 보이질 않았다.

'이 남자는 어떤 삶을 살아왔을까?'

본의 아니게 니나의 과거사를 듣게 되어서 그런지, 디엘은 문득 제 룸메이트의 과거가 궁금해졌다.

생각해 보면 자신은 에드에 대해 아는 게 없어도 너무 없었다.

그가 저보다 1년 아카데미 선배라는 것, 그리고 나이가 2살 많다는 것, 또 이시호 제국 출신이며 매우 우수한 검사라는 것. 취미나 가족 관계—

"아."

아주 중요한 사실을 깨달은 디엘이 짧게 소리를 흘렸다.

어째서 지금까지 단 한 번도 그걸 모르고 지냈을까?

벌써 일주일이나 같은 방을 쓰고 있건만, 디엘은 자신이 에드에 대해서 아주 중요한 걸 한 가지 모르고 있다는 걸 깨달았다.

"에드."

턱을 괴고 있던 에드가 왜 그러느냐는 것처럼 디엘을 힐끔 보았다.

"응? 왜?"

"당신의 성은 뭡니까?"

생각해 보면 모두들 에드를 검술학과의 에드, 혹은 붉은 눈의 하르파스라고 불렀다.

벌써 그와 같은 방을 쓴 지 일주일이 지났건만, 이제까지 단 한 번도 그의 풀 네임을 들어 본 적이 없었다.

"으으응? 뭐야, 우리 주인님? 이제야 드디어 비로소 나에 대한 관심이 생기는 거야?"

능청맞은 미소를 지은 에드가 손을 뻗어 디엘의 머리칼을 만지려는 동작을 하였다.

디엘은 고개를 옆으로 비틀어 그 손길을 피하였다.

"딱히 대답하기 싫으면 말하지 않아도 괜찮습니다."

어쩌면 에드 역시 니나처럼 성을 가질 수 없는 신분의 사람일지도 모른다는 생각이 들었다.

만일 그렇다면 섣불리 성을 물은 자신의 행동이 무례한 것이었다.

디엘이 얼른 제 질문을 못 들은 것으로 해 달라고 말하려던 순간, 그보다도 빠르게 에드가 입을 열었다.

"에드 디."

짧은 음절에 디엘은 순간 에드가 무슨 말을 하는 것인지 알아차리지 못했다.

"에드 디?"

한 박자 느리게 되묻자, 에드가 저를 가리키는 손동작을 취하며 다시 입을 열었다.

"그래, 에드 디. 내 성은 디라고."

특이한 성이네. 그것이 미들 네임일 거라는 생각은 추호도 하지 못한 채, 디엘은 고개를 끄덕였다.

"그렇군요."

"응. 다른 궁금한 건 없어?"

이런 기회는 흔히 오는 게 아니라며 에드는 장난스레 손을 펼쳐 보였다.

"무엇이든 물어봐. 대답 못 하는 거 빼고는 다 해 줄 테니까."

결국 대답해 줄 수 없는 건 말하지 않겠다는 뜻이군.

에드를 물끄러미 보던 디엘은 잠시 머뭇거렸다.

니나처럼 알아서 자신에 대해 말해 주는 것이면 몰라도 상대에게 궁금한 것을 묻는 건 생각보다 어려운 일이었다.

무엇보다 에드에게 모르는 것을 묻기에는 아는 것이 지나치게 없었다. 뭐부터 물어야 할지 알 수 없을 정도로.

'아니, 잠깐.'

디엘은 무언가 이상하다는 것을 깨닫고 멈칫하였다.

왜 자신이 에드에 대해 궁금하고, 그에게 무언가를 묻지 않으면 안 된단 말인가.

아무래도 니나와의 대화에 취해 괜히 감상적인 기분에 젖었던 모양이었다.

에드는 그냥 저의 룸메이트이자, 경호 계약을 맺은 상대에 불과하였다.

이 남자와 친목을 도모할 필요는 없었다.

"……딱히 없습니다."

생각을 고친 디엘의 짧은 대답에 에드가 눈을 휘둥그레 떴다.

"응? 그럴 리가 없을 텐데? 잘 좀 생각해 봐! 분명 나에 대해 궁금한 게 있지 않아? 예를 들면 내 생일은 언제인지, 그리고 내가 좋아하는 것은 무엇인지, 또 내 쓰리 사이즈가 어떻게 되는지."

"전부 다 궁금하지 않지만, 마지막은 정말 안 궁금하군요."

"아, 역시 마지막이 제일 신경 쓰이는구나? 좋아, 좋아. 그렇게까지 궁금하다면 내가 우리 주인님에게는 특별히 이 고급 정보를 알려드려야지. 위에서부터—"

"이제 강의가 시작할 시간이군요. 먼저 실례하겠습니다."

이만하면 쓸데없는 헛소리에 충분히 어울려 주었다 생각한 디엘이 자리에서 일어섰다.

에드가 볼멘소리를 흘리며 흥이 식었다는 얼굴을 하였지만, 일일이 그에 대응할 필요는 없었다.

"이만 가 보겠습니다, 에드. 당신도 오늘 강의는 되도록 빠지지 않고, 출석하길 바랍니다."

제가 하라는 대로 순순히 따를 남자가 아님을 알고 있는 디엘은 가벼운 잔소리만 늘어놓고, 몸을 돌렸다.

뒤에서 "아, 우리 주인님은 너무 매정해! 어떻게 혼자만 그렇게 갈 수 있어?"라고 투덜거리는 소리가 크게 들려왔다.

이미 익숙한 샛트집이었기에 디엘은 걸음을 빨리하는 것으로 그 잡음을 차단하였다.

고대학관 정문으로 향하는 디엘을 향해 어느 남학생 무리가 저들끼리 묘한 눈빛을 주고받았다.

그것을 발견한 에드가 의자에서 몸을 일으켰다.

하지만 남학생들은 디엘을 따라가는 대신 그녀와는 정반대 방향으로 걸어갔다.

한쪽 눈썹을 꿈틀거린 에드가 다시 털썩, 의자에 걸터앉았다.

어느새 디엘의 모습은 완전히 시야에서 사라지고 없었다.

그녀가 들어간 고대학관 정문을 지켜보며 그가 중얼거렸다.

"좀 안 좋은 예감이 드는데?"

*　　　*　　　*

기초 고대학 강의실을 찾는 디엘의 발걸음은 마치 새털처럼 가벼웠다.

벌써 세 번째 고대학 강의였다.

마음 같아서는 일주일 내내 고대학 강의 수업을 듣고 싶었지만, 강의 일정상 그것은 불가능하였다.

보통 학생들의 강의 일정표는 나흘이 고정 강의 수업이었고, 하루는 자율 학습 일정이었다. 그리고 나머지 사흘은 휴일이었다.

휴일 기간 동안에는 외출이나 다른 활동이 모두 자유롭기에 모두들 한 주의 끝 무렵이 되면 들뜬 기색을 감추지 못하였다.

그 대신 휴일이 지난 후에는 하나같이 표정이 어두웠다.

니나는 그것이 '월요병'이라 불린다고 말하였다.

월요병이 심해지면 자발적으로 휴강을 선포하며 강의에 출석하기를 거부하는 학생도 있다고 했던가.

이제 아카데미 생활이 일주일 차인 디엘로서는 전혀 이해할 수 없는 행동이었다.

'일주일 내내 수업을 듣는 것도 나쁘지 않을 텐데.'

디엘이 기초 고대학 수업을 들을 수 있는 건 일주일 중 이틀이 고작이었다.

아무리 자신이 수업을 더 듣고 싶다고 해도 아카데미 측에서 정해 놓은 커리큘럼을 거스를 수는 없었다.

조바심을 내지 말자고 생각하며 디엘은 기초 고대학 강의실 문을 열었다.

강의실 안에서 축 늘어져 있던 학생들은 모두 디엘을 보고 머뭇머뭇 고개를 들리는가 싶더니 어색한 표정을 지었다.

로비나의 일곱째 왕자에게 인사를 한 마디 해 보고는 싶으나 그렇다고 선뜻 하르파스의 주인에게 말을 붙일 만큼 대담한 학생은 없는 모양이었다.

디엘은 분명 쾌적한 환경이긴 하나 정말 이대로 괜찮은 건가 싶은 생각이 들었다.


'당신은 사랑받아 마땅한 분이세요. 그러니까 아카데미에서 반드시 만나실 수 있을 거예요. 디엘 님을 있는 그대로 받아들이고,

이해해 주시는 소중한 인연을.'

저를 떠나보내며 레아가 했던 다정한 축복이 아직도 귓가에 선하였다.

그녀의 말대로 정말 이곳에 나를 있는 그대로 받아들여 줄 사람이 있다면, 그건 대체 누구일까.

지금으로써 가장 유력한 사람은 니나였다.

어쩌면 그녀라면 디엘의 비밀을 알고도 그녀를 괴물 보듯 보지 않을 거라는 생각도 들었다.

아직 일주일도 채 안 된 사이니 확신할 수는 없지만.

'그래, 이제 고작 일주일이 되었을 뿐이니까.'

사람을 사귀는 것도 서두를 필요는 없었다. 게다가 지금은 저주에 대한 단서를 찾는 게 더 급한 일이었다. 그러기 위해서는 고대학 공부에 충실해야만 했다.

디엘은 이제는 제 지정석이 된 앞줄에 자리를 잡았다.

가방 안에서 교재를 꺼내고 있자니 누군가가 그녀의 근처로 다가오는 기색이 느껴졌다.

조금 놀라 고개를 돌리니 유진이 저에게서 가까운 자리에 앉는 것이 보였다.

디엘과 눈이 마주친 유진은 싱긋 웃더니 가볍게 고개를 까닥하였다.

"안녕하세요, 디엘."

"……안녕하십니까, 유진."

디엘은 어색한 기분을 감추며 담담하게 인사에 답하였다.

유진은 디엘이 그랬던 것처럼 교재와 필기구를 꺼내 가지런히 책상에 올려 두었다.

유진의 손가락은 사내의 것치고는 길고 고왔다.

그 손가락의 네 번째 약지에는 독특한 밤갈색의 보석이 박힌 반지가 끼워져 있었다.

마치 비단처럼 고운 광택을 내뿜는 그 보석은 유진이 손가락을 움직일 때마다 조금씩 그 색을 달리하였다.

저건 분명— 디엘이 저도 모르게 홀린 듯 반지를 보고 있자니 그 시선을 눈치챈 유진이 제 손을 들어 올려 보였다.

"이 반지가 신경이 쓰이는 모양이군요."

제가 지나치게 뚫어져라 유진을 보고 있었다는 사실을 깨달은 디엘이 작게 헛기침을 하였다.

"……죄송합니다, 상태가 그렇게 좋은 호안석(Tiger Eye)을 보는 건 오랜만이라서. 무척 관리를 잘하신 모양입니다."

디엘의 말에 유진이 조금 놀란 얼굴을 하였다.

왜 저런 얼굴을 하나 싶어 디엘이 가만히 유진을 보자 그가 천천히 입을 열었다.

"보자마자 이게 호안석이라는 걸 알다니…… 보석을 보는 눈이 무척 좋으시군요."

"호안석은 무척 특색이 있는 광물이니까요."

알아보지 못하는 게 더 이상할 거라 생각하며 디엘은 어깨를 으쓱하였다.

호안석은 이름 그대로 마치 호랑이의 눈을 연상하게 만드는 모양의 보석이었다.

사실 경도가 높지 않아 유사한 색상을 갖는 캐츠아이(cat's eye)에 비하면 그다지 고가의 보석은 아니었다.

그러나 호랑이의 눈을 꼭 닮았기에 사람들은 이 보석이 호랑이의 용맹함과 위엄을 담고 있다고 믿었다.

남구에 있는 어느 나라에서는 큰 전쟁을 앞두고 무사를 기원하며 호안석으로 만든 장신구를 지니는 풍습도 있다는 말을 들은 적도 있었다.

아무래도 유진의 나라에서도 그와 비슷한 풍습이 있는 모양이었다.

디엘은 다시 한 번 유진의 손가락에 끼워져 있는 호안석 반지를 힐끔거렸다.

제 눈이 틀리지 않다면 저 호안석에는 분명 특징이 한 가지 더 있었다.

"하지만 정확하게는 타이거 아이(Tiger Eye)가 아니라 타이거 아이언(Tiger iron)인 것 같은데. 맞습니까?"

이번에는 유진이 조금 전보다 더욱 놀란 얼굴을 하였다.

하지만 그는 곧 놀란 표정을 지우고, 고개를 끄덕였다.

"과연 세계 최고의 보석 생산국 출신다우시네요. 맞습니다, 이 반지는 타이거 아이언으로 만들어졌습니다."

타이거 아이언(Tiger iron)은 호안석이 높은 압력을 받아 그 모양과 색이 일부 변화된 광물을 따로 일컫는 말이었다.

밤갈색과 노란색이 엉킨 호안석과는 달리 타이거 아이언은 붉은색, 검정색, 혹은 파란색이나 녹색같이 다채로운 색이 섞여 있었다.

유진의 손에 끼워진 타이거 아이언 역시 약간 붉은색과 검은색, 그리고 금색과 밤색이 어우러져 독특한 느낌을 내고 있었다.

"제 모국에서는 호안석, 그중에서도 타이거 아이언으로 만든 보석이 그 보석을 소지하고 있는 사람을 지켜 준다는 믿음이 있죠."

"그렇군요. 로비나에서도 그와 유사한 미신이 있습니다. 특히 재물 운이 상승하다 믿는 사람들이 많습니다."

"아, 로비나에서도……."

주거니 받거니하며 유진과 디엘은 이야기를 나누기 시작하였다.

처음에는 호안석으로 시작했던 화제는 어느새 고대학에 대한 것으로 옮겨 갔다.

이제까지 제대로 된 대화를 나눠 본 적이 없는 사이였으나 한 번 공통된 주제로 말을 트니 대화가 술술 잘도 이어졌다.

디엘은 유진이 저와 같은 고대학과 학생이라는 것을 재차 실감하였다.

니나와 시시콜콜한 잡담을 나누는 것도 좋았지만, 유진과 나누는 대화는 또 다른 의미로 좋았다.

"단(團)국에서는 유적지가 보통 산에서 발견……."

한창 유진이 모국에 있는 유적지에 대한 설명을 이어 나가던 때였다.

지팡이가 규칙적으로 바닥을 두드리는 소리가 들려왔다.

샤칼 교수가 강의실에 들어왔다는 것을 깨달은 디엘이 유진을 향해 가볍게 눈짓을 하였다. 짧은 대화가 즐거웠다는 인사였다.

유진 역시 디엘에게 살갑게 웃어 보였다.

디엘은 자신이 유진과 조금 친해진 것 같다는 생각을 하였다.

"제군들, 좋은 아침이네."

꼿꼿한 걸음걸이로 낮은 계단을 올라선 샤칼 교수가 강단 위에서 평소처럼 인사를 건넸다.

책상 위에 축 늘어져 있는 학생들 중에서는 부스스하게 몸을 일으키는 이가 있는가 하면 여전히 책상에서 머리를 떼지 못하는 이도 있었다.

디엘은 그들을 힐끔거리며 얼굴을 찌푸렸다.

아무리 피곤해도 그렇지, 일어나서 인사를 제대로 하는 정도의 성의는 보여야 하는 거 아닌가.

하지만 샤칼은 학생들의 그런 반응에 이미 익숙하다는 것처럼 출석을 불러 나갔다.

강의실 곳곳에서 짧은 대답이 이어졌다.

마지막으로 디엘의 이름까지 부른 후, 샤칼은 오늘 배워야 할 내용에 대한 설명을 시작하였다.

"저번 시간에는 고대 건축물 중에서 기초 양식에 대한 걸 배웠으니, 오늘은 건축물에 사용되었던 자재와 장식품에 대해서 배울 차례군."

펼쳐야 할 페이지를 일러 준 샤칼 교수가 칠판에 커다랗게 광물이라는 글자를 적었다.

"보통 건축물에는 다양한 자재가 사용되네. 물론 가장 많이 사용되는 것은 목재와 돌― 즉, 광물이지."

광물이라 적은 글자 옆에 샤칼은 조금 길게 광물에 대한 설명을 적었다.

디엘은 그것을 요약하며 〈무기 과정에서 생겨나는 고체〉라는 글자를 노트에 적어 두었다.

"우리도 그렇지만, 고대에도 건물을 지을 때는 광물을 많이 사용하였다네. 특히 블루 블러드는 아주 다양하고 많은 광물을 이용하여 건물을 지었고, 또 생활용품을 제작하기도 하였지. 그들이 사용하던 광물은 보통 우리가 보석이라 부르는 것들이 대부분이네."

샤칼이 '보석'이라는 단어를 입 밖으로 낸 순간, 학생들의 눈이 반짝 빛냈다.

심지어 책상에 머리를 박고 있던 학생조차 졸린 눈을 비비며 상반신을 일으킬 정도였다.

"블루 블러드의 보석 사랑은 남다른 것이라 그들은 모든 것을 다 보석으로 만들었고, 온갖 것을 전부 보석으로 장식하였지. 오죽하면 자기가 거주하는 집의 문까지 금과 보석으로 만든 자도 있을 정도였네. 교재를 한번 보도록 하지."

책에는 샤칼 교수의 설명과 같은 삽화가 그려져 있었다.

흑백으로 인쇄된 그림인데도 화려하게 꾸며진 저택의 예상도에 눈을 떼기 어려울 정도였다.

그것만으로도 블루 블러드가 얼마나 호사로운 생활을 했는지를 짐작할 수 있었다.

문득 디엘은 제트의 저택에 갔던 날을 떠올렸다.

분명 저택의 정문에는 무언가가 뜯겨져 나간 흔적이 있었고, 주변을 손으로 훑으면 금가루가 묻어 나왔다.

지금이야 그 흔적밖에 남지 않았지만, 분명 아주 오래전에는 제트의 저택 역시 이 책에 있는 삽화와 마찬가지로 휘황찬란한 위엄을 자랑했으리라.

"그럼 대체 블루 블러드는 왜 그렇게 보석을 좋아했을까? 그 이유를 아는 학생?"

"비싸니까."

교수의 질문에 누군가가 무슨 그런 당연한 질문을 하느냐는 목소리로 대답하였다.

곧 학생들의 와자지껄한 웃음이 이어졌다.

모처럼 고대학 강의 시간에 활기가 넘치는 순간이었다.

샤칼 교수가 허허 웃으며 지팡이로 가볍게 바닥을 내리쳤다.

강의실에 물처럼 고여 있던 소란이 차츰 사그라졌다.

"그것도 뭐, 틀린 말은 아니겠군. 하지만 그들이 단지 허영심 때문에 보석을 애용했던 것은 결코 아닐세."

지팡이를 협탁에 기대어 둔 샤칼 교수가 분필을 들어 올렸다.

칠판에 보석이라는 글자를 적은 그가 다시 학생들을 향해 몸을 돌렸다.

"제군들, 보석이란 무엇인가?"

그리 어려운 질문이 아니었건만 선뜻 대답을 하는 학생이 없었다.

샤칼 교수가 씁쓸한 얼굴로 어렵게 생각하지 말라는 말을 덧붙였다.

모처럼 자는 학생이 별로 없는 수업이니 적극적인 참여를 기대해 볼 만도 하였다.

침묵이 이어지는 가운데, 누군가가 조심스레 입을 열었다.

"……귀한 광물?"

"음, 맞네! 귀한 광물이지."

샤칼 교수가 신이 난 얼굴로 고개를 끄덕였다.

"일반적으로 보석은 광물이라는 범주에 해당하지만, 모든 광물이 다 보석으로 불리는 것은 아닐세. 보석이 보석으로 인정받기 위한 조건 중 하나는 희귀해야 한다는 것일세. 산출량이 많은 것은 보석이 될 수 없으며 준보석으로 분류되기도 하지. 또한 보석 자체도 그 경도와 광택 등의 조건을 통해 보석(寶石), 귀석(貴石), 반보석(半寶石)등으로 나눌 수 있네."

보석이라는 말에 정신을 바짝 차렸던 학생들의 얼굴에 다시 감출 수 없는 지루함이 서렸다.

보석은 좋아도, 보석에 대한 깊은 지식에는 딱히 관심이 없기 때문이었다.

물론 그들과 달리 디엘은 샤칼 교수의 한 마디, 한 마디가 모두 소중했기에 등을 꼿꼿하게 폈다.

교수의 설명은 아직도 길게 이어지고 있었다.

"……이처럼 다양한 종류의 보석이 존재하는데, 그 보석은 제마다 각각 어떠한 상징성을 갖고 있는 경우가 많지. 예를 들자면 에메랄드는 미래를 예지할 수 있는 힘을, 오팔은 모든 병을 물리치는 신성함을, 다이아몬드는 가장 완벽한 부유함을 가져다준다는 식으로 말일세."

디엘은 교수의 설명을 들은 유진이 제 손가락에 끼운 반지를 만지작거리는 것을 보았다.

"고대에 블루 블러드가 보석을 그토록 즐겨 사용한 것은 바로 거기서 기인한 것이지. 다들 46페이지를 보게."

부스럭거리며 학생들이 일제히 책장을 넘겼다.

샤칼 교수가 말한 페이지에는 유적지에서 발견된 유물, 즉 마법 도구에 대한 그림 자료가 실려 있었다.

사파이어 장식이 박혀 있는 코트, 아게이트(Agate)로 만든 브로치, 수정으로 만든 술잔.

디엘은 제트의 저택에서 찾았던 제트로 만든 거울을 떠올렸다.

"블루 블러드가 보다 강력한 마법을 사용하기 위해서 보석으로 마법 도구를 만들었다는 것이 이제는 학계의 정설일세. 그들이 사용하던 마법의 힘이 자연물을 기반으로 한다는 점을 생각했을 때, 매우 타당한 의견이지."

분명 첫날 고대학 강의 시간에도 그러한 내용을 배운 기억이 있었다.

물, 불, 바람, 그리고 땅.

4가지 원소 기호를 떠올리던 디엘은 무언가가 머릿속에서 연결이 될 것 같다는 생각을 하였다.

텅 빈 물방울, 작은 불꽃, 크기가 제각각인 바람개비, 그리고 돌—

왜 땅의 상징물은 아무 특징이 없는 돌이었지? 보석은 어떤 환경에서 만들어지더라?

"보석은 뜨거운 용암이 식어서 굳어지거나 혹은 지각 균열로 인한 복잡한 분화 과정으로 인해 만들어지는 귀한 자연물의 결정체일세. 그런 점에서 광물은 아주 오랜 시간 이 땅에 축적되어 온 모든 것들의 결정체라 볼 수 있지. 혹독한 환경일수록 광물은 아름다워지네. 이러한 생성 과정이 영향을 미치는 것인지 보통 사람들은 보석을 통해 거부할 수 없는 매혹을 느끼네. 그렇기에 보석에는 신비한 힘이 깃들게 된다고 믿어 왔네. 물론 그 믿음은 지금도 유효하지."

디엘은 그제야 땅의 원소 기호가 돌처럼 생긴 이유를 알 것만 같았다.

그것은 돌이 아니라 가능성이었다.

땅의 기호는 아직 변화되지 않은 것, 즉 무언가로 변화할 수 있는 것을 상징하는 것이었다.

그것은 철일 수도 있고, 석탄일 수도 있으며 혹은 금이나 다른 보석일 수도 있었다.

그리고 설령 그것이 어떤 이름으로 불리건 간에 중요한 건 광물이 마법에 있어서 아주 중요한 작용을 하는 구성물이라는 사실이었다.

"이런 점에서 보면 블루 블러드가 보석으로 마법 도구를 만들었던 이유 역시 충분히 이해가 가능하네. 그래서 일부 학자들은 현대에도 저주를 사용하기 위해서는 이 보석으로 만든 마법 도구가 꼭 필요하다는 말을 하는데……."

순간, 디엘의 가슴이 크게 뛰어올랐다.

저주를 사용하기 위한 마법 도구. 보석.

머릿속이 어지러운 가운데, 불쑥 떠오르는 풍경이 있었다.

자신에게 단검과 손거울, 그리고 주머니를 내밀던 바바라의 모습이었다.

'네가 해야 할 일이 세 가지가 있단다.'

디엘은 입술을 꾹 깨물고 머리를 감쌌다.

떠올려야 해, 생각해 내야만 해.

어머니가 나에게 건넸던 단검은 무엇이었지? 거울은? 주머니 안에는 뭐가 들어 있었지? 그리고 대체 그중 무엇이 '마법 도구'였지?

하지만 아무리 필사적으로 기억을 더듬어도 떠오르는 것이 없었다.

그날의 모습은 마치 흐린 안개 속에 휩싸인 것처럼 선명하지 않은 것뿐이었다.

'그 세 가지를 순서에 맞추어서 잘 지키면 넌 남자아이가 될 수 있어. 알겠니?'

순서, 적어도 순서만이라도 떠올려야 해.

어렴풋하게 단검으로 손의 살갗을 살짝 베었던 것이 떠올랐다.

찌릿했던 통증이 둔하게 기억 속에 남아 있었다.

손끝에 맺혀 있던 작은 핏방울이 두어 방울.

그것을 어딘가에 떨어트려서—

"······이상이 오늘 강의의 내용일세. 질문이 있는 사람 있나?"

퍼뜩 정신을 차리고 앞을 보니 어느새 샤칼 교수가 칠판에 써 두었던 강의 내용을 지우고 있었다.

자신이 아직 필기하지 못한 게 있다는 걸 깨달은 디엘은 당황하여 얼른 펜을 움직였다.

최대한 서둘렀지만, 미처 적지 못한 부분이 몇 곳 있었다.

샤칼 교수는 재차 모르는 것을 물어보라 말하고 있었다.

디엘은 차마 끝부분을 다시 설명해 달라고 요청할 수 없었다.

자신이 강의에 집중하지 못했음을 알리는 꼴이었으니까.

"그럼 오늘은 강의를 여기까지 하도록 하지."

샤칼 교수가 지팡이와 학습 도구를 챙기자 곳곳에서 인사 소리가 흘러나왔다.

"감사합니다, 교수님!"

오늘은 보석에 대한 이야기가 주된 내용이었기 때문인지 평소보다 깨어 있는 학생이 많았다.

학생들이 저들 딴에는 소리를 낮추어 한다는 대화가 디엘의 귓속을 파고들었다.

"야, 아까 책 봤냐? 다이아몬드로 만든 물병 같은 거. 거기 담긴 음료를 마시면 병이 다 나았다는 거 진짜 신기하지 않아?"

"신기하고 나발이고, 난 그냥 그 물병이 갖고 싶더라. 그런 거 하나쯤 찾으면, 평생 일 같은 거 안 해도 먹고 사는 데 아무 지장이 없을 텐데."

"어, 나도, 나도. 다음에 실습 나갔을 때 뭐 하나 건지고 싶더라."

무심코 대화에 귀를 기울이던 디엘은 샤칼 교수에게 따로 받았던 일정표를 슬쩍 체크해 보았다.

학생들의 말대로 얼마 후에는 현장 실습이 예정되어 있었다. 실습 장소는 제트의 저택이었다.

"혹시 또 아냐? 운이 좋아서 엄청나게 비싼 유물이라도 하나 건질지."

벌써부터 헛된 꿈에 부푼 학생들이 희희낙락하고 있었다. 그들을 조금 안타까운 눈으로 보던 디엘은 가방을 챙기고 있던 유진과 눈이 마주쳤다.

"그럼 다음 시간에 뵙겠습니다, 디엘."

"네, 그럼 다음 시간에."

수업 전에 몇 마디 이야기를 나누어서 그런지 평소보다도 훨씬 더 친밀한 분위기로 두 사람은 인사를 나누었다.

디엘은 문밖으로 사라지는 유진의 모습을 물끄러미 바라보며 생각에 잠겼다.

'제 모국에서는 호안석, 그중에서도 타이거 아이언으로 만든 보석이 그 보석을 소지하고 있는 사람을 지켜 준다는 믿음이 있죠.'

'예를 들자면 에메랄드는 미래를 예지할 수 있는 힘을, 오팔은 모든 병을 물리치는 신성함을, 다이아몬드는 가장 완벽한 부유함을 가져다준다는 식으로 말일세.'

'그래서 일부 학자들은 현대에도 저주를 사용하기 위해서는 이 보석으로 만든 마법 도구가 꼭 필요하다는 말을 하는데⋯⋯.'

유진이 했던 말과 샤칼 교수가 설명하던 강의 내용이 교차적으로 떠올랐다.

디엘은 턱을 괸 채, 바바라가 저에게 주었던 도구에 대해서도 생각해 보았다.

정말 보석에 어떠한 힘이 깃들어 있고, 그것이 저주에 쓰이는 것이라면 반대로 저주를 풀기 위한 의식에도 유사한 작용을 하는 보석이 필요한 게 아닐까?

"길을 잃은 자를 인도하는 이올라이트(Iolite)의 나침반, 위기를 예언하는 터키석(Turquoise)의 목걸이, 반드시 만나야 할 이들을 만나게 해 주는 선스톤(Sunstone)의 반지."

교재에 있던 다른 마법 도구를 소리 내어 읽는 디엘의 눈이 가늘어졌다.

바다를 오래 떠돌아다니는 선원들은 어느 한 광물로 태양의 위치를 측정할 수 있는 렌즈를 만들었다.

그 렌즈로 제작되는 광물이 바로 이올라이트였다.

뿐만이 아니라 터키석에는 보석의 색이 변하면 소유주의 신변에 어떠한 일이 일어난다는 이야기가 있었고, 선스톤은 인연을 이어 주는 힘이 내제되어 있다 믿는 이들이 많았다.

그런 의미에서 볼 때 각 보석이 상징하는 의미 그 자체가 곧 마법의 힘이 되었다고 볼 수 있었다.

그렇다면 디엘이 10년 전 저주를 걸었을 때 사용했던 도구 중 하나는─

"변화를 상징하는 보석?"

디엘의 깊은 눈 안쪽이 번쩍 빛났다.

중요한 단서를 찾았다는 느낌이 들었다.

—| Chapter 13 |—

좁힐 수 없는 간극

디엘이 광물에 대해 제법 많은 지식과 선천적인 감별 능력을 가지고 있는 것은 사실이나 그녀라고 세상에 존재하는 모든 보석을 다 아는 것이 아니었다.

머릿속에서 당장 떠올린 보석 중에는 이렇다 할 만한 것이 없었기에 디엘은 수업을 전부 마치자마자 아카데미에 있는 도서관으로 향하였다.

그녀의 머릿속에는 이미 오늘 오후 계획이 완벽히 짜여 있었다.

도서관에서 자료를 조사하고 난 후에는 레아에게 편지를 쓰고, 그리고 가능하다면—

'어머니에게 저주에 대해 물어보는 게 과연 도움이 될까?'

10년 전 디엘에게 성별을 바꾸는 저주를 알려 준 건 바바라였다.

그녀의 기억력이 그리 나쁜 편은 아니니 분명 당시에 어떠한 과정으로 의식을 진행했는지 기억하고 있을 터였다.

하지만 문제는 그녀에게 저주에 대해 물어보면 틀림없이 그녀가 디엘의 행동을 수상하게 여길 거라는 점이었다.

'혹시라도 저주를 다시 완성시킬 수 있다는 걸 알게되면…… 어머니라면, 이번에야말로 날 완전한 남자로 만들려고 할지도 몰라.'

아무것도 모르던 때의 디엘이라면 오히려 그 사실에 기뻐했을지도 모른다.

그러나 지금은 상황이 달랐다.

왕자로 살아가는 일, 그리고 왕이 되는 일은 디엘이 원한 것이 아니었다.

남자라는 성별은 그저 바바라가 원하는 삶을 대신 살기 위해 필요할 뿐이었다.

선택지가 주어지지 않는 선택은 이제 지긋지긋하였다.

'앞으로 중요한 건 내 뜻으로 결정할 수 있어야만 해.'

사실 저주를 풀 수 없다면 차라리 완성시키는 것도 상관없었다.

디엘이 원하는 것은 불완전한 지금의 상태에서 벗어나는 것, 그 자체였다. 그렇게만 된다면 여자로서의 삶도, 남자로서의 삶도 어느 쪽도 분명 가치가 있을 터였다.

'어쨌든 지금은 단서가 필요해.'

디엘은 조금 더 조사를 진행해 보고, 이렇다 할 수확이 없을 때에 바바라에게 편지를 보내기로 결심하였다.

그녀의 도움을 받는 건 최후의 보루여야만 했다.

그렇지 않으면 모처럼 로비나를 떠나온 보람이 없었다.

적어도 한 달 정도는 더 혼자 조사해 봐도 괜찮겠지.

"……아."

깊은 생각에 잠겨 한참 걸음을 옮기던 디엘은 자신이 이미 도서관 정문을 지나쳤다는 것을 깨닫고 멈칫하였다.

저도 모르게 길을 따라 쭉 걸어서 그런지 어느 틈엔가 도서관 뒤뜰 가까이까지 와 있었다.

아직 날이 밝은 시간대인데도 불구하고 인적이 드문 곳이라 그런지, 아니면 햇볕이 덜 드는 장소라 그런지 묘하게 음침하였다.

묘하게 불길할 예감이 들었다.

소설을 읽다 보면 꼭 이런 곳에서 시비를 걸어오는 불량배 무리가 있던데.

디엘이 설마 그런 일이 자신에게 벌어지겠냐고 생각하며 몸을 돌리던 순간이었다.

"안녕, 신입생."

그녀의 앞에 댓 명의 남학생이 서 있었다.

그들에게서는 척 보기에도 그다지 우호적이지 않은 분위기가 풍기고 있었다.

심지어 자세히 보니 그들 중 한 명은 묘하게 낯익은 얼굴이 섞여 있었다.

첫날, 복도에서 디엘에게 집적거리다가 에드에게 된통 당했던 소년이었다. 당연히 저를 보는 눈이 곱질 않았다.

어째서 불길할 예감에 한해서 이렇게 잘 들어맞는 걸까.

디엘은 일이 더 커지지 않길 바라며 그들에게 가볍게 묵례를 하였다. 그리고 그대로 그 자리를 벗어나려고 하였으나—

"어허! 모처럼 선배가 인사를 건넸는데, 무시하면 쓰나? 응?"

남학생 중 한 명, 에드가 카리반이라고 불렀던 그 소년이 재빠르게 디엘의 앞을 가로막고 나섰다.

그것을 그냥 비켜 지나가면 상황이 더욱 악화되리라 생각한 디엘이 천천히 입을 열었다.

"……인사에는 분명 저도 답을 하였습니다."

"아니, 방금 그게 인사였어? 나 또 머리가 무거워서 고개를 까닥거리는 건 줄 알았지."

뭐가 그리 웃긴지 그들은 카리반의 한 마디에 저들끼리 낄낄거렸다.

차라리 지금 빨리 빠져나가는 게 좋겠다고 생각한 디엘은 빈틈을 찾아 움직였다.

"이만 실례하겠습니다."

하지만 디엘의 생각보다도 남학생들의 반응 속도가 좋았다.

"아니, 아까부터 왜 그리 서둘러? 섭섭하게 말이야."

재빠른 움직임이며 저를 포위한 대열로 짐작하건대, 이들은 아마 검술학과 상급생일 가능성이 높아보였다.

디엘은 자신이 우려했던 상황 중 한 가지가 벌어졌음을 깨달았다.

"……저에게 볼일이 있으신 겁니까, 아님 제 룸메이트에게 볼일이 있으신 겁니까?"

"오, 계집애처럼 생긴 것치고는 눈치가 빠른데?"

디엘은 눈썹을 꿈틀거렸다. 계집애처럼 생겼다는 말에 모욕감을 느껴서가 아니었다.

그가 한 말 자체가 여성을 비하하는 발언, 그 자체였기 때문이었다.

여성을 계집이라 낮잡아 부르는 것, 그리고 여성이 상황 판단 능력이 떨어진다는 편견.

진절머리가 날 정도로 멍청한 말이었다.

숨을 크게 들이쉬어 입을 열려던 디엘은 곧 자신이 하려는 말이 무의미한 것이라는 걸 깨달았다. 어차피 말을 한다고 해서 이해를 할 자들이 아니었다.

이런 무의미한 행동으로 시간을 낭비할 필요는 없었다.

"하고 싶은 말이 있다면 빨리 끝내 주셨으면 합니다."

여차하면 주먹다짐이 벌어질 상황을 각오하며 디엘이 주변을 둘러보았다.

카리반은 저와 비슷한 체구였지만, 나머지 네 명은 모두 저보다 체구가 좋았다.

아니, 좋은 건 체구뿐만이 아니리라. 이 아카데미의 검술학과 학생인 만큼 그 실력도 뛰어날 것이다.

디엘은 학생들이 모두 허리춤에 검 하나를 차고 있는 걸 알아차렸다.

'나도 검을 가지고 있었다면 좋았을 텐데.'

내심 초조함을 느낀 디엘이 이를 악물었다.

검술학과 학생이 아니라면 아카데미 내부에서 검을 소지하는 것은 금지되어 있었다.

물론 검술학과 학생들 역시 가지고 다니는 것은 실전용 검이 아니라 연습용 검이지만, 적어도 맨손보다는 훨씬 그럴싸한 무기임은 틀림없었다.

디엘은 차라리 이들이 로비나의 '일곱째 왕자'에게 허튼짓을 할 수 없는 자들이길 바라기로 하였다.

싫은 소리를 좀 듣는 정도라면 얼마든지 참을 수 있으니까.

"아니, 뭐 별건 아니고 말이야. 네 룸메이트가 말이지. 좀 시건방진 놈이라 우리가 그 녀석을 좀 좋아하질 않거든."

"그것참 묘한 일이군요. 동감입니다."

"……응? 뭐라고?"

디엘의 반응이 생각한 것과 달랐는지 일순, 말을 꺼낸 카리반이 어리둥절한 얼굴을 하였다.

진지한 얼굴로 디엘이 말을 이었다.

"제 룸메이트 말입니다. 시건방지고, 재수가 없죠. 저도 그를 좋아하지 않─ 아니, 싫어합니다."

좋아하지 않는다는 표현은 너무 소극적인 게 아닌가 생각하며 말을 고쳤다.

너무나 단호한 디엘의 대답에 남학생들은 모두 당황한 얼굴로 서로의 얼굴을 마주 보았다.

"에드는 안하무인이고, 이기적이며 남의 말을 절대 듣지 않고, 다른 사람 생각은 눈곱만큼도 하지 않는 자입니다. 또 한 배려심이라는 게 없으며 자제심도 없어서 방탕한 생활을 일삼을 뿐만이 아니라 그 피해를 고스란히 타인에게 떠넘기는 못된 버릇까지 가지고 있습니다. 선배님들께서 그에게 반감을 갖는 걸 충분히 이해합니다."

"……어, 미스 프린스가 쌓인 게 많았나 보네."

미스 프린스? 낯선 단어가 들려왔지만, 디엘은 딱히 그것에 대해 되묻지 않았다.

어느새 남학생 무리는 디엘을 향해 우호적이고도 안타까운 시선을 보내고 있었다.

"맞아, 에드 그 새끼가 좀 그런 면이 있어. 지가 뭐라도 되는 것처럼 잘난 척을 하고 다니는 그 꼴을 보면 아주 속이 뒤집힌다니까."

"누가 보면 아주 어디 높으신 분인 줄 알겠어."

"그깟 검 좀 잘 쓰고, 얼굴 좀 잘생겼다고 나대기는!"

검을 좀 잘 쓰는 것도 아니고, 얼굴도 좀만 잘생긴 건 아닌 것 같지만 디엘은 일단 맞장구를 쳐 주었다.

고개를 몇 번 끄덕이고, "제 생각도 그렇습니다."라는 추임새를 넣는 것만으로도 분위기가 금세 좋아졌다.

어느 틈엔가 멋대로 동지 의식을 형성한 남학생 중 하나가 디엘의 어깨 위로 팔을 척 올렸다.

"야, 그래서 말인데. 에드 그 녀석이 잘못되는 꼴을 좀 보고 싶다는 생각이 들지 않아?"

"네, 생각하지 않습니다."

"응, 역시 너— 응? 뭐라고?"

카리반이 제 귀를 의심하는 얼굴로 디엘을 다시 보았다. 머리가 상당히 나쁜 자라 생각하며 디엘은 담담히 말을 반복하였다.

"저는 그런 생각이 없다고 말하였습니다. 제가 에드에게 반감을 갖고 있는 것과 그에게 나쁜 일이 벌어지길 바라는 건 전혀 다른 문제입니다. 전자가 인간이라면 응당 갖는 감정이라면, 후자는 교양과 지성이 부족한 자들이나 행할 법한 일이군요."

마지막 말은 참았어도 좋았으련만. 말을 내뱉고 나니 아차, 싶었지만 후회는 하지 않았다.

누군가를 싫어할 수 있고, 그러한 감정을 입 밖으로 낼 수도 있다.

하지만 그 싫어하는 상대가 잘못되길 바라며 흉계를 꾸미는 건 비겁한 일이었다.

디엘은 솔직할지언정 비겁한 자는 되고 싶지 않았다.

"당신들이 어떤 계획을 세우고 있는 것인지는 모르나 저와는 무관한 일이니 개입시키려 하지 말아주셨으면 합니다."

조금 전까지만 해도 디엘을 향해 반가움이 가득한 눈빛을 보내던 남학생들의 얼굴이 서서히 굳어졌다.

카리반이 모양이 고르지 못한 이를 드러내며 짜증을 냈다.

"너 이 새끼, 지금 장난 쳐?!"

"장난을 치는 게 아니라 사실을 말했을 뿐입니다. 선배님들과는 더는 나눌 말이 없을 듯하니, 이만 실례하겠습니다."

이제야말로 이 자리를 떠나야 할 타이밍이었다. 디엘은 어깨동

무를 하고 있는 남학생의 팔을 정중하게 아래로 밀어 떨어트린 후, 걸음을 옮겼다.

그녀가 막 세 번째 걸음을 옮기던 찰나였다.

"거기 서!"

상급생 무리가 디엘을 향해 분노 어린 고성을 질러 댔다.

저를 향해 가까워지는 기척도 둘 있었다. 아무래도 머리에 피가 오른 모양이었다.

로비나의 왕족에게 손을 대려고 할 정도로.

어쩔 수 없지— 일단 최대한 공격을 피하는 걸 목적으로 하자며 디엘이 방어 자세를 취하려던 때였다.

"디엘!"

저의 이름을 부르는 목소리가 또렷하게 들려왔다.

앞도, 뒤도, 옆도 아닌 바로 위에서.

의아한 마음에 고개를 들어 올리니 도서관 2층 창문이 활짝 열려 있는 것이 보였다.

창문에서는 뜻밖의 인물이 얼굴을 내밀고 있었다.

"……유진?"

"유마 교수님이 언제 오냐고 성화이세요. 빨리 올라오세요."

유마 교수? 빨리 올라와?

무심코 그게 대체 무슨 말이냐고 하려던 디엘은 열었던 입을 얼른 닫았다.

저에게 접근하던 두 남학생이 주춤거리며 뒤로 물러서는 것이 보였다.

서로를 마주 보는 그 얼굴에는 두려움은 아니지만, 분명 곤혹감이 서려 있었다.

디엘은 유마 교수가 학생들 사이에서 매우 어려운 교수 중 하나로 손꼽힌다는 걸 떠올렸다.

아마 유진이 다른 교수가 아닌 유마 교수의 이름으로 디엘을 도우려고 한 것은 그런 이유에서 일 터였다.

"……죄송합니다, 선배님들. 제가 이만 가 봐야 할 것 같습니다. 더 늦어졌다가는 유마 교수님께서 여기까지 오실 겁니다."

너희도 그것을 원하는 건 아닐 거냐는 은근한 협박이 담긴 물음에 남학생들이 움찔거렸다.

그녀가 걸음을 옮겨도 이번에는 막아서는 자도, 불러 세우는 자도 없었다.

하지만 저를 향해 살기 어린 시선은 그대로였다.

이대로 두었다가는 그들은 에드가 아니라 디엘부터 해치려고 들 것 같은 기세였다.

아무래도 무언가 방법을 강구해야겠다는 생각을 하며 디엘은 그 자리를 벗어났다.

서둘러 걷다 보니 도서관 정문까지는 금방이었다.

안으로 들어서자 책 많은 공간 특유의 냄새가 콧속을 콕 찔렀다.

관엽식물이 드문드문 놓인 복도에는 제법 사람이 많았다.

이곳이라면 무슨 문제가 생길 일은 없으리라.

한숨 돌린 디엘이 조금 전 유진이 있던 3층으로 향하기 위해 계단을 올라섰다.

그가 막 2층과 3층 사이의 층계를 밟았을 때였다.

마침 층계를 급하게 내려오는 유진의 모습이 보였다.

"유진……!"

자리에 멈추어선 디엘이 그를 부르자 그가 얼른 디엘에게 달려왔다.

"괜찮으세요, 디엘?"

주변에 사람이 있다는 것을 의식해서인지 유진의 목소리가 조금 작았다. 그래도 그 짧은 말에서 저를 걱정하는 마음만큼은 아주 커다랗게 느껴졌다.

"네, 저는 괜찮습니다."

디엘이 부드러운 미소와 함께 대답하자 유진이 다행이라는 얼굴로 한숨을 내쉬었다.

"쓸데없는 참견을 한 거라면 죄송합니다. 분위기가 심상치 않아 보여서 그만……."

"아닙니다, 덕분에 큰 도움을 받았습니다. 감사합니다."

상대가 상대인 만큼 고마움을 표하는 인사도 조금 더 편하게 흘러나왔다.

만일 눈앞에 있는 게 에드였다면 절대 이렇게 말할 수 없었을지도 모른다.

아니, 애초에 그라면 '고맙다'고 인사할 수 있는 상황이 아니라 '대체 어쩌자고 이랬냐'고 말할 상황으로 일을 더 크게 키웠을지도 몰랐다.

디엘은 차라리 에드가 근처에 없었던 걸 다행이라고 생각하였다.

"……혹시 디엘의 룸메이트 때문인가요?"

불쑥 유진이 던진 물음에 디엘은 아무 대답 없이 쓴웃음을 지었다. 사실 그 웃음만으로도 충분했다.

"고생이 많군요. 디엘."

진심을 담은 말에 디엘은 또다시 한숨 같은 미소를 지었다.

유진은 딱하고 안 된 것을 보는 얼굴로 디엘을 보고 있었다.

"그는 이 아카데미에서 적이 많아요. 자연히 당신에게도 좋지 않은 시선을 보내는 무리가 있으니 조심하세요."

"그러도록 하죠. 고맙습니다, 유진."

안 그래도 무언가 손을 써야겠다고 생각하고 있던 디엘이 고개를 끄덕였다.

자연스레 시선이 아래로 향한 그녀는 유진이 손에 펜 한 자루를 들고 있다는 것을 깨달았다.

아무래도 무언가를 적고 있다가 급하게 이곳으로 온 모양이었다.

"아."

디엘이 물끄러미 저를, 정확히는 제 손을 보고 있다는 걸 깨달은 유진이 머쓱한 얼굴로 펜을 고쳐 쥐었다.

"도서 대여 카드를 기입하던 중이었는데, 그만 이대로 나와 버렸네요."

"아, 괜한 걸음을 하게 했군요. 미안합니다."

저 때문에 유진에게 괜한 수고를 끼친 것 같아 사과하니 유진은 크게 고개를 저었다.

"아닙니다, 제가 멋대로 한 일인걸요. 그리고……"

이제까지 좀처럼 머뭇거린 적이 없는 유진이 말을 천천히 줄였다.

그 뒷말이 무엇인가 싶어 고개를 갸웃하니 유진이 처진 눈을 가늘게 접으며 미소 지었다.

"디엘의 멋진 말을 들으니 멋대로 몸이 움직였습니다."

"제 말?"

내가 무슨 말을 했더라? 퍼뜩 생각나는 것이 없어 고개를 갸웃하자 유진이 입을 열었다.

"사람을 싫어할 수는 있으나, 그렇다고 그 상대에게 안 좋은 일이 생기길 바라지는 않을 거라는 말. 굉장히 멋있는 말이라고 생각했습니다."

기억을 더듬은 디엘은 자신이 분명 그와 비슷한 뉘앙스의 말을 했다는 걸 떠올렸다.

그게 그렇게 멋진 말이었던가?

스스로는 그렇다는 자각이 없는 터라 디엘은 오히려 멋쩍은 기분을 느꼈다.

그런 디엘의 마음을 알아차리기라도 한 것처럼 유진이 말했다.

"사적인 감정과 이성적인 선택을 조화시키는 것은 쉬운 일이 아니니까요. 감정에 휘둘리지 않고, 정도를 지키는 모습은 제 나라에서도 매우 고귀한 것으로 칭송받습니다. 무사— 아, 그러니까 대륙식으로 표현하자면 인격적으로 훌륭한 검사의 표본 같은 거죠."

이어지는 칭찬에 디엘은 더더욱 머쓱했다.

사실 그렇게 대단한 일은 아니었다.

디엘은 단지 비겁한 게 싫었을 뿐이고— 그리고 어쩌면 그들만큼 에드를 싫어하는 건 아닐지도 모른다.

그렇다고 딱히 그를 무작정 두둔할 정도로 좋아하는 것도 아니지만.

"……도서 대여 카드 기입을 마무리 짓지 않아도 괜찮은 겁니까, 유진?"

이 화제에서 벗어나고 싶어진 디엘이 슬쩍 화제를 돌렸다.

그러자 유진이 자신이 쥐고 있던 펜대를 다시 보더니 화들짝 놀란 얼굴을 하였다.

"아, 그렇군요. 다시 올라가야겠군요."

유진이 위층으로 향하기 위해 몸을 돌리자 디엘이 그 옆을 따랐다.

한 뼘 정도를 두고 선 거리가 그렇게 어색하지만은 않았다.

이제야 비로소 동급생 친구가 생긴 기분이었다. 유진 쪽은 어떻게 생각할지 모르겠지만.

"그나저나 디엘은 무슨 자료를 찾으러 도서관에 오신 건가요?"

"아, 저는……."

유진이 던진 질문에 디엘이 입을 열었다.

그녀가 제 목적을 밝히자 유진이 반가운 얼굴로 마침 제가 잘 아는 자료가 몇 권 있다는 이야기를 꺼냈다.

표정이 환해진 디엘이 유진과 도란도란 대화를 나누며 3층으로 올라갔다.

　　　　　*　　　*　　　*

두 사람의 모습이 완전히 층계에서 사라진 후.

2층 복도 구석에서 주머니에 손을 꽂은 에드가 천천히 모습을 드러냈다.

디엘의 뒷모습을 쫓는 것처럼 계단 너머를 한참 보던 그가 창밖으로 시선을 돌렸다.

그곳에는 아까 전 디엘을 에워싸고 협박하려던 무리가 있었다.

그들을 바라보는 에드의 눈이 붉게 빛났다.

모르아의 학생들이 두려워 마지않는 바로 그 눈이었다.

　　　　　*　　　*　　　*

우여곡절이 있었지만, 생각보다 유익한 시간을 보낸 디엘은 만족스럽게 도서관을 빠져나왔다.

그녀의 손에는 두 권의 책이 들려 있었다.

한 권은 샤칼 교수가 강의 시간에 한 번 언급을 한 적이 있는 헬던의 '남겨진 자들'이라는 책이었고, 다른 한 권은 광물학 개론이라는 책이었다.

둘 다 제법 두꺼운 책이라 디엘은 몇 번이나 책을 고쳐 안아야만 했다.

그래도 디엘의 얼굴에는 싫은 기색이 전혀 없었다.

이미 여자의 몸으로 돌아와 완력이 부족한 것이 안타까울 따름이었다.

이 몸으로라도 최대한 힘을 쓸 수 있도록 근육을 좀 단련시켜야하는 게 아닐까.

디엘이 그런 생각을 하며 남자 기숙사 정문 앞으로 들어설 무렵, 학생들이 웅성거리는 소리가 들려왔다.

무슨 일인가 싶어서 고개를 앞으로 쑥 빼던 디엘이 멈칫하였다.

낯익은 얼굴들이 기숙사 입구 앞에 있었다. 아까 전 도서관 뒤뜰에서 디엘에게 시비를 걸던 상급생 무리였다.

"……."

원래대로라면 그들과 최대한 얼굴을 마주치지 않도록 빠르게 기숙사 안으로 들어가는 것이 맞을 터이지만 디엘은 도저히 그럴 수가 없었다.

다섯 명의 남학생은 모두 다 어디 하나 빠진 곳이 없이 엉망진창으로 쥐어 터진 얼굴을 한 채, 무릎을 꿇고 있었다.

"……저 사람들 검술학과 상급생 선배들 아니야?"

"어, 맞는 것 같은데. 뭐하는 거지?"

"얼굴이 왜 저래?"

다른 학생들이 수군거리는 소리에서 어리둥절함과 혼란이 고스란히 느껴졌다.

디엘은 눈을 천천히 깜빡이며 뒤로 물러섰다.

검술학과 상급생들이 저런 꼴로 무릎을 꿇고 앉아 있는 것이 저와 무관하다고는 할 수 없을 것 같다는 불길한 생각이 들었다.

정문을 통해 기숙사로 들어가서는 안 된다고 결론 내린 디엘은 서둘러 몸을 돌려 학생들 틈바구니를 빠져나가려고 하였다.

하지만 한발 늦은 행동이었다.

"디엘 님……!"

이름을 불린 디엘은 무의식중에 멈칫하였다. 아, 바보 같기는.

적어도 뒤라도 돌아보지 말자며 디엘이 얼른 그대로 앞으로 걸어 나가려고 하였지만, 무릎을 꿇고 있던 남학생들은 순순히 디엘을 보내 주지 않았다.

"디엘 님, 제발 용서해 주십시오……!"

"잘못했습니다!"

"한 번만 자비를……."

구조선이 멀어져 가는 걸 본 사람처럼 디엘을 향해 외치는 모습들이 하나같이 간절하였다.

학생들의 시선이 저에게 아프게 박히는 것을 느끼며 디엘이 고개를 반만 뒤로 돌렸다.

오래 무릎을 꿇고 있어서 다리에 쥐라도 난 것인지 절룩거리며 이곳으로 향하는 남학생들의 모습이 보였다.

"디엘 님……."

제일 먼저 디엘에게 다가온 카리반은 얼른 무릎을 꿇었다.

그 순간, 디엘의 주변에 있던 다른 학생들은 모두 서너 걸음 이상 뒤로 물러섰다.

디엘은 자신이 마치 원형 무대에 선 희극배우라도 된 것 같다는 생각을 하였다.

"저희가 생각이 짧았습니다. 정말 죄송합니다."

꾸벅꾸벅 고개를 숙이는 모습에서는 아까 전의 기세를 전혀 찾아볼 수 없었다.

디엘은 피딱지가 내려앉은 입술이며 퉁퉁 부어오른 눈두덩이, 그리고 천으로 틀어막은 양쪽 콧구멍을 멍하니 바라보았다.

싸워서 졌다, 의 수준이 아니었다.

얼굴만 보면 거의 일방적으로 폭행을 당했다고 할 수 있을 지경이었다.

드러난 부분이 이 정도니 드러나지 않은 곳은 더하리라.

디엘은 다리를 절룩이는 학생 중 하나의 모습이 심상치 않다는 것을 깨달았다.

처음에는 오래 무릎을 꿇고 있어서 그런가 보다, 생각했는데 잘 보니 그게 아닌 것 같았다.

어쩌자고 이런 짓을. 짧게 숨을 들이신 디엘이 입을 열었다.

"……에드가 한 겁니까?"

소리를 낮춘 물음에 남학생이 흠칫, 어깨를 떨었다. 그가 사시나무 떨듯 몸을 떠는 걸 보면 그게 바로 대답이었다.

어느새 주변으로 다가온 다른 학생들의 얼굴도 새파랗게 질려 있었다.

대체 에드에게 무슨 짓을 당했던 걸까.

붉은 눈의 악마가 미친 것처럼 날뛰는 모습을 상상하는 건 어려운 일이 아니었다.

"괜찮으니까, 그만 일어나세요."

계속 그들을 바닥에 둘 수는 없었기에 디엘이 입을 열었다.

그러나 그 누구도 선뜻 일어서질 못했다.

저들끼리 얼굴을 마주 보며 시선을 주고받더니 한 명이 조심스레 말했다.

"아, 요, 용서해 주시는 겁니까?"

"당신들은 아까 전 불쾌한 마찰이 있었던 건 사실이나, 이렇게 저에게 용서를 구할 만한 일까지는 하지 않았다고 생각합니다."

디엘의 대답을 들은 남학생들이 곤란하다는 얼굴로 재차 매달렸다.

"그런, 그런 말씀은 곤란합니다. 저희는 용서받지 않으면, 가만두지 않는다고……."

"……."

대체 에드는 이들에게 무슨 짓을 한 거지? 이제는 당황을 넘어서서 기가 막혔다.

제 용서를 받을 때까지는 일어설 수 없다고 말하는 남학생들을 앞에 두고 디엘은 이를 갈았다.

지금 당장 눈앞에 있는 게 이들이 아니라 에드였으면 얼마나 좋았을까 생각하며.

"……알겠습니다. 용서하겠습니다. 그러니 이제 일어나세요."

"감사합니다!"

"감사합니다, 디엘 님!"

목숨을 구해 준 은인에게 그러하는 것처럼 남학생들이 일제히 공손한 인사를 올렸다.

사실 디엘에게는 익숙한 상황이었다. 로비나 왕국에서는 디엘

앞에서 꼿꼿하게 고개를 드는 자들보다 숙여 그녀를 우러러 보는 자들이 더 많았다.

그러나 이곳은 로비나가 아니었다.

디엘은 자리에서 일어선 그들에게 더는 시선을 주지 않고 지나쳤다.

걸음을 서두르는 그녀의 등 뒤로 학생들의 수군거림이 들려왔다.

이게 무슨 일이냐고 어리둥절하여 추측을 주고받는 가운데는 반감을 표하는 목소리가 섞여 있었다.

"저게 무슨 꼴이야? 검술학과의 수치잖아."

"하르파스의 주인이—"

"와, 지금 자기가 왕족이라고 저러는 거야?"

역시나.

디엘은 거의 뛰듯이 기숙사 안으로 들어갔다.

계단을 올라가는 내내 지나치게 주먹을 꽉 쥐어 손끝이 아릿하게 아파 왔다.

그래도 아픔을 느낄 겨를이 없었다.

디엘은 저와 에드가 함께 쓰는 방에 도착하자마자 문을 거칠게 밀며 외쳤다.

"에드……!"

"응? 어서 와, 주인님. 오늘은 평소보다 좀 일찍 왔네."

언제나 그렇듯 상반신에는 아무것도 걸치지 않은 에드가 디엘을 맞이하였다.

평소 같으면 옷을 좀 입으라는 말부터 했겠지만, 지금은 그것보다 더 급한 일이 있었다.

디엘은 손에 들고 있는 책을 테이블 위에 올려 둔 후 에드에게 성큼성큼 다가갔다.

"무슨 생각을 하는 겁니까, 대체."

"뭐가?"

"모르는 척할 겁니까?"

디엘은 바로 한 뼘 거리에 있는 에드의 얼굴을 올려다보며 눈에 힘을 주었다.

"기숙사로 오는 길에 검술학과 상급생들을 만났습니다."

"호오. 그래?"

정말 모르는 이야기를 듣는다는 것처럼 에드가 딴청을 피웠다.

디엘은 숨을 크게 들이쉬며 인내심을 되새겼다.

"……그들이 저에게 용서를 구하더군요. 제가 용서해 주지 않으면 큰일이라도 나는 것처럼."

"흐음. 내 주인님에게 정말 엄청 큰 잘못을 저지른 놈들이었나 보네. 그래서? 용서해 줬어?"

"……에드."

디엘은 얄미울 정도로 히죽거리는 에드의 얼굴을 세게 때려 주고 싶었다.

지금이라면 에드를 골탕 먹이고 싶어 하던 상급생 무리에게 조금은 협력을 해 줄 수 있을 것만 같았다.

"당신이 한 짓이 나에게 도움이 된다고 생각하기라도 한 겁니까?"

"글쎄. 적어도 그 녀석들이 다시는 너한테 섣불리 접근하겠다는 생각은 못 하겠지."

어깨를 으쓱하는 에드의 얼굴에는 아무런 감정도 담겨 있지 않았다.

그는 자신이 아주 합리적으로 일을 처리했다고 믿는 것이 분명했다.

"그래요. 좋습니다, 에드. 그들이 당신에 대한 공포 때문에 더는 저에게 시비를 걸어오지 않는다고 치죠. 하지만 다른 이들까지 그럴 거라고는 단정할 수 없습니다."

실제로 디엘이 이곳으로 향하기 전까지 그녀를 향해 날아들던 시선이 모두 두려움인 것만은 아니었다.

검술학과 상급생에게 그런 창피를 주었으니 적어도 같은 학과 학생들은 디엘에게 곱지 않은 시선을 보내는 것이 당연했다.

친구는 못 만들더라도 적어도 적은 만들지 말아야 할 게 아닌가.

에드가 한 짓은 디엘을 위한 것이 아니라 오히려 폐를 끼친 선택이었다.

"왜? 다른 놈들이 널 해치려고 들까 봐 걱정돼? 그럼 그놈들도 똑같은 꼴로 만들어 줄게. 살려 두는 게 싫으면 죽여도 괜찮고."

디엘이 순간적으로 굳어졌다.

에드는 사람을 죽이겠다는 말을 너무나도 쉽게 내뱉었다. 아무 무게가 느껴지지 않는 목소리로.

무어라 대답해야 좋을지 알 수가 없어진 디엘이 잠시 숨을 골랐다.

그녀는 왕족이었고, 모국에 있을 때는 피비린내 나는 후계자 다툼에 끼어 있었다.

당연히 사람의 죽음을 두고 새파랗게 질려 겁먹을 애송이는 아니었다.

필요하다면 '제거'가 가장 효과적인 방법이라는 것 역시 알았다.

하지만 그렇다고 해서 결코 사람의 목숨이 가벼운 것은 아니었다.

"그걸…… 언제까지 반복할 생각입니까?"

"언제까지나. 모두가 감히 너에게 어찌할 생각을 하지 못할 때까지."

에드가 눈을 가늘게 접으며 웃었다.

거부할 수 없이 사람을 유혹하는 악마처럼 아름다운 미소였다.

그 얼굴을 바라보며 디엘이 중얼거렸다.

"그렇게 하르파스가 된 거군요, 당신은."

이 아카데미에서 에드가 두려움의 대상이라는 건 알았지만, 근본적인 이유를 이해한 건 아니었다.

그러나 지금 이 순간, 그 이유를 알 수 있었다.

저에게 해를 가할 상대를 철저하게 밟아 다시는 일어날 수 없도록 만드는 것은 지극히 짐승의 방식이었다.

약자는 도태되고, 강자는 살아남는 것처럼.

거기까지라면 아카데미의 학생들이 그토록 에드를 두려워하지 않았을지 모른다.

효율적인 수단이라 생각한다면 목숨을 빼앗는 것조차 아무렇지 않게 여기고, 그로 인해 공포를 느끼는 상대를 억눌러서 제 뜻대로 움직이게 만든다.

에드는 거기에 한술 더 떠서 자신이 하는 행동에 아무런 무게를 느끼지 못했다.

이 지경에 이르면 약육강식이 문제가 아니라 단순히 미친놈이었다.

"여기에 오기 전까지 당신은……."

대체 어떤 삶을 살아 온 거냐고 하려던 디엘은 말을 멈추었다.

잠시 침묵한 후, 그녀는 다른 말을 꺼냈다.

"에드. 당신이 그랬죠. 두려움은 인간이 다른 인간을 지배하는 아주 효과적인 수단이라고."

제법 오래전 일 같지만, 기억을 더듬어 보면 불과 일주일 전 일이었다.

디엘이 에드가 저를 향해 했던 말을 똑똑히 기억하고 있었다.

'널 무서워하는 자들은 절대 너에게 거스르지 않을 거야. 그 편이 앞으로의 생활에 훨씬 도움이 되지 않겠어?'

따지고 보면 에드는 자신이 했던 말을 매우 충실하게 실행한 셈이었다.

그때 확실하게 못을 박아 두었어야 했다 반성하며 디엘이 말을 이었다.

"당신에게는 당신의 방식이 있을 거라고 생각합니다. 하지만 나에게까지 그 방식을 강요하지 마세요. 또한 고용주인 나의 요구를 우선 수용하는 융통성 정도는 보였으면 합니다."

"……내가 괜한 일을 했다는 거야?"

무슨 말만 하더라도 내내 싱글거리던 남자의 얼굴에서 웃음기가 사라지고 없었다.

화가 났다기보다는 도저히 디엘을 이해할 수 없다는 표정이었다.

기가 막히기는 디엘 역시 마찬가지였다. 정말 자신이 뭘 잘못했는지 모르는 걸까.

"제가 칭찬이라도 하길 바라는 겁니까?"

"물론 칭찬까지는 기대하지 않았어. 하지만 그렇게까지 상종 못할 것을 보는 눈으로 날 마주할 거라고는 생각 안 했다고. 뭐가 문제인 건데?"

"정도가 지나쳤습니다."

"아니, 딱 좋은 정도였지."

끝까지 물러서지 않는 그의 모습에 디엘이 입을 꾹 다물었다.

상대는 말로는 좀처럼 이길 수가 없는 남자였다. 게다가 고집도 강했다.

더는 그와 이 문제로 말을 나눌 필요가 없다 생각한 디엘은 한숨을 쉬었다.

쓸데없는 짓이었다.

그녀는 말없이 등을 돌렸다. 당신과는 아무 말도 하지 않겠다는 뜻을 드러내기에 이보다 좋은 행동은 없었다.

"디엘, 진짜 이러기야? 내가 누구―"

"그걸 나 때문이라고 할 겁니까?"

에드를 무시하고 제 책상 앞으로 가려던 디엘이 멈추어 서서 날카로운 목소리를 냈다.

스스로도 지나치게 뾰족한 제 목소리에 놀랄 정도였다.

하지만 한 번 내뱉기 시작한 말은 멈추질 않았다.

"나를 진정으로 생각해서, 나를 위해서 한 행동이었다면 내 뜻 정도는 존중해 주었겠죠."

에드에게 조금이라도 배려심이라는 게 있었다면, 적어도 그 상급생 무리에게 기숙사 학생이 모두 보는 앞에서 디엘에게 무릎을 꿇으라고 하지는 않았을 터였다.

결국 에드는 디엘이 느꼈을 당혹감과 불편함 따위는 안중에도 없었다.

디엘― 다른 학생들이 하르파스의 주인이라고 알고 있는 저의 고용주가 무시를 당하는 게 싫을 뿐이었다.

그건 자신이 무시를 당하는 것이나 마찬가지니까.

"당신은 철저하게 자신만을 생각해서 움직인 겁니다. 나와는 상관없이."

기숙사 정문 앞에서 있었던 일은 결국 쇼였다. 에드가 무어라 떠들던 간에 본질은 변하지 않았다.

앞만 보고 말을 이어 가던 디엘이 천천히 고개를 뒤로 돌렸다.

에드가 생전 처음 보는 표정으로 디엘을 보고 있었다.

어째서일까. 디엘은 이제야 비로소 제 룸메이트의 진짜 얼굴을 보았다는 생각이 들었다.

"……좋아, 그렇다고 쳐. 그게 나쁜 건가? 결과적으로 나쁠 건 없잖아. 너는 이 일에 아무 책임을 느낄 필요도 없어. 심지어 복잡하게 생각할 필요도 없지. 내가 알아서 네 적을 전부 처리할 테니까. 오히려 편하고 좋은 거 아니야?"

"전혀 좋지 않습니다. 난 그런 일이 매우 불편합니다."

디엘이 단호하게 대답하자, 에드는 더더욱 이해할 수 없다는 얼굴을 하였다.

"넌 왕자잖아. 너를 향해 무릎 꿇고 자비를 구하는 자들의 모습을 보는 건 이미 충분히 익숙할 텐데. 오히려 인간을 발밑에 두고 부리는 게 기분 좋다고 느끼지 않아?"

"그런 저속한 우월감에 젖어 본 적은 없습니다."

사람을 뭐로 보고.

디엘은 한쪽 눈썹을 꿈틀거리며 에드의 말에 분개하였다.

"세상에는 누군가에게 고통이나 모욕을 주며 쾌락을 느끼는 자들이 존재하겠지만, 적어도 난 누구와는 달리 그런 무리에 속하지 않습니다. 왕족이건 아니건 인간이라면 응당 지켜야 할 선이 있습니다. 실수로 한 번 선을 밟을 수는 있어도 스스로 원해서 그 선을 마구 짓밟는 자와는 더는 할 말이 없습니다."

숨도 쉬지 않고 디엘이 몰아붙이듯 내뱉은 말에 에드가 기가 막힌다는 픽 웃었다.

"지금 날 비난하는 거야?"

"인간으로서 덜 성숙했다고 말하는 겁니다."

"내가 나쁜 놈이라는 말을 참 우아하게도 하는군."

"……."

이번에는 사족을 달지 않았다. 대신 부정도 하지 않았다.

디엘을 조용히 바라보는 에드의 눈이 검붉었다.

창밖에서 쏟아져 들어오는 석양 때문인지 혹은 창을 등지고 길게 늘어선 디엘의 그림자 때문인지는 몰라도.

에드는 숨을 죽인 맹수가 사냥감의 행동을 관찰하는 것처럼 디엘을 보고 있었다.

문득 눈앞의 남자가 무섭다는 생각이 들었다. 그가 자신에게 폭력을 휘두를 것 같아서가 아니었다.

조금 더 본능적인, 본질적인 두려움에 가까웠다.

하르파스.

에드의 별명을 중얼거리며 디엘이 뒤로 한 걸음 물러섰다.

"디엘."

에드가 그녀를 부르면 한 걸음 앞으로 다가왔다.

그녀가 저에게서 멀어지는 것이 싫다는 것처럼.

디엘은 그것이 싫어 다시 한 걸음 뒤로 물러섰다.

지금이 좋았다.

지나치게 가깝지 않은 거리.

어차피 그가 제 행동반경에 있어야 하는 존재라면 딱 이 정도까지만 거리를 허락하고 싶었다.

"내가 싫어?"

무슨 생각에서인지 에드가 엉뚱한 것을 물었다.

문득 도서관 뒤뜰에서 상급생 무리와 나누었던 대화가 떠올랐다.

에드가 마음에 들지 않는다는 그들에게 디엘은 분명 자신도 그러하다 대답하였다.

비록 눈앞에 본인이 있지만, 이번에도 역시 대답은 같았다.

"……네."

나는 정말로 눈앞에 있는 남자를 싫어하는 게 맞는 걸까 생각하면서도 디엘은 고개를 끄덕였다.

지금은 이렇게라도 억지로 그와 거리를 벌려 두고 싶었다.

디엘의 대답을 들은 에드가 무어라 표현할 수 없는 얼굴로 다시 물었다.

"무서워?"

"……네."

아주 잠깐 머뭇거린 끝에 이번에도 디엘은 고개를 끄덕였다.

에드는 무슨 생각을 하는지 알 수 없는 얼굴로 한참 디엘을 바라보았다.

"그래. 그럼 어쩔 수 없지."

한참 후, 그는 그렇게 중얼거렸다. 무엇이 어쩔 수 없다는 걸까.

디엘이 미처 그 의미를 생각해 보기도 전에 에드는 침대 위에 놓여 있던 재킷을 집어 들었다.

그것을 들고 그는 그대로 방 밖으로 빠져나갔다. 문이 조용히 닫히는 소리와 함께 디엘은 방에 홀로 남겨졌다.

한동안 자리에 멍청하게 서 있던 디엘은 지친 걸음을 옮겨 침대 위에 쓰러지듯 누웠다.

정말 이래야만 했었던 걸까.

다소 불순한 의도가 있었다고는 해도 그가 저를 도우려고 했던 건 거짓이 아니었다.

고맙다는 말 정도는 해도 괜찮았을 텐데. 가슴속이 묘하게 답답하였다.

자신이 지나치게 붕대를 세게 매었나 보다 생각하며 디엘은 셔츠 속으로 손을 넣어 붕대의 끈을 풀었다.

그래도 가슴속이 여전히 답답하였다.

욕실로 뛰어간 디엘은 문을 걸어 잠그고, 붕대며 옷을 전부 벗어 던졌다. 그럼에도 통증은 여전하였다.

그날 밤, 날이 밝도록 에드는 방으로 돌아오지 않았다.

⊢ Chapter 14 ⊣

의심

에드와 다툼—이라 하기에는 묘한 일이 있었던 것이 벌써 4일 전이었다.

에드는 방으로 돌아오지 않았고, 디엘 앞에 모습도 보이지 않고 있었다. 디엘은 태연한 척하려 애를 썼다.

하루가 멀다 하고 저를 성가시게 만들던 룸메이트가 없어서 얼마나 좋으냐고 생각하기도 하였다.

그러면 곧 언제 그랬냐는 것처럼 평소같이 능글맞은 얼굴로 돌아올 거라고도 생각했다.

하지만 에드는 돌아오지 않았고, 디엘의 얼굴은 점점 어두워졌다.

오죽하면 다른 학생들이 하르파스의 주인에게 대체 무슨 일이 있는 거냐고 수군거릴 정도였다.

처음에는 그가 화가 나서 저를 피하는 것이라 생각했던 그녀였지만, 이틀이 지날 무렵에는 전혀 다른 생각이 들었다.

'상처를 받은 걸까?'

네가 싫다고, 심지어 무섭다고 말했으니 그가 선뜻 디엘 앞에 모습을 나타낼 수 있을 리가 없었다.

디엘은 나흘 전으로 시간을 되돌리고 싶었다.

다른 건 몰라도 마지막에 했던 말만큼은 전부 없던 것으로 하고 싶었다.

그렇게 싫어하는 건 아니라고 말했다면 어땠을까.

그냥 당신과 나는 가치관과 의견이 맞지 않으니 서로 이해할 수 없는 부분에 대해 깊이 관여하지는 말자고 말하기만 했어도—

몇 번째인지 모를 후회를 접으며 디엘이 고개를 저었다. 이미 늦은 일이었다.

"디엘 님."

전혀 강의에 집중하지 못한 채, 수업을 마친 디엘이 자리에서 일어설 때였다.

누군가가 저를 부르는 소리에 고개를 돌리니 소피아가 가면 같은 미소를 입에 걸고 서 있었다.

정말 지치지도 않는구나. 속으로 진절머리를 낸 디엘은 딱딱한 목소리로 인사에 답하였다.

"안녕하십니까, 소피아."

평소 같으면 표정 관리를 하는 척이라도 했겠지만, 지금은 도저히 그럴 여력이 없었다.

디엘의 태도가 차갑다는 것을 알면서도 소피아는 쉽게 물러서지 않았다.

"오늘은 어떠신가요? 괜찮으시다면 점심을 함께—"

"미안합니다, 소피아. 오늘도 선약이 있습니다."

짧게 말을 마친 디엘은 가방을 들어 올려 그대로 자리를 벗어났다.

뒤에서 매서운 눈길을 쏘아 보내던 소녀가 저를 따라오는 기색이 느껴졌다.

"디엘 님! 정말 너무하시는 거 아닌가요?"

귀가 쟁할 정도로 시끄러운 소음에 짜증이 치민 디엘이 걸음을 멈추고, 뒤를 휙 돌아보았다.

소피아는 눈물을 글썽거리며 애처로운 표정을 짓고 있었다.

기가 막힐 정도로 가증스러운 연기였다.

"무엇이 말입니까?"

내가 너에게 대체 잘못한 게 무엇이 있나 말해 보라는 것처럼 디엘이 눈썹을 까닥거리자 소피아가 잠시 어깨를 흠칫하였다.

"……제가 디엘 님께 호의를 갖고 있는 걸 아시면서도…… 너무 차가우세요. 니나 같은 계집에게는 그리 다정히도 대해 주시면서."

니나 같은 계집? 하—

어이가 없어진 디엘은 작게 웃음을 터트렸다. 이쯤 되면 감탄밖에 나오질 않았다.

디엘이 니나와 친하게 지내는 걸 알고 있다면, 니나에 대해 안 좋게 말하는 건 멍청한 행동에 불과하였다.

"내가 원하는 사람에게만 다정하게 대할 뿐입니다. 그것이 당신에게 비난받을 이유는 아닌 것 같군요."

디엘의 말에 소피아가 그런 대답을 생각하지도 못했다는 얼굴로 입을 크게 벌렸다.

그녀의 눈동자가 심하게 흔들린다 싶더니 붉은 입술 사이로 충격을 감추지 못하는 목소리가 흘러나왔다.

"……디엘 님은─ 로비나에 있을 무렵과 많이 달라지신 것 같네요. 전에는 그런 분이 아니었을 텐데요."

당신이 나에 대해 대체 뭘 안다고 그런 말을 하는 거지?

조용한 분노가 목구멍까지 치밀어올랐지만, 대신 디엘은 다른 말을 입에 담았다.

"더는 그렇게 살지 않기로 했으니까요."

소피아의 말대로 로비나에 있을 무렵에는 완벽한 왕자를 연기하기 위해 필사적이었다.

바바라가 시키는 모든 것을 충실히 따랐고, 사람들에게는 동경과 선망의 대상이 되기 위해 노력했다.

그로 인해 웃고 싶지 않을 때 웃었으며, 습관처럼 연기도 곧잘 했다.

그러나 이제는 그러지 않아도 괜찮았다. 그리고 동시에 그럴 수도 없었다.

진짜 삶이 무엇인지 알아 버렸으니까.

"소피아. 나는 당신이 나에게 무엇을 기대하는지 압니다. 그러나 나는 이제 그걸 줄 수 없는 사람입니다."

"……."

디엘의 말이 무슨 뜻인지 짐작하려는 것처럼 소피아가 천천히 눈을 깜빡였다.

　그 눈을 마주하며 디엘은 마지막으로 경고하였다.

　"그러니 더는 나를 귀찮게 하지 마십시오. 또한 내 친구를 모욕하지 마십시오. 다음에는 참지 않습니다."

　몸을 휙 돌린 디엘이 다시 걸음을 옮겼다.

　이번에는 소피아가 뒤를 따라오지 않았다.

　디엘이 한숨을 내쉬었다. 지나치게 그녀를 몰아붙인 건지도 모른다는 생각이 들었으나 어쩔 수 없는 일이었다.

　에드와의 일 때문에 예민해져 있는 상태라 다른 것까지 신경쓸 여력이 없었다.

　저를 힐끔거리는 학생들의 시선을 무시하며 디엘은 회중시계로 시간을 확인하였다.

　다행히 약속까지는 아직 여유가 있었다.

　'니나 앞에서는 어떻게든 표정을 관리해야 할 텐데.'

　소피아에게 '선약이 있다'고 대답한 것은 거짓말이 아니었다.

　오늘 점심은 니나가 미리 주문해 둔 도시락을 함께 먹기로 한 날이었다.

　원래대로였으면 에드 역시 함께했을 자리였다.

　하지만 지금 상황에서는 그가 불쑥 나타나서 합석할 가능성은 전혀 없어 보였다.

　'대체 그 남자는 어디에 있는 걸까? 설마 아카데미 안에 없는 건 아니겠지?'

머릿속이 복잡해진 디엘이 얼굴을 찌푸리고, 천천히 걷고 있던 때였다.

"안녕하십니까, 디엘 님!"

여러 명의 남학생이 디엘을 향해 인사를 하였다.

쏟아지는 우렁찬 인사가 이제 익숙한 것이라 무심하게 그것을 받아들이려던 디엘이 멈칫하였다.

고개를 숙이고 있는 학생들의 얼굴이 낯이 익었다.

"당신들은─"

디엘의 기억이 맞다면 그들은 분명 도서관 뒤뜰에서 시비를 걸어 왔던 검술학과의 상급생 무리였다.

그들은 공손한 태도로 재차 고개를 꾸벅 숙였다.

"오늘도 좋은 하루 되시길 바랍니다, 디엘 님. 저희는 이만 실례 하겠습니다."

"잠깐만 기다리세요."

물러서려는 그들을 급하게 잡아 세운 디엘이 입을 열었다.

"한 가지, 묻고 싶은 게 있습니다."

학생들은 어리둥절한 얼굴을 하면서도 순순히 고개를 끄덕였 다.

"네, 말씀하십시오."

"그날…… 에드가 당신들에게 혹시 어떠한 말을 했는지 알 수 있 겠습니까?"

이제 와서 이걸 물어 무엇하나 싶은 생각이 들었지만, 동시에 대체 그날 무슨 일이 있었던 건지 궁금하기도 하였다.

에드가 어떤 의도로 그렇게 정도가 지나친 응징을 가한 것인지 알고 싶었다.

질문을 받은 학생들은 조금 곤란하다는 얼굴을 하였다.

그들은 옆에 있는 사람에게 대답을 떠넘기는 것처럼 몇 번이나 시선을 주고받았다.

하지만 디엘이 작게 헛기침을 하자, 너도 나도 할 것 없이 입을 열었다.

"감히 우리 아름다운 주인님에게 무슨 짓을 한 것이냐고 화를 냈습니다!"

"디엘 님의 얼굴이나 몸에 상처를 내면 예술 작품을 손상하는 것과 다름없는 중죄라고도 했습니다!"

그 남자는 대체 무슨 헛소리를 지껄이고 다닌 거지.

디엘은 손으로 제 얼굴을 감싸서 표정을 감추고 싶었다.

예술 작품이라니. 부끄러운 줄도 모르고 잘도 그런 소리를 해댔구나.

아무래도 평소에 디엘 앞에서 에드가 늘어놓은 말은 시시한 농담이 아니라 진심인 모양이었다.

적어도 남들 앞에서 같은 말을 반복할 정도로는.

"저, 그리고……."

내내 입을 다물고 있던 카리반이 조심스레 입을 열었다.

"우리 주인님은 상냥한 사람이라 틀림없이 너희를 그냥 용서할 테니까, 대신 내가 용서하지 않겠다고 했습니다."

그 말을 들은 순간, 머리를 얻어맞은 기분이었다.

"······그가 뭐라고 했다고요?"

디엘이 재차 묻자 학생들이 같은 말을 반복하였다.

상냥한 디엘을 대신하여 자신이 용서하지 않을 거라고 했다는 그 말을.

'나를 진정으로 생각해서, 나를 위해서 한 행동이었다면 내 뜻 정도는 존중해 주었겠죠.'

자신이 에드에게 제가 퍼부었던 말이 떠올랐다.

'당신은 철저하게 자신만을 생각해서 움직인 겁니다. 나와는 상 관없이.'

억누를 수 없는 괴로움에 디엘은 저도 모르게 가슴을 움켜쥐었다.

옷감 너머로 레아의 펜던트가 달그락거리는 소리가 들려왔다. 심장도 함께 덜컥거렸다.

괜한 것을 알아 버렸다는 생각이 들었다.

나는 당신에게 한 번도 상냥한 적이 없었는데, 왜 날 상냥하다고 생각했던 걸까.

지울 수 없는 죄책감 위로 미안함이 더해졌다. 등을 돌리고 방을 빠져나가던 에드의 모습이 눈앞에 다시 그려졌다.

그 모습을 그리니 심장이 아프게 뛰었다. 고장이라도 난 것처럼.

　　　　*　　　*　　　*

"요새 무슨 안 좋은 일이라도 있어, 디엘?"

무릎 위에 올려 둔 도시락에는 손도 대지 않은 채, 니나가 걱정스럽게 디엘을 보고 있었다.

그녀와 나란히 벤치에 앉아 있던 디엘은 고개를 저었다.

"아니, 아무 일도 없었어."

나무 그늘 사이로 흘러내리는 햇살이 잔디에 고운 연두빛을 입히고 있었다. 디엘은 멍하니 그것을 올려다보았다.

가까운 곳에서 새가 지저귀는 소리가 들려왔다. 니나가 밖에서 점심을 먹자고 한 게 이해가 될 정도로 좋은 날이었다.

문제는 디엘의 기분은 전혀 좋지 않다는 점이었다.

아무리 생각하지 않으려고 애를 써도 머릿속에서 에드를 지울 수가 없었다.

어떻게 그를 찾아야 할지, 그리고 사과해야 할지 알 수가 없었다.

심지어 누구에게 이 일을 털어놓고, 도움을 청해야 할지도.

"하지만 안색이 안 좋은데…… 감기나 무슨 병에 걸린 건 아니지?"

"응, 괜찮아."

평소 같으면 웃으며 대답을 해 주었을 텐데, 지금은 그럴 여유가 없었다.

디엘이 손에 쥔 포크로 도시락 통 속을 헤집는 것을 보며 니나는 또르르 눈을 굴렸다.

본인은 전혀 눈치채지 못했겠지만, 디엘은 벌써 몇 십 번째인지 모를 한숨을 내쉬고 있었다.

게다가 도시락 통 속에 있는 샌드위치와 디저트는 난도질당해 원래 형태를 알아볼 수 없는 상태였다.

누가 보더라도 디엘은 전혀 괜찮지 않았다.

안절부절 못하며 눈치만 살피던 니나가 조심스레 다시 물었다.

"……혹시 에드랑 무슨 일 있었어?"

핵심을 찌르는 질문에 디엘은 멈칫하였다.

……내가 그렇게 알기 쉬운 사람인 건가.

디엘은 억지로 양쪽 입꼬리를 밀어 올렸다.

자신이 제발 자연스럽게 웃고 있기를 바라며 그녀가 말했다.

"그런 거 아냐. 왜 그렇게 생각해?"

"그게…… 이번 교직원 회의 때, 남자 기숙사장이 에드가 요새 얌전한 게 불안해서 아카데미 순찰을 더욱 강화해야겠다고 했다더라고."

"……."

어쩐지 토니가 요새 유독 방에 잘 찾아오더라니.

생각지도 못했던 사실을 알게 된 디엘은 얼굴을 찌푸렸다.

남자 기숙사장인 토니는 종종 방을 찾아와 에드의 동향을 살피려고 하였다.

그때마다 디엘은 욕실에 물을 틀어 두고, 에드가 샤워 중이라고 둘러댔다.

그 핑계가 먹히지 않을 때쯤에는 자신 대신 식당에서 식사를 받으러 가게 했다고 말하기도 했다.

토니는 의구심을 풀지 않은 얼굴로 번번이 후퇴하였다.

이제 혹시라도 또 사고를 치면 이번에야말로 진짜 혼쭐을 내 줄 거라 전하라는 말이 인사같이 느껴질 정도였다.

"뭔가 있었던 거지?"

"……."

나나 계속 꼬치꼬치 캐묻기 시작하면 무어라고 대답을 해야 하나. 난감해진 디엘은 괜히 시선을 아래로 떨구었다.

도시락 통 속에서 엉망진창이 되어 원래 흔적을 찾을 수 없게 되어 버린 파니니 샌드위치가 보였다.

조각난 토마토며 포크 자국만 선명한 양상추가 꼭 제 기분을 나타내는 것처럼 느껴졌다.

디엘은 토마토 한 조각을 포크로 꼭 집어 입 안으로 억지로 밀어 넣었다.

혀끝에서 퍼지는 달콤함과 새콤함은 평소 같으면 감탄을 금치 못할 만큼 맛있었다.

신선한 야채만 넣어 특제 소스와 잘 구운 베이컨을 넣은 샌드위치가 맛이 없을 리가 없었다.

하지만 디엘은 그것이 조금도 맛있다는 생각을 할 수 없었다.

그저 의무적으로 입 안에 음식물을 밀어 넣을 뿐이었다. 그것을 물끄러미 본 나나가 조용히 입을 열었다.

"빨리 화해했으면 좋겠다."

그녀의 입에서 나온 말이 예상 밖의 것이라 디엘은 입 안에 든 걸 씹어 넘기는 것도 잊고, 그녀를 물끄러미 보았다.

"……무슨 일이 있었는지는 묻지 않는 거야?"

한참 후에야 음식을 목구멍으로 넘기고 묻자 니나가 고개를 갸 웃하였다.

"물어보면 말해 줄 거야?"

"……."

"뭐야, 역시 말 안 해 줄 거면서."

"미안해."

"응? 아냐, 아냐! 사과하지 마. 미안하라고 한 말이 아닌걸."

니나는 저야말로 미안하다며 토끼 모양으로 자른 사과 한 조각 을 디엘의 도시락 통 속에 사뿐히 올려 주었다.

"룸메이트랑 싸우는 일이라는 거 흔한 거잖아. 나도 내 룸메이트 랑 되게 자주 싸워. 에이미 기억나지?"

그게 누구였더라. 바로 떠오르는 얼굴이 없어서 디엘은 한참이 나 기억을 더듬어야 했다.

"내 옆에 자주 있는 친구 말이야. 전에 식당에서 한번 본 적 있잖 아."

"아!"

그제야 떠오르는 얼굴이 있었다. 자신과 식사를 하고 있던 니나 에게 말을 전하러 왔던 단발머리 소녀.

수줍음이 많은지 어쩌다 지나치더라도 디엘과 제대로 눈을 마주 친 적이 한 번도 없는 아이였다.

"에이미랑 나랑 룸메이트이거든."

"……둘이 싸우기도 해?"

"그럼, 당연하지!"

디엘은 니나와 함께 있던 에이미의 모습을 기억하기에 의외라는 얼굴을 할 수밖에 없었다.

그 얌전해 보이는 소녀가? 아니, 그것보다도 니나는 그녀와 대체 무엇 때문에 다투는 걸까?

"내가 먹던 커스터드 크림 푸딩을 바닥에 엎질렀는데 그걸 에이미가 밟아서 싸운 적도 있고, 에이미가 샤워하고 머리를 안 말려서 바닥이 물바다가 되어서 내가 화내다가 싸운 적도 있고, 빨랫감이 섞여서 옷을 바꿔 입은 것 때문에 싸운 적도 있고."

"……."

어째서일까. 니나는 나름대로 심각하게 이런저런 일들을 늘어놓았지만, 디엘이 듣기에는 무엇 하나 심각한 것이 없었다.

오히려 듣고 있으면 슬그머니 웃음이 나올 법한 귀여운 일뿐이었다.

차라리 에드와도 그런 일을 갖고 다툰 것이라면 이렇게까지 마음이 쓰이지는 않았을 것이다.

"하루는 에이미가 너무 많이 화가 났던 건지 '이제 절교야!'라고 하고, 무려 4일이나 한 마디도 안 한 적도 있었다니까."

니나가 입술을 오물거리며 한 말에 디엘이 어깨를 흠칫 굳혔다.

4일. 에드가 저를 피하고 있는 일자도 지금 딱 그만큼이었다.

디엘은 조심스레 입을 열었다.

"……그럼 어떻게 절교를 취소한 거야?"

이곳에 오기 전까지 디엘의 삶은 매우 단순하였다.

그녀는 누군가와 싸울 위치가 아니었으며, 설령 싸운다 하더라도 저와 같은 왕족 혹은 그에 준하는 신분을 가진 자들이었다.

그리고 그런 상대와는 이런 식으로 하고 싶은 말을 다 내뱉으며 싸워 본 적이 없었다.

심지어 어떻게 다시 사이를 회복해야 하나 궁금하게 여겨 본 적도 없었다. 전부 에드가 처음이었다.

그래서 디엘은 자신이 무엇을 어떻게 해야 할지 몰라 답답하였다.

그를 찾아 사과하면 된다는 건 머리로는 안다.

자신이 틀린 말을 했다고는 생각하지는 않지만, 뜻을 전하는 방식 자체는 나빴다고 생각하니 그 점에 대해서는 충분히 사과를 할 마음도 있었다.

하지만 문제는 그걸 어떻게 실천해야 하는지 알 수 없다는 점이었다.

"뻔하지. 래밍턴 케이크를 사 가지고 오면 돼."

"……."

"아카데미 근처에 엄청 맛있는 래밍턴 케이크를 하는 가게가 있거든. 스펀지 케이크에 촉촉하게 스며든 진한 초콜릿 맛이 얼마나 기가 막힌지……! 아, 말하니까 또 먹고 싶다. 다음에 너도 함께 가자!"

"래밍턴 케이크가 있으면…… 되는 거야?"

디엘은 자신이 굉장히 바보 같은 얼굴을 하고 있는 게 아닌가 생각하며 물었다. 니나가 히죽 웃었다.

"당연하지. 맛있는 케이크랑 따뜻한 차 한 잔을 앞에 두고 어떻게 냉전 상태를 유지할 수 있겠어?"

아— 디엘은 에이미가 하려는 말이 무엇인지, 알 것 같았다.

요컨대 중요한 건 래밍턴 케이크가 아니었다.

맛난 디저트는 그냥 함께 편히 대화를 나눌 수 있는 기회를 제공하는 것에 불과하였다.

"내가 래밍턴 케이크를 사 오면 차는 에이미가 타. 에이미가 타 주는 홍차는 진짜 기가 막히게 맛있거든. 헤헤."

니나는 디엘을 여자 기숙사에 초대할 수 없어서 유감이라는 말도 덧붙였다.

"여자 기숙사에서 벌어지는 티파티가 얼마나 근사한데⋯⋯! 가끔 다른 애들이 케이크 냄새를 맡고 몰려들면 그때부터는 거의 파자마 파티가 되어 버리긴 하지만."

기숙사에서 종종 벌어지는 즐거운 파티에 대해 설명하는 니나의 얼굴에는 즐거움이 가득하였다.

그 모습을 보고 있던 디엘 역시 저도 모르게 이끌려 웃어 버릴 정도로.

'케이크와 맛있는 차, 라.'

에드와의 사이도 정말 그런 걸로 회복이 가능할까.

쉽지는 않을 것 같다 생각하면서 디엘은 니나가 준 토끼 모양 사과를 집어 올렸다.

문득 귓가를 스쳐 지나가는 목소리가 있었다.


'케이크 먹는 토끼.'

아카데미 생활을 시작한 첫날, 에드가 저에게 마법의 주문이라며 알려 준 엉뚱한 말이었다.

세 번 정도 외면 마법이 이루어진다고 했지.

저도 모르게 피식 웃은 디엘이 사과를 한입 아삭 물었다. 새콤하면서도 달콤한 맛이 진하게 입 안으로 퍼졌다.

아까와는 달리 이번에는 맛있다는 생각이 들었다.

'그러고 보니 에드는 사과를 좋아한다고 하지 않았나?'

디엘은 에드에 대해 아는 것이 별로 없었지만, 그가 사과를 즐겨 먹는다는 것 정도는 기억하고 있었다.

저와 식당에 갈 때마다 꼭꼭 사과를 챙겨 먹고 저에게도 한입이라도 먹이려고 애를 썼었으니까.

"······."

곰곰이 생각해 보면 늘 그런 식이었다.

에드는 제멋대로 굴긴 하였지만, 거기 디엘을 위하는 마음이 아주 없다고는 할 수 없을 것 같았다.

만일 에드에게 있어서 디엘이 관심 밖의 대상이었다면 처음부터 그렇게 친절하게 대하지 않았을 터였다.

게다가 디엘이 그에게 싫은 말을 한 시점에서 디엘을 가만두었을 리도 없었다.

다른 학생들에게 한 것처럼 철저하게 피의 응징을 했겠지.

어쩌면 에드는 디엘이 생각하는 것보다도 훨씬 더 우호적으로 그녀를 대하고 있는 것일지도 몰랐다.

"저기, 디엘."

"응?"

멍하니 생각에 잠겨 있던 디엘이 고개를 옆으로 돌렸다.

어느새 도시락 통을 깨끗하게 비운 니나가 다정스럽게 디엘을 바라보고 있었다.

"이제까지 서로 다른 환경에서 살아오던 두 사람이 갑자기 같은 공간을 쓰게 되면 충돌이 일어나는 건 당연한 거야. 특히 디엘은— 음, 여러모로 특별하잖아? 그러니까 누군가와 함께 생활하면 이제까지와 다른 경험들 때문에 더 당황할 수도 있고."

사실 에드와의 다툼은 단지 생활 양상이 맞지 않기 때문이 아니었다.

근본적으로 그와는 생각이 맞지 않기에 부딪치게 되는 것이었다.

그러나 어찌 보면 디엘과 에드, 둘 중 누가 맞다고 딱 잘라 말할 수 있는 문제는 아니었다.

디엘에게는 디엘의 방식이, 또 에드에게는 에드의 방식이 있을 뿐이었다.

"그게 나쁜 건 아니야. 세상에는 자신과 다른 사람도 많이 있다는 걸 받아들일수록 세상이 넓어지거든. 다양한 사람이 있기에 세상은 이런 모습이 된 거구나, 생각하게 되기도 하고."

"그걸 받아들이는 과정이…… 쉽지는 않은 것 같아."

디엘이 조심스럽게 털어놓은 말에 니나가 빙그레 웃었다.

레아가 종종 짓던 미소와 비슷한 것이었다.

"디엘. 내가 좋은 거 하나 알려 줄까?"

"좋은 거?"

그게 뭐냐고 눈빛으로 묻자 나나가 의기양양한 얼굴로 대답하였다.

"친구는 말이야. 싸우면 화해를 할 수 있어."

"……."

나나가 한 말은 그리 특별할 것도 없는 말이었지만, 디엘에게는 그것이 세상에서 제일 처음 들은 피아노 선율처럼 들려왔다.

……화해? 내가 에드랑 화해? 아니, 그보다도 그 남자가 나와 친구였나?

가슴속에 무언가 간질간질한 것이 차오르는 기분이었다.

조금 전까지만 해도 어떻게 하면 에드와의 사이를 원래대로 되돌릴 수 있을까 생각했으면서도 디엘은 제가 느끼는 모순을 자각하지 못했다.

"그러니까 싸우는 것도 나쁘지 않아. 자주 싸우는 건 안 되지만, 가끔은! 싸우고 나면 화해할 수 있으니까."

처음부터 깨지지 않는 것은 없다. 아무리 견고해 보이는 것이라도 결국 부수고, 깨지는 순간이라는 건 존재했다.

그렇기 때문에 완전히 부서지지 않게 무언가를 지키려는 노력은 중요하였다.

관계 역시 마찬가지였다.

처음부터 그럴 가치를 느끼지 못하는 경우도 있었지만, 며칠을 떨어져 지내보니 에드는 '그럴 가치가 있는 쪽'의 사람 같았다.

"나나."

"응?"

벤치 아래로 내린 발을 까닥거리고 있던 니나가 말해 보라는 것처럼 고개를 끄덕였다.

그녀가 자신을 보는 부드러운 시선에 괜히 머쓱해진 디엘은 쉽게 입을 열지 못했다.

한참을 머뭇거린 후에야 디엘은 묻고 싶었던 한 마디를 할 수 있었다.

"혹시 아카데미 근처에 사과로 만든 디저트가 맛있는 가게가 있을까?"

*　　　*　　　*

모르아 아카데미로부터 얼마 떨어지지 않은 고급 호텔 '라 콘스티어'의 최고급 객실 안.

차렷 자세를 취한 텐은 곤란하다는 얼굴로 제 앞에 있는 남자를 내려다보고 있었다.

"……에드 님."

멀쩡한 침대와 소파를 두고, 러그가 깔린 바닥 위에 누워 있는 에드에게서는 아무 대답이 없었다.

얼핏 보면 심통이 난 어린애가 하는 것처럼 보이는 행동이지만, 실상은 그것보다도 훨씬 더 성가시고 복잡하며 위험천만했다.

텐은 에드가 손만 뻗으면 닿을 거리에 놓여 있는 단검을 힐끔거렸다. 만일 이 자리에 초대받지 못한 손님이 등장하기라도 하면 저 단검은 곧바로 그 손님의 목덜미를 꿰뚫으리라.

단 한 치의 오차도 없이 정확하게.

평소에는 장검을 주로 쓰나 사실 에드가 다루지 못하는 무기는 없었다.

레이피어를 시작으로 롱 소드, 대거, 클레이모어, 스피어, 곤봉, 플레일, 메이스에 이르기까지.

악마의 이름을 별명으로 가진 남자답게 에드는 현존하는 모든 무기를 다 능숙하게 다루었으며, 설령 처음 잡은 무기라 할지라도 그 사용법을 익히는 데 그리 오랜 시간이 걸리지 않았다.

수많은 무기 중에서 에드가 가장 선호하는 것은 검이었다.

그것도 단검보다는 장검. 베기도, 찌르기도 모두 할 수 있는 점이 마음에 든다나.

텐은 제 주군이 환하게 웃으며 했던 말을 떠올리며 가볍게 몸서리를 쳤다.

길진 않아도 짧지도 않게 모시고 있는 분이건만, 그는 늘 한결같았다.

지나치게 알기 어렵고, 복잡한 상대.

하지만 지금은 그런 그가 평소보다도 훨씬 더 어렵게 느껴졌다.

대체 무슨 일이 있었기에 벌써 4일째 아카데미 밖에서 이러고 계시는 것이란 말인가.

텐은 혹시라도 이 일이 카리스 학장의 귀에 들어가면 그가 또 얼마나 저를 들들 볶을지 상상하며 한숨을 내쉬었다.

아무리 카리스 학장이 에드의 편의를 봐주고 있는 편이라 하더라도 이런 식의 규율 위반이 알려져서 좋을 것은 없었다.

"에드 님, 이러시―"

"시끄러."

텐이 잔소리를 한 마디 하기도 전에 에드가 그의 말허리를 싹둑 잘라 냈다.

보이지 않는 손에 의해 입이 틀어 막힌 텐은 침묵할 수밖에 없었다.

하늘 같은데다가 악마 같기까지 한 황태제님 말을 그 누가 거역하겠는가.

텐은 에드의 기분이 조금이라도 나아지길 바라며 차렷 자세를 유지하였다.

"……뭔데?"

텐이 속으로 숫자를 100까지 세었을 무렵, 에드는 그제야 무심한 목소리로 입을 열었다.

여전히 시선은 텐이 아니라 다른 곳에 둔 채로.

앞뒤 없는 에드의 심술은 이미 익숙한 것이라 텐은 담담히 제 할 일을 하였다.

"로비나 왕국에 심어 두었던 첩자에게서 서신이 도착하였습니다. 그 보고를."

"……그래."

생각한 것보다도 시큰둥한 에드의 반응에 텐은 조금 어리둥절하였다.

얼마 전, 저에게 조사를 지시할 때만 하더라도 에드가 디엘에게 갖는 관심은 남다른 것처럼 보였다.

그래서 당연히 보고를 올리면 적극적인 태도로 귀를 기울일 것이라고 생각했다.

그러나 지금의 에드는 마치 디엘의 존재에는 조금의 관심도 없는 것처럼 보였다.

이제까지 저에게 접근해 왔던 수많은 사람들에게 보이던 바로 그 모습이었다.

'에드 님의 병이 또 도지신 거군.'

그가 심술이 심한만큼 변덕 역시 심하다는 걸 안 텐은 속으로 한숨을 쉬었다.

에드를 위해 어떻게든 서둘러 최대한 많은 정보를 긁어모아 왔건만, 이렇게까지 심드렁한 반응을 보이니 어쩐지 서운하다는 생각이 들었다.

그래도 에드가 보고를 금지시키지는 않았기에 텐은 천천히 입을 열었다.

"디엘 샤 자르타. 금년 18세. 로비나 왕의 다섯 번째 후궁 바바라 엘린이 낳은 아들이며, 로비나의 일곱째 왕자입니다."

텐이 제일 먼저 끄집어낸 것은 새로울 것이라고는 하나도 없는 정보였다.

에드는 그것을 귀에 제대로 담지도 않았다.

하지만 텐이 나열하던 정보 중 한 가지에 대해서는 트집을 잡았다.

"딱히 가리는 음식은 없고……."

"콩."

"네?"

입을 꾹 다물고 있던 에드가 불쑥 한 말에 텐이 어리둥절한 얼굴을 하였다. 콩? 무슨 콩? 웬 콩?

부하의 혼란을 아는지 모르는지 에드는 무심한 목소리로 말을 이었다.

"콩을 싫어한다고, 그 아이. 특히 완두콩."

"그렇, 습니까?"

조금 얼떨떨한 얼굴로 텐이 반문하자 에드가 확신에 찬 얼굴로 고개를 끄덕였다.

"응. 아닌 척해도 콩 요리를 먹을 때는 입이 일자가 되거든."

"……그렇습니까."

아까와 같은 말이었지만, 억양은 완전히 달랐다. 텐이 아이가 없다는 얼굴을 하는데도 에드는 개의치 않았다.

"그리고 왼쪽 귓바퀴에는 물방울 모양의 작은 점이 하나 있어. 오른손의 약지가 중지보다 조금 더 길고."

여전히 바닥에 등을 댄 채, 에드는 하나하나 손가락을 꼽으며 자신이 알고 있는 디엘에 대한 정보를 늘어놓았다.

너무나 자질구레해서 텐이 조사해 온 보고서에는 실려 있지도 않은 것뿐이었다. 그리고 오히려 그렇기에 텐은 에드를 향해 심각한 얼굴을 할 수밖에 없었다.

"열심히 살펴보셨군요."

무어라 대답해야 좋을지 알 수 없어 머뭇거린 끝에 꺼낸 말이었다.

이다음에는 무어라 말을 덧붙일까 고민하는 텐의 귀에 에드가 던진 의미심장한 한 마디가 이어졌다.

"자꾸 시선이 가니까."

"……."

차츰 텐의 얼굴에 심각한 기색이 서렸다. 정말로 에드 님이 남자도 가능하신 걸까? 텐은 착잡한 마음이었다.

제 주군이 남자를 좋아하건 여자를 좋아하건 텐이 에드에게 바치는 충성이 사라질 일은 없겠지만, 골치는 아팠다.

자신이 미처 모르던 에드에 대해 알게 된다는 그가 앞으로 일으킬 사고의 유형이 늘어난다는 말과 같았으니까.

어쩌면 마고 여황에게 보고를 올려야 할지도 모르겠다고 생각하며 텐이 들고 있던 보고서를 에드의 옆에 두려던 찰나였다.

"난 무서운 인간인가?"

불쑥 에드가 던진 질문에 텐은 종이를 내려놓으려던 동작 그대로 멈추어 섰다.

텐을 보는 에드의 붉은 눈에 서린 감정이 무엇인지 종잡을 수가 없었다. 화가 난 건 아니고, 그렇다고 슬퍼 보이는 것도 아니며 기뻐하는 건 더더욱 아니었다.

한 마디로 정의할 수 없는 복잡한 감정이었다.

그리고 텐은 곧바로 자신이 에드에게서 '감정'을 읽었다는 것에 놀랐다.

저 감정의 정체가 뭔지 몰라도 어쨌든 지금의 에드는 평소처럼 아무것도 느낄 수 없는 상태가 아니었다.

평소의 에드를 잘 알고 있는 사람이라면 누구나 놀랄 만한 상황이었다.

누가 대체 이분에게 이런 영향을 준 것일까.

잠시 침묵하던 텐이 입을 열었다.

"편한 분은 아니십니다."

"하, 정직하기는."

너털웃음을 터트린 에드가 몸을 빙글 옆으로 돌려 팔로 머리를 받쳤다.

이쪽을 올려다보는 그 붉은 눈동자가 얼마나 위압감이 넘치는지, 텐은 자신이 그를 올려다보고 있다는 착각마저 들 정도였다.

"……거짓을 고하는 건 싫어하시지 않습니까."

"맞아, 나한테는 달콤한 거짓보다는 아픈 진실이 낫거든. 그런데 말이지…….'

사실은 달콤한 거짓이 더 좋은 게 아닌가 처음으로 생각했어.

이어지는 나지막한 목소리에 텐은 조금 놀랐다.

조금 전부터 에드는 아주 알기 쉽게 감정을 드러내고 있었고, 이제 텐은 그 감정의 정체가 무엇인지 알 수 있을 것 같았다.

서로 다른 것들이 뒤죽박죽으로 엉켜서 하나하나를 짚어 볼 수 없을 정도로 복잡한 감정.

그것은 바로 혼란이었다.

제가 내린 결론은 텐은 입을 작게 벌렸다. 놀랄 노자였다.

'그' 에드 님이 혼란스러워하는 모습을 볼 일이 평생에 몇 번이나 있을까 싶었다.

"혹시…… 디엘 샤 자르타 왕자와 무슨 일이 있으셨던 겁니까?"

짚이는 구석은 그것 말고는 딱히 없었다.

얼마 전까지만 해도 얼굴이 제 취향인 룸메이트가 마음에 든다며 그에게 찰싹 달라붙어 있던 사람이 지금은 벌써 4일째 아카데미 밖에서 외박을 이어 가고 있었으니까.

아니나 다를까.

"검술학과 상급생 중에서 날 싫어하는 놈들이 디엘을 괴롭히려고 하기에 혼을 좀 내 주었지. 내 식대로."

"그건…….'

어쩐지 최근 이상한 소문이 들리더라니.

텐은 하르파스의 주인이 사람을 바닥에서 기게 만드는 못된 성정의 소유자라는 수군거림이 한동안 아카데미를 떠들썩하게 만들었던 것을 떠올렸다.

처음 본 날과는 영 다른 이미지라 생각했더니, 알고 보니 숨겨진 속사정이 있었다.

텐은 저도 모르게 한숨을 쉬면서 미간 사이를 문질렀다. 에드의 부하된 자로서, 그리고 이시호 제국의 충실한 가신으로서는 이러면 안 되겠지만, 심정적으로는 에드보다는 디엘에게 더 마음이 갔다.

"디엘 왕자가 에드 님을 무섭다고 하였습니까?"

"……그래, 내가 싫다고도 했고."

듣고 있던 텐은 제 등줄기가 오싹한 것을 느꼈다.

디엘은 에드의 정체를 모르니 하고 싶은 말을 마음껏 뱉은 모양이었다. 만일 에드가 디엘에게 조금이라도 덜 자비로웠다면 무언가 사달이 났으리라.

텐이 내심 식은땀을 닦는 사이, 에드는 다시 바르게 누우며 입을 열었다.

"그래서 이곳에 와 있는 거야."

어떻게 해석해야 할지 애매한 말이었다.

저를 싫고 무섭다고 한 상대를 피하는 에드.

이런 일은 생전 처음 있는 것이라 텐은 열심히 머리를 굴려 보았다.

평소의 에드 같으면 저를 마음에 들어 하지 않는 상대에게 보이는 반응은 딱 두 가지였다.

무시하거나 혹은 눈앞에서 치우거나.

그러나 지금 에드는 그 어느 쪽도 아닌 모습을 보이고 있었다.

디엘 샤 자르타의 존재를 무시하지도 못하고, 스스로 제거하려 하지도 않는다.

한참을 생각하던 텐이 결론을 조심스레 입에 담았다.

"만일…… 번거로워 그러신 거라면, 제가 '처리'를 할까요?"

이제까지와는 다르게 상대가 상대인 만큼 처리가 쉽지는 않을 터이지만, 불가능한 일은 아니었다.

텐은 얼마든지 조용히, 그리고 은밀하게 이 아카데미에서 디엘을 사라지게 만들 수 있었다.

하지만 텐은 곧바로 자신이 뱉은 말을 후회하였다.

"텐."

에드에게서 뿜어져 나오는 살기에 저도 모르게 무릎에 힘이 주르륵 풀릴 지경이었다. 내가 아주 큰 실수를 했구나.

에드의 손이 닿을 거리에 있는 단검을 힐끔거린 텐이 얼른 고개를 숙였다.

"용서하십시오, 전하."

"손대지 마라. 절대로."

길지 않은 말이었지만, 그 무게는 결코 가벼운 것이 아니었다. 텐은 에드가 내린 명령을 단단히 가슴에 새기며 입을 열었다.

"……디엘 왕자에게 화가 나신 게 아닙니까?"

"화가 났다기보다는…… 뭐랄까. 그냥 다 아무래도 좋아졌다고 해야 하나. 생소한 감각이야."

한숨을 푹 내쉰 에드가 느리게 눈꺼풀을 깜빡였다.

제가 한 말대로 정말 무기력해 보이는 모습이었다.

그 역시도 낯선 모습이었다.

"사실 그 아이가 왜 그렇게 화를 낸 건지 모르겠거든. 내가 상급생 무리를 혼내 준 게 저를 위해서가 아니라, 나를 위해서였다고 하더군."

에드는 양손을 가지런히 모아 가슴 위로 올렸다. 깊은 생각에 잠길 때, 종종 그가 취하는 자세였다.

"제국에서는 내가 저를 위해 무언가를 해 주면, 기뻐 날뛰다 못해 사리 분별을 못하는 자가 아주 많았는데. 그 아이는 화를 냈어. 내가 아주 이기적이라면서."

텐은 복잡 미묘한 얼굴을 하였다.

에드의 말대로 제국에서는 황태제의 권위에 기대려고 하는 자들이 많았다.

에드는 그들을 경멸했으나 때로는 적당히 데리고 놀며 자신의 손바닥 안에서 날뛰도록 두었다.

그중에는 훗날 황태제가 정식으로 황제가 된다면 자신이 황후가 될 거라고 착각하는 여인도 제법 있었다.

물론 모두가 헛된 생각이었다.

그런 점에서는 디엘의 표현이 옳았다.

에드는 이기적이었다. 상대방의 입장을 생각하기보다는 제가 하고 싶은 대로 행동을 했을 뿐이니까.

그러나 그 이기적인 에드가 지금은 디엘의 말 한 마디로 이렇게까지 의기소침해하고 있었다.

보고 있자니 텐은 힌트를 주고 싶어졌다.

지금 그의 눈에는, 여러 의미로 보통사람 같지 않던 주군이 처음으로 보통 사람처럼 보였다.

"에드윈 님."

텐은 무릎을 꿇은 채, 공손하게 자세를 고쳐 앉았다. 내내 다른 곳에 시선을 주고 있던 에드가 그를 향해 시선을 돌렸다.

"이곳이 만일 이시호 제국이고, 디엘 왕자가…… 에드윈 님이 총애하는 여인이었다면 에드윈 님께서 하신 일이 오히려 영광이라 여기었을지도 모릅니다. 하지만 여기는 이시호 제국이 아니며 그는…… 에드윈 님의 총희(寵姬)가 아닙니다."

디엘에게도 사내로서의 자존심이 있을 테니, 에드가 한 행동이 더더욱 불쾌했으리라.

텐은 그것을 전달하기 위해 열심히 말을 골랐다.

"그러니까 디엘 왕자가 화를 낸 건—"

"총희?"

에드의 눈에 불현듯 이채로운 기색이 서렸다.

그는 마치 그 말을 태어나서 처음 들어 본 사람처럼 몇 번이나 반복하였다.

"총희, 라. 그래, 맞아. 그거였군. 이제 알겠어."

감출 수 없는 불안감에 텐의 얼굴이 굳어졌다. 아무래도 자신이 쓸데없는 말을 한 게 아닌가 하는 생각이 들었다.

"텐. 나는 그 아이가 특별히 좋은 것 같아."

"……."

텐은 입을 크게 벌렸다. 얼마나 크게 벌렸던지 턱이 조금 뻐근하게 느껴질 정도였다.

"에, 에, 에드윈 님."

물론 텐은 에드가 여성뿐만이 아니라 남성을 사랑할 수 있는 사람이라 하더라도 받아들일 수 있다고 생각하긴 했지만— 그건 어디까지나 텐, 개인의 생각에 지나지 않았다.

에드윈 디 듀크는 장차 황제의 자리에 오를 인물이었다.

이미 마고 여황은 후사를 두지 않겠다고 공언하였고, 그가 가진 권위는 매우 대단하여 원하는 것을 모두 이룰 수 있는 것이었다.

당연히 황태제의 총애를 받는 자 역시 그에 준하는 지위를 누릴 수 있었다.

그런 자리에 설마하니 남자를 앉힐 수는 없는 노릇 아닌가.

제국에 있는 귀족들의 반발은 불 보듯 뻔한 일이었다.

텐은 제발 자신이 지나치게 앞선 걱정을 하고 있는 것이길 바라며 입을 열었다.

"디엘 샤 자르타 왕자에게 특별한…… 감정을 느끼시는 겁니까?"

"음."

텐의 질문을 받은 에드는 배 위에 올렸던 손을 옆으로 내리더니 단검을 집어 들었다.

장난을 치듯 아슬아슬하게 한 손으로 검을 놀리며 그가 말하였다.

"어떤 종류의 감정인지는 아직 모르겠으나 특별한 건 분명해. 애정일 수도 있고, 욕정일지도 모르고, 어쩌면 우정일 수도 있겠지."

나열한 감정 중에서 그가 익숙히 잘 아는 것은 욕정밖에 없었다.

애정과 우정은 생소한 것이니 자신이 디엘에게 느끼는 것이 그중 어느 것이라고 딱 잘라 말할 수는 없었다.

과한 우정과 가벼운 애정은 그 무게가 비슷하다고 들은 적이 있으니 더더욱.

에드가 턱을 긁적이며 한 말에 텐은 경악을 금치 못 하는 얼굴을 하였다.

"그 왕자에게 욕정을 느끼신다고요?"

에드는 검을 가지고 놀던 손을 멈칫하였다.

무언가를 회상하는 것처럼 먼 곳에 시선을 둔 그가 입을 열었다.

"그 아이, 밤에는 낮과 달라."

가지고 놀던 검을 제 가슴 위에 올려 두고 에드가 중얼거렸다.

"품에 가두어서 숨이 막히도록 끌어안고, 녹아내릴 만큼 다정하게 대해 주고 싶어지는 얼굴이 되거든. 남자에게 한 번도 그런 생각을 해 본 적이 없지만, 그 아이라면 안을 수 있을 것 같아. 아니, 안을 수 있어."

"……."

텐은 자신이 들은 말이 환청이라고 생각하기로 하였다.

안 그러면 저의 정신 건강에 무척 좋지 않을 것만 같았다.

에드윈이 로비나 왕국의 일곱째 왕자에게 욕정인지 애정인지 우정인지 모를 감정을 느끼고 있다는 보고를 대체 어떻게 여황에게 올려야 하는 걸까.

차라리 사전에 이 일을 완전히 끝내 버리는 것이 가장 좋을 터였다.

텐은 제 선에서 이 일을 수습하는 게 어렵겠지만, 시도는 해 봐야 한다고 생각했다.

"……여황 폐하께서는 전하께서 가끔 별난 것에 호기심을 가지실 때가 있다고 말씀하셨습니다."

"내가 그 아이에게 갖는 게 단순한 호기심이라고 생각해?"

"아무리 아름다워도 결국 사내입니다."

"……음."

부정도 긍정도 아닌 대답을 흘리며 에드가 한쪽 눈썹을 찌푸렸다.

텐은 그것을 보고 아닌 척해도 에드 역시 내심 당황하고 있다는 것을 깨달았다.

이시호 제국의 황태제는 평소 같으면 이런 질문에 능청맞게 웃으며 '맛만 좋으면 그만이지.' 같은 음담패설을 늘어놓았을 남자였다.

하지만 지금의 에드에게서 음흉한 기색은 전혀 느껴지지 않았다.

그는 오히려 매우 진지하였다.

그건 이 상황이 매우 심각한 일일 수도 있음을 알려 주는 것이나 마찬가지였다.

"이상한 일이지."

무엇이 이상하다는 걸까. 텐이 어리둥절한 얼굴을 하자 에드가 피식 웃었다.

그의 타오르는 불꽃같은 붉은 눈동자에 얼핏 그늘이 드리웠다.

"그 아이가 여자였다면, 결론은 아주 간단했을 텐데."

이제까지 살면서 단 한 번도 남에게 느껴 본 적이 없는 감정이니 이것이 특별한 건 분명하였다.

상대가 여성이라면— 에드가 이제까지 일반적으로 연애의 대상으로 여겨 왔던 존재라면 이것은 분명 애정이라 빠르게 결론을 내릴 수 있을 터였다.

그러나 디엘은 남자였다.

아무리 밤에는 저의 이성을 흐트러트리는 무언가를 품고 있다 해도— 그가 분명 남자라는 걸 에드는 알고 있었다.

같은 방에서 생활하며 매일 아침 디엘의 벗은 몸 정도는 보아 왔으니까.

'그렇다면 이 감정은 대체 뭐지?'

어쩌면 정말 농담처럼 말해 왔듯, 에드가 디엘에게 느끼는 것은 애정일지도 모른다.

그러나 애정이 아닌 특별한 우정일 가능성 역시 배제할 수는 없었다.

욕정 역시 마찬가지였다.

에드는 사랑하지 않는 여자를 안을 수 있었고, 여러 조건이 갖추어진 상황이라면 남자도 안을 수 있으리라 생각했다.

특히 디엘처럼 아름다운 이라면.

애초에 에드에게는 애정도 우정도 그 경계가 불분명한 것이었다.

그리고 낯선 감정을 인식하고 처리하는 것은 지나치게 번거롭고 성가신 작업이었다.

에드는 한숨을 내쉬었다. 어떻게 대해야 할지 모르니 일단 거리를 두고는 있지만, 이것 역시 정답이 아니라는 생각이 들었다.

문득 내가 싫으냐는 말에 고개를 끄덕이던 디엘의 모습이 떠올랐다.

세상에서 가장 고운 초록만을 모아 둔 것 같던 아름다운 눈동자가 조금 떨리던 것이 기억에 생생하였다.

그것이 아름답다 생각하는 동시에 아프다는 생각도 들었다.

남이 저를 두려워한다고 해서 그것에 신경을 써 본 적은 한 번도 없건만, 디엘에게는 그게 잘 안 되었다.

'이게 정말 그런 감정인 건 아니겠지.'

괜히 가슴속이 답답해지는 기분에 에드는 입을 굳게 다물고 몸 안으로 깊게 숨을 삼켰다.

에드의 긴 침묵을 어떻게 받아들인 것인지 텐이 조심스레 말을 꺼냈다.

"전하께서는 아름다운 걸 좋아하시지 않습니까. 그래서일 것입니다."

그리고 그래야만 합니다. 텐의 이어지는 말에 에드가 피식 웃었다.

제 부하가 무엇을 걱정하고 있는지 에드 역시 알았다.

만일 에드가 디엘을 특별한 감정으로 마음에 둔 것이라면 매우 골치 아픈 일이 될 게 분명했다.

우선은 디엘이 남자라는 점이 가장 큰 문제였으나 그것 말고도 문제는 많았다.

사실 디엘이 평민이라면 에드는 지금보다는 조금 더 편하게 결론을 내렸을 터였다.

이 감정이 뭔지는 몰라도 마음에 드니 일단 그 아이를 갖자고.

디엘이 에드를 어떻게 생각하는지와는 아무 상관이 없었다.

에드는 제 뜻을 강제로 행할 수 있는 능력과 이기심을 가지고 있었다.

하지만 디엘은 한 왕국의 왕자였다. 그것도 세 번째로 유력한 왕위 계승자.

에드가 제 마음대로 휘두르기에는 여러 가지로 복잡한 일을 감수해야 하는 상대였다.

그래서 에드는 신중하기로 하였다.

결론을 내리기까지 그리 오랜 시간이 걸리지는 않을 터였다.

그 동안 디엘이 어디론가 사라지지는 않을 것이다. 그러니까 걱정할 건 아무것도 없었다.

마음이 조금 가벼워진 에드가 입가에 미소를 걸었다. 늘 그래 왔던 것처럼 가볍고 능글맞게.

"맞아. 내가 아름다운 걸 좀 좋아하긴 하지. 그리고 디엘 샤 자르타는 아름다워. 보고만 있어도 질리지 않을 만큼."

"……네, 남자치고는 분명히 드물게 아름다운 얼굴입니다."

"응, 아름다우니까 마음에 들어. 다소 나를 불편하게 만들어도 봐줄 수 있을 만큼. 드문 일이긴 해도 그렇게 걱정할 일은 아니야. 안 그래?"

텐은 다시 제 주인이 가면 같은 웃음으로 생각을 감추고 있다는 것을 알아차렸다.

평소 같으면 그것이 어렵다 느꼈을 터였지만, 지금은 오히려 안심이 되었다.

로비나의 왕자 때문에 에드윈이 그답지 않은 모습을 보이는 것이 불안했으니까.

"네, 에드윈 님."

깊게 고개를 숙이는 텐을 힐끔 본 에드가 손을 가볍게 저었다.

그것이 일어서라는 뜻임을 알아차린 텐이 조심스레 무릎을 펴고 일어섰다.

그사이, 에드는 텐이 바닥에 내려 두었던 디엘에 대한 보고서를 들어 올렸다.

그의 눈이 빠르게 위아래를 훑고 뒷장으로 넘어가는가 싶더니 멈칫하였다.

"잠깐. 이게 뭐지?"

"어떤 부분을 말씀하시는 겁니까, 에드윈 님?"

"디엘이 태어나던 날 말이야. 그곳에 있던 시녀가 총 5명인데, 그중 4명이 일주일 만에 다 죽어 나갔다고 되어 있잖아."

에드가 보고서에 있는 한 문단을 가리켜 보이자 텐이 얼른 고개를 숙였다.

그 역시 보고서를 미리 읽고 의아하게 생각했던 부분이었다.

"그날 죽은 시녀는 대부분 병사하였다고 합니다."

"로비나에서 18년 전에 전염병이 돈 적이 있나?"

"……그런 일은 없었던 것으로 압니다."

"그래, 그렇겠지. 나도 그런 소리는 들어 본 적이 없으니까."

한쪽 눈썹을 꿈틀거린 에드가 무언가를 생각하는 것처럼 천장을 가만히 올려다보았다.

시선을 여전히 위로 고정한 채, 그가 입을 열었다.

"유일하게 살아남은 시녀 1명은 지금 어디에 있지?"

"왕자 궁에서 디엘 왕자의 시중을 들었다고 합니다."

"그럼 디엘이 태어난 후로 줄곧 함께 지냈다는 이야기로군."

턱을 긁적거린 에드는 다시 배위로 양손을 포갰다.

무언가가 마음에 걸리는데, 그것이 정확히 무엇인지를 알 수가 없어 답답하였다.

왕자가 태어난 날, 그 자리에 있던 시녀가 단 한 명을 빼고 모두 죽은 것은 과연 우연이라고 할 수 있을까?

어쩌면 그날, 그녀들은 알아서는 안 될 것을 안 대가로 목숨을 빼앗겼던 것이 아닐까?

생각이 꼬리에 꼬리를 물고 이어졌다.

"바바라 엘린은 야욕이 아주 강한 여자라고 들은 기억이 있는 것 같은데."

에드의 말에 텐이 고개를 끄덕였다.

"그렇습니다. 그녀는 로비나에서 가장 아름다운 동시에 가장 야망이 큰 여인이라 합니다."

아무래도 디엘의 그 뛰어난 외모는 어머니를 빼닮은 모양이라며 에드가 픽 웃었다.

하지만 그 웃음은 오래가지 않았다.

"……아름다운 후궁이 낳은 아름다운 왕자. 그 왕자가 태어나던 날, 그 자리에 있었던 시녀들의 죽음. 무언가 꼭 감추어야 할 비밀이 있는 누군가가 손을 쓴 것 같다는 생각이 들지 않나?"

진지한 얼굴로 에드가 한 말에 텐의 얼굴도 덩달아 심각해졌다.

"아직도 디엘 왕자의 성별을 의심하시는 겁니까? 하지만 그는―"

"남자야. 벗은 모습을 본 적도 있어."

고개를 까닥거린 에드가 잔잔한 목소리로 한 마디를 덧붙였다.

"낮에는 말이지."

에드는 디엘이 제 앞에서 옷을 벗고 교복을 갈아입던 때를 떠올렸다.

남자치고는 섬세한 몸이긴 했으나, 그렇다고 해서 여자와 남자를 구분 못 할 정도는 아니었다.

디엘은 아침에 일어나면 곧잘 제 앞에서 옷을 벗고 입었다.

다만 밤이 되면 그는 절대 제 앞에서 옷을 갈아입지 않았다.

매일같이 겉옷을 벗기는커녕 단추를 목 바로 위까지 꼭꼭 잠그고 있었다.

게다가―

"서랍 속에 쌓여 있던 붕대도 이상하고."

"네? 붕대?"

제 주군이 무슨 생각을 하는지 알 리 없는 텐이 의아하다는 얼굴을 하였다.

불쑥 머릿속을 스쳐 지나가는 생각에 에드는 누워 있던 몸을 벌떡 일으켰다.

설마 하는 생각과 어쩌면 이라는 추측이 머릿속에서 복잡하게 자기주장을 펼치고 있었다.

"텐. 네가 조사해 줘야 할 게 있어."

"말씀하십시오, 에드윈 님."

텐이 깊게 고개를 숙이며 명령을 기다렸다.

보고서에 힐끔 시선을 준 에드가 흘러내린 머리칼을 뒤로 쓸어넘기며 천천히 입을 열었다.

"저주에 대해 알아보도록 해."

생각 외의 말에 텐은 놀란 기색을 감추지 않았다.

이제까지 에드가 황당무계하고 터무니없는 지시를 내린 적은 많았지만, 이번처럼 그 뜻을 종잡기 어려운 적은 처음이었다.

저주에 대해 알아보라니. 구체적으로 에드가 어떤 것을 원하는지 알지 못하니 어디서부터 손을 대야 할지 감이 오질 않았다.

평소 같으면 곧바로 고개를 숙여 그 뜻을 따르겠다고 말하던 텐이 선뜻 입을 열지 못하였다.

제 부하가 느끼는 혼란을 알아차린 에드가 픽 웃었다.

"그렇게 골치 아파 죽겠겠다는 얼굴을 할 필요 없어. 네가 알아봐야 할 건 단 하나뿐이니까."

내심 난감해하고 있던 텐은 구명줄을 만난 사람처럼 반가운 얼굴을 하였다.

안 그래도 머릿속에서 저주의 기원을 시작으로 현존하는 모든 저주 목록부터 뽑아 봐야 고민하고 있던 찰나였으니까.

단 하나 뿐이라면 그렇게 어려운 일은 아니리라 생각하며 텐이 공손하게 물었다.

"그렇다면 어떤 것을 알아보도록 할까요?"

순간, 에드의 붉은 눈에 독특한 광채가 어렸다.

그것을 본 텐은 저도 모르게 움찔하였다.

불길한 예감이 들었다. 이번에도 에드윈 전하가 터무니없는 명령을 내리실 것 같았다.

제발 에드가 어렵지 않은 주문을 내리길 바라며 텐은 이어지는 말을 기다렸다.

"성별을 바꾸는 저주에 대해서."

"서, 성별을 바꾸는 저주?"

텐은 입을 작게 벌렸다.

"전하, 설마—"

에드가 의심하는 것이 무엇인지 알아차린 텐의 얼굴에는 오만 가지 감정이 스쳐 지나갔다.

그것을 흥미롭게 바라보며 에드가 무릎 위로 턱을 괴었다.

긴말 없이도 제 속마음을 착착 알아주는 부하가 있다는 건 얼마나 편한 일인가.

"유능한 너라면 내가 원하는 걸 반드시 알아 오겠지. 안 그래?"

히죽 웃는 에드의 얼굴이 마치 악마와도 같았다.

텐은 울며 겨자 먹기로 고개를 숙여 명령에 복종하였다.

슬프게도 불길한 예감은 한 번도 빗나간 적이 없다 생각하며.

## Chapter 15

새로운 관계

자정에 가까운 깊은 밤.

거리마다 가로등이 환히 밝혀져 있었지만, 이만큼 늦은 시간에는 아무리 큰길이라도 인적이 드물었다.

지나다니는 이는 코트 깃을 높이 세우고 있는, 어딘지 모르게 수상쩍어 보이는 이들뿐이었다.

디엘은 자신 역시 그들과 비슷하게 보이리라 생각하며 깊게 눌러쓴 후드를 다시 매만졌다.

그녀는 사람의 기척이 거의 없는 길가를 빠르게 지나쳤다.

그 손에는 작은 상자가 하나 들려 있었다.

예쁜 빨간 리본이 묶인 상자에는 스타투스에서 유명한 어느 제과점의 로고가 박혀 있었다.

니나에게 사과로 만든 맛있는 디저트 가게가 어디 있냐 물었을 때, 그녀가 추천한 것이 바로 이 제과점이었다.

'멜로디 제과에서 만드는 사과 클라푸티(Clafoutis)가 진짜 맛있어! 사과를 안 좋아하는 사람도 맛있게 먹을 정도니까 사과 좋아하는 사람이라면 더더욱 환장할걸?'

클라푸티는 과일을 적당한 크기로 잘라 두고 그 위에 크레이프 반죽을 부어 구운 뒤, 다시 그 위로 슈가 파우더를 뿌리는 디저트였다.

디엘 역시 레아가 만들어 준 클라푸티를 먹어 본 기억이 있었다.

보통 로비나에서는 보통 클라푸티에 체리를 곁들였는데, 이시호 제국에서는 사과를 곁들이는 경우가 더 많다고 하였다.

사실 이 클라푸티는 제철 과일을 알맞게 쓴다면 크게 실패하지 않는 무난한 디저트 중 하나였다.

화려하거나 아기자기한 맛은 없었지만, 적당한 단맛과 고소한 버터의 풍미가 잘 어우러졌기에 여러 나라에서 사람들이 즐겨 먹기도 했다.

제과점에서 작게 자른 조각을 시식용으로 한입 주기에 먹어 보니 맛이 매우 만족스러웠다.

이거라면 에드도 마음에 들어 할 게 분명하다고 생각하며 그것을 사 들고 나온 것까지는 좋았다.

하지만 그 후에 바로 길을 잃고 낯선 골목으로 접어든 것이 문제였다.

어찌어찌하여 골목길을 벗어나는 데는 성공했으나 어느새 밤이 깊어져 있었다.

늦어도 소등 시간 전까지는 기숙사로 돌아가리라 생각했던 디엘은 당황하고 말았다.

'혹시라도 토니가 내가 방을 비운 걸 알기라도 한다면 난리가 날 텐데.'

요새 토니는 에드의 행적을 찾느라 하루가 멀다 하고 방을 찾아오고 있었다.

그러니 디엘이 무단으로 기숙사를 빠져나간 것을 들키게 될 가능성이 매우 높았다.

마음이 급해진 디엘은 걸음을 서둘렀다.

그러나 처음으로 접하는 스타투스의 밤거리는 낮과는 다르게 생소했기에 디엘은 몇 번 더 엉뚱한 길로 빠져들었다.

그렇게 낯선 곳을 헤매고, 길을 다시 찾는 과정을 반복하다 보니 디엘의 걸음은 차츰 느려지기 시작하였다.

그나마 스타투스의 치안이 좋은 게 천만다행이었다.

사람이 드문 밤거리의 공기는 어딘지 모르게 스산한 기운이 있었다. 어두운 것도, 사람이 없는 것도 무서워해 본 적이 없는 디엘조차 어깨를 슬그머니 움츠리게 될 정도였다.

가로등에서 햇볕처럼 쏟아지는 노란 불빛 사이로 벌레 떼가 까맣게 모여들었다가 흩어졌다.

그때마다 바닥에 길게 늘어선 그림자도 새로 만들어졌다.

특별할 것도 없는 모습이건만 괜히 시선이 갔다.

가로등을 향해 달려드는 벌레는 새끼손톱보다도 작은 존재였으나 바닥에서 다시 만들어진 그림자는 커다랗게 보였다.

그것을 보고 있자니 여러 가지 생각이 들었다.

'어쩌면 저기 있는 날벌레는 제 모습이 저 그림자라고 알지도 모르겠네.'

사람은 누구나 자신의 모습을 있는 원래 것보다 더 크고, 좋은 것으로 생각하는 경향이 있었다.

나 역시 스스로를 과대평가하고 있는 건 아닐까?

*'넌 왕자잖아. 너를 향해 무릎 꿇고 자비를 구하는 자들의 모습을 보는 건 이미 충분히 익숙할 텐데. 오히려 인간을 발밑에 두고 부리는 게 기분 좋다고 느끼지 않아?'*

에드와 다투던 날, 그가 던진 말에 디엘은 고개를 저었다.

나는 그런 저속한 우월감을 느껴 본 적이 없다고 자신 있게 말했다.

하지만 그녀는 막상 에드를 상처 주어 밖으로 내몰았다.

자신이 에드에게 잘난 척을 하며 떠들 정도로 훌륭한 사람은 아니라는 생각이 들었다.

*'내가 싫어?'*

*'무서워?'*

사 일째, 단 하루도 빠짐없이 귓가에서 떠나지 않는 목소리였다.

평소처럼 장난스러운 기색은 전혀 없는 진지한 음성.

거기서 아니오, 라고 대답했다면 이렇게 되지는 않았을까?

만일 오늘도 그가 돌아오지 않는다면 어떻게 되는 걸까?

이대로 영영 만나지 못하게 될 리는— 없겠지?

착잡한 마음으로 걸음을 옮기고 있던 디엘은 오른손에 들고 있는 상자를 왼손으로 바꿔 들기 위해 손을 움직였다.

그때, 문득 뒤에서 느껴지는 인기척에 잠시 멈칫하였다.

기척에서 적의나 살의는 느껴지지 않았다.

하지만 그렇다고 해서 뒤에서 느껴지는 기척에 불안을 느끼지 못한다면 거짓말이 되리라.

디엘은 조금 빠르게 걸음을 옮겨 보았다.

그러자 뒤에 있는 인물도 덩달아 속도를 올리는 것이 느껴졌다.

"……."

착각이길 바라며 이번에는 속도를 조금 낮추어 보았다. 뒤에서 걷는 상대의 속도는 줄어들지 않았다.

아, 역시 착각이었구나.

디엘은 뒤에서 오는 사람은 평범한 통행인이 틀림없다고 결론을 내렸다.

인기척이 여기로 가까워지고 있지만, 이것도 내 착각이겠—

그 순간, 뒷사람이 불쑥 디엘의 어깨를 움켜쥐었다.

그리 강한 힘은 아니지만 바짝 긴장하고 있던 디엘을 놀라게 만들기에는 충분한 정도였다.

"꺄아!"

디엘이 커다랗게 소리를 지르자 상대가 당황한 목소리로 제 이름을 부르는 것이 느껴졌다.

"잠깐, 잠깐! 디엘, 나야. 나. 진정해."

그 목소리는 귀에 익을 뿐만 아니라 아까까지는 제법 간절히 보고 싶었던 남자의 것과 똑 닮은 것이었다.

설마하며 뒤로 고개를 돌린 디엘은 에드의 모습을 발견하였다.

"에드!"

그의 이름을 부른 디엘은 저도 모르게 반가움이 담긴 미소를 지었다. 하지만 그것은 순간에 지나지 않았다.

"대체 이제까지 어디서 무얼 한 겁니까!"

평소와 다름없이 훤칠한 얼굴을 보니 우선 화부터 났다.

자신이 에드의 부재에 마음 졸여하는 4일간, 그는 아무 문제가 없었던 게 분명했다.

아니, 물론 문제가 없었던 건 좋은 일이었지만―그렇지만 복잡한 기분이었다.

"기숙사에는 돌아오지도 않고, 아카데미에서도 모습이 보이지도 않고……."

사실 에드가 아카데미에서 모습을 보기 힘든 건 평소에도 마찬가지였기에 다른 학생들이나 교수들은 크게 신경 쓰지 않았다.

애를 태운 건 순전히 디엘 하나뿐이었다.

그 사실에 화가 나기도 하고, 에드가 반갑기도 하고, 마음이 엉망진창이었다.

그런 디엘의 속내를 아는지 모르는지 에드는 태평한 어조로 대답하였다.

"내가 싫다기에 밖에 있었지."

"……."

그의 입에서 나온 말에 디엘의 표정이 일그러졌다.

화를 낼 때와는 다른 감정으로 인해 심장이 쿵쾅쿵쾅 요란하게 뛰었다.

"에드."

무어라 말을 해야 좋을지 알 수 없어 우선 그의 이름을 불렀다. 바지 주머니에 손을 찔러 넣은 에드가 듣고 있다고 대답하는 것처럼 고개를 까닥하였다.

"내가 4일 전 한 말은……."

어렵사리 운을 떼었지만, 말을 이어 가는 것이 쉽지가 않았다.

단지 미안하다, 한 마디로 끝낼 수 있는 말이 아니었다.

디엘은 여전히 제 생각에 변함이 없었다. 에드가 했던 행동은 과한 것이라고도 생각했다.

하지만 이러한 의견 충돌로 인하여 에드와 불편한 사이가 되고 싶지 않았다.

무엇보다 저를 상냥하다 생각하는 남자에게 그를 상처 입히는 말을 했던 것만큼은 사과하고 싶었다.

결국 한참을 망설인 끝에 디엘은 지금 자신이 할 수 있는 가장 솔직한 마음을 입 밖으로 끄집어냈다.

"그럴 의도는 없었지만, 내가 한 말로 인해 당신이 상처를 받은 것에 대해 진심으로 사과하겠습니다. 미안합니다."

"응? 나 상처 안 받았는데."

"……네?"

바짝 긴장하여 바닥에 시선을 두고 있던 디엘은 놀라 저도 모르게 고개를 휙 치켜 올렸다.

자신보다 머리 하나는 더 큰 남자가 무슨 생각을 하는지 알 수 없는 얼굴을 하고 있었다.

밤중에도 마치 보석처럼 찬란하게 빛나는 붉은 눈동자를 홀린 듯 바라보고 있던 디엘은 얼른 다시 시선을 피하였다.

"저를 생각해서 그렇게 말해 주시는 거라면 그런 배려는 하지 않으셔도 됩니다. 고의는 아니었더라도 당신에게 상처를 주었으니―"

"아니, 진짜 상처 안 받았다니까? 우리 주인님한테는 내가 그렇게까지 섬세한 인간으로 보여?"

밤공기에 실려 들려오는 에드의 목소리는 평소처럼 가벼웠고, 가까웠다.

디엘은 피했던 시선을 다시 앞으로 돌렸다.

좀 전의 무표정은 어디로 갔는지 어느새 씩 웃고 있는 잘생긴 얼굴이 눈앞에 있었다.

"하지만…… 에드, 그렇다면 당신은 대체 왜."

그간 기숙사로 돌아오지 않냐는 말이 미처 끝나기도 전에 에드가 먼저 입을 열었다.

"거리가 어려워서."

"거리?"

그게 무슨 말인가 싶어 디엘이 천천히 눈을 깜빡였다.

에드는 풍성하고 숱 많은 눈썹 사이로 사라졌다가 다시 나타나는 녹색 눈동자를 뚫어져라 바라보고 있었다.

"너무 가까이 있으면 네가 날 정말 무서워하게 될 것 같았거든."

"……나를 위해서였던 겁니까?"

그의 말을 해석하자면 에드가 그동안 디엘 앞에서 모습을 보이지 않았던 것은 화가 나거나 상처를 받아서가 아니었다.

그간의 부재는 에드 나름대로의 고뇌인 동시에 디엘을 위한 행동이었다.

목구멍 안쪽에 울컥하는 무언가가 차올랐다.

안하무인에 자기 멋대로인 이 남자가 그 정도 수고는 들일 만큼 저에게 어떤 가치를 느낀다는 것이 조금 뿌듯하게 느껴지기도 하였다.

이게 바로 우정이라는 걸까.

"그럴 수도 있고, 아닐 수도 있지. 너한테 미움 받기 싫다는 건 순전히 내 욕망이니까. 거리를 둔 게 순수한 의도라고 할 순 없잖아."

"그걸 사실대로 털어놓으면 불순한 의도라고도 할 수 없죠."

디엘의 말을 들은 에드가 묘한 얼굴로 웃었다.

"기분 탓인가. 우리 주인님이 조금 친절하게 느껴지는데?"

"……."

"걱정했어, 나를?"

예전 같으면 단칼에 그럴 리가 있겠냐고 답했을 디엘이 조금 망설이다가 사실대로 털어놓았다.

"조금은."

"오."

생각지도 못한 대답에 놀란 에드가 눈을 커다랗게 떴다.

싫은 얼굴은 아니었다. 오히려 즐거워 보이는 얼굴이었다.

멋쩍어진 디엘은 얼른 말을 덧붙였다.

"그냥 당신이 없는 동안 토니가 하루가 멀다 하고 방을 찾아와서 조마조마했을 뿐입니다."

그것 외에는 별다른 뜻이 없다는 것처럼 디엘은 슬그머니 시선을 피했다.

저에게 쏟아지는 에드의 눈빛이 여느 때처럼 능청스러운 것이 성가셨다.

"아하, 흐음, 흐음. 그래, 그래. 내가 없는 걸 안 토니가 카리스 학장에게 찔러서 날 퇴학시키지 않을까 걱정했고, 그 때문에 다시는 날 보지 못할까 봐 무서웠구나."

"……."

역시 내가 쓸데없는 말을 했던 게 생각하며 디엘이 에드를 흘겨보았다.

그것을 본 에드가 피식 웃으며 디엘의 머리를 가볍게 쓰다듬어 주었다.

"가끔은 가출도 나쁘지 않네. 우리 주인님이 내 걱정을 다 해 주고."

분위기를 가볍게 하려는 것인지 에드의 목소리가 부드러웠다.

디엘은 어쩐지 에드의 손에 닿는 머리칼이 간질간질하다는 생각이 들었다. 아무런 감각을 느낄 리가 없는 기관이 후끈하게 달아오르는 것만 같았다.

디엘은 자꾸만 바닥으로 향하는 고개를 들어 올리려고 노력하며 천천히 입을 열었다.

"에드."

"응?"

"나는 당신이 한 행동을 무조건 비난하려는 것이 아닙니다. 다만…… 그 방식은 나와는 맞지 않습니다."

모처럼 분위기가 좋은데 꼭 이 말을 해야 하나 싶었지만, 오히려 지금이 적기라는 생각도 들었다.

또 같은 일이 반복되지 않으리라는 보장이 없었다.

차라리 지금 분명하게 제 뜻을 전하고, 에드를 설득하는 것이 나으리라.

디엘이 어떻게 에드를 잘 타이를까 고민하며 신중하게 말을 이으려던 때였다.

"알았어."

에드가 말 잘 듣는 아이처럼 고개를 끄덕이며 시원하게 대답하였다.

"앞으로는 아주 조용한 방법으로 다 처리할게. 우리 주인님이 불편해하거나 싫어하는 일이 절대 없도록 말이야."

정말 이 남자가 내 말을 알아들은 게 맞는 건가.

디엘은 매우 의심스러웠지만, 일단은 에드를 믿어 주기로 하였다.

"그나저나 이 늦은 시간에 대체 여기 왜 있는 거야? 아무리 스타투스가 치안이 좋은 도시라지만, 이렇게 늦은 밤중에 우리 주인님처럼 아름다운 사람은 혼자 돌아다니면 안 되지. 누가 냉큼 업어 가면 어쩌려고."

"그러는 당신은— 오늘은 기숙사로 올 생각이었습니까?"

디엘은 에드와 제가 서 있는 곳이 모르아 아카데미로 향하는 길이라는 걸 깨닫고 하려던 물음을 바꾸었다. 에드는 고개를 끄덕였다.

"응, 안 그래도 가출에 질려서 슬슬 돌아가려던 참."

고개를 옆으로 살짝 기울이며 에드가 한 말에 디엘은 작게 헛기침을 하였다.

"그럼 같이 가죠."

"하하, 당연하지. 목적지가 같은데 따로 가는 것이 더 이상하잖아."

뭐가 그리 재미있는지 신나게 웃은 에드가 디엘을 향해 한쪽 손을 내밀었다.

그것이 무엇을 의미하는 것인지 알아차리지 못한 디엘이 어리둥절한 얼굴을 하자 에드는 재차 손을 흔들어 댔다.

마치 무언가를 달라는 것처럼.

"아."

당황하여 시선을 아래로 내린 디엘은 그제야 알아들었다는 것처럼 제 손을 에드에게 내밀었다.

정확히는 사과 클라푸티가 들어 있는 상자를.

"……"

상자를 앞으로 내밀자 에드는 어째서인지 무어라 표현할 수 없는 얼굴을 하였다.

이걸 들어 주겠다고 한 게 아니었나? 디엘은 자신이 무언가 잘못 생각한 건가 싶어서 물끄러미 에드를 보았다.

그러자 에드가 피식 웃더니 순순히 디엘의 손에서 상자를 받아 들었다.

"있잖아, 디엘."

"네."

"세상에서 날 짐꾼으로 부려먹을 수 있는 사람은 딱 둘뿐일 거야. 내 누나랑 너."

아, 상자를 들어 준다는 뜻이 아니었던 건가.

자신이 터무니없는 착각을 했었다는 걸 깨달은 디엘의 얼굴이 붉게 달아올랐다.

"당신이 손을 내밀기에 그걸 들어 준다는 말인지 알았습니다."

"난 사이좋게 손잡고 기숙사까지 돌아가자는 뜻으로 내민 거야."

"미, 미안합니다. 에드. 이건 내가 들 테니─"

"아니, 괜찮아. 너라면 날 짐꾼으로 부려먹어도 되니까."

의미심장한 말을 던진 에드가 상자를 오른손에 쥐더니 다시 왼손을 내밀었다.

이번에야말로 그가 무슨 의도로 손을 건넨 것인지 알고 있는 디엘이 선뜻 그것을 잡지 못하고 머뭇거렸다.

손을 잡고 귀가하다니. 아주 어릴 때 이후로는 한 번도 해 본 적이 없는 일이었다.

"뭐야, 우리 사이에 뭘 그리 부끄러워해? 이러다가 날 새겠다."

"아."

디엘이 무어라 하기도 전에 에드가 멋대로 그녀의 오른손을 감싸 쥐었다.

엉겁결에 그와 손을 잡게 된 디엘이 멈칫하였다.

그녀가 살면서 손을 잡아본 상대는 전부 여성뿐이었다.

이렇게 단단하고 커다란 손을 마주 잡은 것은 태어나서 처음이었다.

굳은살이 박혀있는 손에서 온기가 전해졌다.

에드가 그리 힘을 주어 잡은 것도 아니건만, 디엘은 그 손을 뿌리칠 수가 없었다.

한 손에는 상자를 들고, 한 손에는 디엘의 손을 쥔 에드가 먼저 성큼성큼 걸음을 옮겼다.

옆에서 힐끔 본 잘생긴 얼굴에는 기분 좋아 보이는 기색이 역력하였다.

디엘은 거의 끌려가듯 그를 따라갔다.

"그래서 이건 뭐야?"

에드가 상자를 가리키며 묻자 디엘은 잠시 멈칫하였다.

"클라푸티입니다."

간단한 대답을 들은 에드가 더더욱 알 수 없다는 얼굴을 하였다.

"클라푸티? 설마 그 과일이 들어간 계란빵 같은 디저트를 말하는 거야?"

"네, 바로 그 클라푸티입니다."

"설마 이것 때문에 이 시간까지 밖에 있었던 거야? 대체 어디에 있는 가게이기에 이렇게 늦은 시간까지 해?"

에드는 상자를 든 손을 들어 올려 가로등 불빛에 제과점 로고를 확인하였다.

멜로디 제과점. 에드 역시 이름을 알고 있는 가게였다.

그곳은 모르아 아카데미 학생들이 외출을 하면 즐겨 찾는 빵집 중 하나로 특히 커다란 수제 소시지가 들어간 소시지 페스츄리와 크림치즈와 딸기잼을 바른 프렌치토스트가 인기 있었다.

양이나 맛은 말할 것도 없지만, 가격 역시 저렴했기에 가끔 야식 생각이 간절해진 학생들은 몰래 아카데미를 탈출하는 모험을 저지르기도 하였다.

제과점 측 역시 그것을 잘 알기에 부러 늦게까지 가게 문을 열어 두고는 하였다.

하지만 그렇다고 해서 이 시간까지 문을 열어둘 리가 없었다.

에드가 디엘과 상자를 번갈아 쳐다보자 디엘이 순순히 실토하였다.

"이걸 산 건 한참 전입니다. 다만 길을 잃어서 헤매느라 시간을 조금 지체하였습니다."

"……우리 주인님 완전 위험한 사람이네, 이거. 대체 이게 얼마나 맛있기에 이 밤중에 길을 잃은 걸 각오하고 거리에 나온 거야? 그렇게까지 클라푸티를 좋아했어? 그래도 그렇지 날이 좀 밝을 때까지―"

"이 도시에서."

감탄을 빙자한 잔소리가 끝없이 이어질 것만 같았기에 디엘이 얼른 입을 열었다.

"사과로 만든 디저트 중 가장 맛있는 게 멜로디 제과의 사과 클라푸티라고 들었습니다."

"사과로 만든 디저트?"

그게 뭐가 그리 중요한 것이냐고 물으려던 에드가 멈칫하였다.

그는 조금 전부터 제 쪽으로는 고개도 돌리지 않고, 앞만 보고 있는 디엘의 얼굴을 물끄러미 바라보았다.

"나 때문에 사 온 거야?"

"……당신은 사과를 좋아하지 않습니까."

예도, 아니오, 도 아닌 대답이었다.

그러나 그 말이 의미하는 것이 무엇인지는 분명하였다.

"내가 오늘 안 들어왔으면 어쩌려고?"

에드는 일부러 의미 없는 가정을 해 보았다.

디엘은 담담하지만, 또렷한 목소리로 답했다.

"내일 다시 사 왔을 겁니다."

"내일도 내가 안 왔으면?"

"또 사 왔을 겁니다."

"모레는?"

이어지는 질문이 집요한데도 디엘은 짜증을 내는 법이 없었다.

대신 아주 현실적인 문제를 지적해 주었다.

"……그때까지도 당신이 아카데미에 돌아오지 않았다면, 제 선에서 해결할 수 없는 문제가 되었을 겁니다."

그러니까 오늘 당신이 돌아와서 다행입니다.

조곤조곤한 디엘의 말을 들은 에드가 디엘의 손을 잡고 있던 손에 힘을 조금 세게 주었다.

아프지는 않지만, 조금 답답할 정도로 강하게.

손끝에서부터 전해지는 열기가 마치 혈관을 타고 흐르는 것처럼 몸 구석구석으로 퍼졌다.

낯설어서 당혹스럽지만, 싫지는 않은 감각이었다.

디엘은 아무래도 날씨가 갑자기 더워진 것 같다 생각하였다.

그렇지 않으면 제 얼굴이 평소보다 뜨거운 이유가 무엇인지 짐작할 수조차 없었으니까.

"곤란하네."

툭 내뱉듯 에드가 한 말에 여전히 뺨을 붉게 물들인 디엘이 힐끔 그를 보았다.

칼로 자른 것처럼 반듯한 옆얼굴에는 정말 곤란하다는 기색이 서려 있었다.

"뭐가 말입니까?"

"너무 예쁜 짓 하면 안 돼."

"네?"

"내가 진짜 갖고 싶어지면 어쩌려고."

수수께끼 같은 말에 디엘이 눈을 천천히 깜빡였다.

예쁜 짓? 가져? 무얼? 사과 클라푸티가 갖고 싶다는 뜻인가?

완전 헛다리를 짚은 디엘이 엉뚱한 생각을 하고 있는 사이, 에드가 다시 걸음을 옮기기 시작하였다.

조금 전보다도 훨씬 더 빠른 속도였다.

어, 하는 사이에 디엘 역시 그의 옆을 걷고 있었다.

"에드—"

"가자, 주인님."

왜 이렇게 서두르는 거냐는 말을 끝내기도 전에 에드가 다시 한 번을 손을 끌어당겼다.

어느새 디엘의 어깨가 에드의 팔 안에 있었다.

놀라 고개를 드니 사람을 잘 홀리는 붉은 눈이 바로 코앞에 있었다.

심장에 썩 좋지 않은 거리였다.

대체 왜?

차마 소리를 내지 못한 질문이 디엘의 맑은 눈에 고스란히 담겼다.

그것을 바라보며 에드가 천천히 입을 열었다.

"지금 당장 먹고 싶어졌거든."

"뭘 말입니까?"

얼떨떨한 얼굴로 디엘이 묻자 에드가 조용히 웃으며 속삭였다.

"내가 좋아하는 거."

아카데미까지 돌아오는 길은 매우 짧았다.

에드는 자신이 애용하는 비밀 통로로 디엘을 안내하였고, 두 사람은 무사히 기숙사 방으로 들어올 수 있었다.

방을 비운 사이에 토니가 다녀갔으면 어쩔까 걱정이 되긴 하였지만, 에드는 '자고 있었다고 우기면 된다'는 단순한 답을 주었다.

두 사람은 방 불을 켜지 않은 채, 침대 옆 스탠드만 켜 두었다.

불빛이 새어 나가면 토니가 다시 이 방을 찾아올 수도 있다는 계산 때문이었다.

대충 정리를 끝낸 디엘은 씻는다는 핑계로 먼저 욕실로 직행하였다.

옷까지 갈아입고 나와 보니 어느새 카펫 위에 티 접시 몇 개와 먹기 좋게 잘려 있는 클라푸티, 그리고 브랜디 한 병이 놓여 있었다.

자세히 보니 그 브랜디는 사과가 맛있기로 유명한 카르바도스 지역에서 생산되는 술이었다.

술까지 사과주를 선호하는 건가. 이 남자는 사과를 정말 많이 좋아하는 것 같다고 생각하며 디엘이 입을 열었다.

"에드, 그 브랜디는 어디서 난 겁니까?"

"응? 내 개인 소장품. 우리 주인님이 날 위해서 맛있는 디저트를 준비해 주셨으니까 나는 대신 이걸 준비했지."

어디서 가져온 건지 에드가 가리킨 곳에는 브랜디 전용 잔까지 두 개 놓여 있었다.

디엘은 물기 묻은 수건을 의자 위에 걸쳐 놓고 조심스레 바닥에 앉았다.

왜 하필 테이블이 아니라 바닥에 세팅을 한 거냐는 말은 하지 않았다.

테이블보다 바닥이 더 넓은데다가 막상 앉아 보니 의자에 앉는 것보다는 푹신한 카펫이 깔린 바닥이 더 편한 것 같기도 하였다.

"술은 좀 마셔?"

적당히 브랜디를 채운 컵을 건네며 에드가 물었다.

보통 주기 전에 물어보는 게 아닌가 생각하면서 디엘은 그 잔을 받아 들었다.

"잘은 아니지만, 마실 수는 있습니다."

디엘이 처음으로 술을 입에 댄 것은 여덟 살 생일날이었다.

저주가 실패했다는 충격을 극복하기도 전에 바바라는 디엘을 왕에게 데려가 '소개'했다.

그간 몸이 약해서 바깥출입을 안 시켰던 아이였지만 이제 몸이 많이 건강해져서 자주 인사를 올리게 하겠다는 말과 함께.

그날 처음으로 로비나의 일곱 번째 왕자로 사람들에게 소개된 디엘은 어른들이 건네주는 샴페인으로 알코올 맛을 배웠다.

달달한 술은 맛있어서 아이의 입에도 술술 넘어갔다.

보통 로비나에서는 18살이 되기 전까지는 술을 마시지 못했으나 생일만큼은 예외였다.

사람들은 생일에 한두 잔씩 받아 마시는 술이 좋은 일을 불러오고, 몸을 튼튼하게 해 준다고 믿었다.

대신 아이들에게 주는 술은 물을 타서 희석시킨 포도주나 거의 음료처럼 마실 수 있는 샴페인이었다.

맛있다고 한 잔, 두 잔 마시다가 고주망태가 되는 일이 종종 벌어지기도 했지만.

"로비나에서는 비교적 이른 연령대부터 술을 배웁니다."

디엘이 로비나의 풍습에 대해 설명해 주자 에드는 저도 그것을 들어 본 적이 있다며 고개를 끄덕였다.

"이시호랑은 정반대네. 제국에서는 15살이 될 때까지는 절대 술을 마실 수가 없거든."

대륙에 존재하는 모든 나라가 꼭 같은 것을 금기로 삼는 건 아니었다.

음주 문화뿐만이 아니라 다른 부분에서도 이시호와 로비나는 많은 차이가 있을 터였다.

디엘은 어쩌면 에드가 자신과 가치관이나 사고방식이 많이 다른 것도 그런 환경의 차이 때문이 아닐까 하는 생각을 하였다.

"건배는 어때? 로비나에서는 특별한 건배 문화 같은 게 있어?"

"그런 건 없습니다. 굳이 말하자면 첫 잔을 든 사람이 그 자리에 있는 모든 이를 위한 축사를 하는 정도일 겁니다."

"하하, 그런 점은 비슷하네. 그럼 첫잔은 우리 주인님께 양보해야지. 자, 잔을 드시고."

에드의 부추김에 디엘은 엉겁결에 잔을 들어 올렸다.

한 박자 느리게 잔을 들어 올린 에드가 어서 무언가 말을 해 보라는 것처럼 고개를 까닥거렸다.

난데없이 축사를 하게 생긴 디엘은 당황하였다.

로비나에 있을 때야 종종 했던 일이지만, 그때와는 모든 게 달라도 너무 달랐다.

한참을 머뭇거린 후에 디엘은 아주 무난하고 소박하지만, 진심을 담은 한 마디를 하였다.

"원만한 아카데미 생활을 기원하며, 건배."

"소박하다 싶긴 하지만, 건배."

유리잔과 유리잔이 맞닿으면 챙― 하는 소리가 부드럽게 울렸다.

디엘은 컵 속에서 일렁이는 액체를 입 안으로 흘려보내 보았다.

사과향이 진하게 풍겨 올라오는가 싶더니 입안에서 열기를 가득 담은 달콤함이 퍼졌다.

입천장이며 혀에 닿는 술이 얼마나 독한지 숨이 일순, 턱 막힐 정도였다.

디엘은 어느새 한 컵 가득 있던 브랜디를 가볍게 전부 비운 에드를 향해 놀라움이 가득한 시선을 보냈다.

"술을 잘 마시는군요, 에드."

"응? 그런가. 뭐, 어릴 때부터 먹긴 했으니까."

"……아까 이시호에서는 15살 이전에 술을 먹는 게 불법이라고 하지 않았습니까?"

디엘이 에드를 향해 한쪽 눈썹을 꿈틀거리자 에드가 한쪽 눈을 찡긋하였다. 애교가 가득한 미소는 덤이었다.

이 남자, 정말 괜찮은 건가.

디엘은 여러 가지 의미로 에드의 장래가 걱정이 되었다.

제아무리 실력이 좋다고 하더라도 매사에 이런 식이어서야, 언젠가 큰 코를 다칠 게 분명했다.

집안이 좋다면 몰라도—

거기까지 생각한 디엘이 잠시 멈칫하였다.

그러고 보니 에드가 어떤 집안의 출신인지 아직도 모르고 있었다.

디엘은 에드를 물끄러미 바라보았다. 처음 만날 날에도 그가 그리 신분이 낮은 자일 거라는 생각은 하지 않았다.

제아무리 내놓은 망나니처럼 행동해도 그에게는 선천적으로 타고난 품위와 위세가 있었다.

적어도 상위 귀족 혹은 마고 여황의 즉위 이후 세력을 크게 확장한 신흥 귀족의 일원일 가능성이 컸다.

그게 아니라면 적어도 부유한 대형 상단의 자제이거나.

여러 가지 추측을 해 보던 디엘은 클라푸티를 크게 한입 먹는 에드를 향해 조심스레 물었다.

"에드. 혹시 실례가 안 된다면— 당신의 집안에 대해 물어도 괜찮겠습니까?"

"응? 뭐야. 오늘 들어 우리 주인님 나한테 엄청 관심이 많네. 그렇게 나에 대해 궁금해?"

어느새 커다란 조각을 다 먹어 치운 에드가 씩 웃으며 브랜디를 다시 컵에 따랐다.

평소 같으면 그럴 리가 있겠냐고 대답했을 디엘이 침묵하였다. 그것을 깨달은 에드는 브랜디를 따르다 말고 디엘을 힐끔 보았다.

디엘의 얼굴이 사뭇 진지하였다.

"……엄청 좋아. 순위를 매겨 보자면— 이 정도가 아닐까."

에드가 손가락 두 개를 펼쳐 디엘에게 보여 주었다.

제국에서 제 신분이 마고 여황 다음이니까 두 번째 정도는 대단한 사람이라는 뜻이었다.

물론 디엘은 그런 뜻은 미처 모르고 역시 그가 제법 좋은 집안의 자제이려니 생각할 뿐이었다.

"그렇군요."

디엘이 고개를 끄덕이며 클라푸티를 포크로 잘게 부수자 에드가 고개를 옆으로 기울였다.

"뭐야, 싱겁게. 그게 다야?"

작은 클라푸티 한 조각을 입에 넣던 디엘이 어리둥절한 얼굴로 에드를 보았다. 그게 다냐니?

"궁금한 게 있으면 뭐든 물어봐. 오늘은 기분이 좋으니까 무엇이든 답해 줄게. 이런 기회 흔하게 오는 거 아니라고."

"……."

에드가 양손을 펼쳐 보이며 장난스럽게 한 말에 디엘은 잠시 생각에 잠겼다.

내가 에드에게 궁금한 거?

머릿속에 딱 떠오르는 것이 별로 없었다.

아까와는 달리 디엘이 선뜻 입을 열지 않자 답답해진 것인지 에드가 계속 재촉하였다.

"아무거나 상관없으니까, 빨리 말해 봐. 내 생각에는 우리 주인님이 아직 나에게 마음의 문을 완전히 열지 못한 이유가 날 잘 몰라서인 것 같거든? 그러니까 오늘 밤을 기점으로 나에 대해 잘 알고, 완전히 마음을 열어 버리면 앞으로 우리 사이가 더욱 돈독해질 것 같단 말이지."

장황한 말의 요점은 결국 더욱 친해지고 싶다는 결론이었다.

어느 정도는 그의 의견에 동의하였기에 디엘은 우선 생각나는 것을 아무렇게나 입 밖으로 냈다.

"그럼 당신이 좋아하는 것은 무엇입니까?"

"낮잠 자는 거, 농땡이 피우는 거, 아름다운 거 감상하는 거, 즐겁고 편하게 사는 거. 이 정도?"

"……."

괜한 질문을 했다 반성한 디엘은 히죽거리며 브랜디를 마시는 에드를 흘겨보며 다시 입을 열었다.

"그럼 반대로 싫어하는 건 뭡니까?"

"주제 파악 못 하고 나대는 인간, 남 탓 하는 거 말고는 아무 재능이 없는 인간, 사람을 성가시게 만드는 인간?"

"……."

아무래도 에드는 인간 혐오증이 있는 모양이었다.

그다지 도움이 될 만한 정보는 아니지만, 어쨌거나 디엘은 새로운 정보를 기억해 두기로 하였다.

"특기나 취미는?"

"음. 특기는 못하는 게 없다는 거고, 취미는 그때그때마다 달라지는데 요새는 새로 생긴 예쁜 주인님으로 노는 거지."

이 남자는 정말 나와 대화를 나눌 생각이 있긴 한 건가.

디엘의 눈초리가 점점 따가워지자 에드는 영문을 모르겠다는 얼굴을 하였다.

"왜 그래?"

"어째서인지는 모르겠으나 우리의 대화가 그리 건설적인 방향으로 흐르는 것 같지가 않습니다."

"그래? 흐음, 어째서일까?"

정말 모르겠다는 얼굴로 에드가 고개를 갸웃거렸다. 가증스럽기는.

혀를 찬 디엘이 브랜디를 한 모금 들이킨 후, 말했다.

"전적으로 당신 탓이라 생각합니다."

에드는 억울해 죽겠다는 얼굴로 항변하였다.

"그게 무슨 소리야. 나 지금 완전 진지하게 대답하고 있잖아. 이제 이 아카데미에서 주인님만큼 날 잘 아는 사람도 없을걸?"

그러니 사양하지 말고 어서 다른 것도 더 물어보라며 그가 고개를 까닥거렸다.

디엘은 미간을 살짝 찌푸리며 곤란을 표하였다.

이 남자에게 더 궁금할 만한 게 있나.

무엇을 물어보건 앞서 내놓은 것과 비슷한 대답이 나오지 않을까 생각하면서도 디엘은 곰곰이 생각해 보았다.

문득 떠오르는 것이 하나 있었다.

"그러고 보니, 에드. 아까 누나가 있다고 하지 않았습니까? 가족 관계는 어떻게 됩니까?"

말을 하고 나니 아차, 싶었다. 무슨 맞선 상대와 대면하는 자리도 아니고.

디엘이 생각한 것을 에드 역시 똑같이 느꼈는지 그가 히죽거렸다.

"오, 정말 본격적으로 신상 조사 시작하는 거야?"

"말해 주기 싫다면―"

"부모님은 두 분 다 돌아가시고, 친누나가 한 명 있어."

디엘이 한 발 뒤로 빼는 모습을 보이자 얼른 에드가 입을 열었다.

그가 가벼운 어조로 말한 것치고는 내용은 제법 심각한 것이라 디엘의 얼굴이 살짝 굳어졌다.

그것을 알아차린 에드가 픽 웃었다.

"그런 얼굴 안 해도 돼. 나에게는 딱히 힘든 일이 아니었으니까."

"……."

에드가 강한 척을 하는 것처럼 보이지는 않았다.

그의 말대로 정말 부모님의 죽음이 그에게는 고통이나 역경이 아닌 것처럼 느껴졌다.

디엘은 복잡한 심정으로 손에 든 잔을 만지작거렸다.

어쩌면 에드는 가족, 특히 돌아가신 부모님과 사이가 썩 좋지 않을지도 모른다.

그녀는 자신이 누리는 특권만큼이나 권력과 부가 주는 부작용 역시 많이 지켜보았다.

게다가 자신 역시 남 말을 할 처지는 못 되었다.

'만일 어머니가 돌아가신다면 나는 정말 슬픔을 느낄 수 있을까?'

저를 도구처럼 취급하고, 필요 없어지면 얼마든지 죽이겠다 말하는 어머니였다.

디엘 역시 가능하다면 바바라의 존재를 제 안에서 끊어 버리고 싶다고 생각하였다.

하지만 머리로 생각하는 것과 마음으로 느끼는 것은 전혀 별개의 문제였다.

"어머니가 돌아가실 때는 오히려 안심했어."

"안심?"

"그녀가 아파하는 모습을 더는 보지 않아도 될 테니까."

어찌 보면 잔인하고 냉정한 말이었지만, 그 목소리는 결코 차갑지 않았다.

아니, 오히려 깊은 애정이 느껴졌다.

디엘은 무릎을 모아 그 위로 가볍게 이마를 대었다. 술기운이 돌기 시작한 것인지 조금 머리가 어찔하였다.

"어머니가 병이 깊으셨나 보군요."

"응, 나를 낳은 이후로 계속 아프셨지. 내가 기억하는 그녀는 언제나 침대 위에 있었어. 한 번도 밖으로 나온 걸 본 적이 없었거든."

에드의 목소리는 시종일관 똑같은 억양이었다. 마치 제 일이 아니라 남 이야기를 하는 것처럼.

"어쩌다가 어머니께 놀러 가는 날은 하루 종일 긴장 상태였어. 그녀를 만나는 건 좋았지만, 피를 토하는 그녀를 보는 건 싫었거든. 웃는 모습을 보는 건 좋았지만, 모든 걸 다 체념한 얼굴을 보는 건 더 싫었고."

그래도 몸이 약한 것치고는 오래 버텨 주었다며 에드는 브랜디를 단숨에 들이켰다.

디엘은 여전히 무릎에 머리를 기댄 채 고개를 살짝 들어 에드를 보았다.

그녀와 눈이 마주친 에드가 히죽 웃더니 디엘의 빈 잔에 술을 채워 주었다.

"어떤…… 분이셨습니까?"

자신이 무례한 일을 하고 있다고 생각하면서도 자꾸 흘러나오는 질문을 도저히 막을 수 없었다.

누군가와 '어머니'라는 존재에 대해 대화를 나누는 일 자체가 처음이기 때문일까.

디엘은 에드에게 이런 얼굴을 하게 만드는 그의 어머니가 궁금했다.

"무슨 일이 있어도 화를 내는 대신 울기만 하던 사람. 약한 사람이었어. 아주 많이."

친모에 대한 평가는 냉정하였다. 단지 병상에 오래 있기에 하는 말은 아니리라.

디엘은 에드가 무언가를 회상하는 것처럼 손가락으로 카펫 위를 툭툭 두드리는 것을 보았다.

"어머니 본인도 그걸 알아서 늘 이렇게 말했지. 나와 내 누이가 자기 대신 아버지를 닮아서 다행이라고. 전적으로 어머니의 착각이었지. 난 아버지도 안 닮았거든."

히죽 웃은 에드가 다시 한 번 브랜디 잔을 입에 가져다 댔다.

슬퍼보이지도 힘들어 보이지도 않는 모습이건만 이상하게 지금의 그에게서는 인간적인 무언가가 느껴졌다.

문득 이 남자가 결코 아무 감정을 느끼지 못하는 건 아니라는 생각이 들었다.

단지 감정을 표현하는 방식이 남들과는 너무나도 달랐다.

"당신의 누이는 어떤 분입니까? 당신과 그렇게 많이 닮았습니까?"

조금 무거워진 공기를 바꾸기 위해 디엘이 슬그머니 화제를 돌렸다.

"응? 누나? 흠…… 글쎄. 나는 잘 모르겠지만, 주변 사람들은 닮았다는 이야기를 자주 하던데."

"당신과 닮았다면 그녀는 무척 미인이겠군요."

"오? 그 말인즉슨, 내 얼굴이 우리 주인님의 취향에 딱 맞는 잘생긴 얼굴이라는 뜻이네."

대체 대화의 흐름이 왜 이렇게 새냐는 핀잔을 하려던 디엘은 모든 게 귀찮아져서 입을 닫았다.

전신이 무겁고 나른한 걸 보니 아무래도 이제 본격적으로 술기운이 오르려는 모양이었다.

디엘은 잔 바닥에 남은 브랜디를 천천히 들이마셨다.

입 안에서 감도는 쓴맛을 없애기 위해 클라푸티 한 조각을 얼른 물었다.

그것을 오물오물 씹어 삼킨 후, 입을 열었다.

"에드."

"응?"

제 목소리가 어딘지 모르게 낯설게 들린다 생각하며 디엘이 말을 이었다.

"다행이라고 생각합니다."

"뭐가?"

난데없는 말에 에드가 눈썹을 가볍게 치켜 올렸다.

"당신에게…… 힘든 일이 아니어서."

각별한 이의 죽음은 분명 슬픈 일이지만, 모든 사람에게 그것이 비극이어야 할 필요는 없었다.

살아가는 모든 존재는 반드시 죽음을 경험하고, 이별 역시 맞이하게 되어 있었다.

그 어떤 힘과 권력을 가졌다고 해도 거스를 수 없는 수순이었다.

디엘은 이별을 대하는 에드의 태도가 나쁘지 않다 생각하였다.

"그리고 당신이 악마가 아니라서 다행이라고 생각합니다."

학생들이 두려워하는 것처럼 아무것도 느끼지 못하는 미친놈이 아니라서, 돌아가신 어머니 이야기를 할 때는 처음 보는 부드러운 얼굴을 할 줄 아는 사람이라서, 그리고 말을 끝내고 나면 다시 평소의 당신으로 돌아올 수 있어서.

머릿속에 가득 찬 생각은 마치 복잡하게 엉킨 실타래와 같아서 입 밖으로 꺼내는 말은 전부 두서없는 것뿐이었다.

디엘은 무어라 더 설명해야 할지 알 수가 없었다.

"지금의 당신하고 라면…… 친구가, 될 수……"

있을 것 같다는 마지막 말은 속삭이는 것처럼 작은 목소리가 되었다.

디엘은 점점 무거워져 오는 눈꺼풀과 싸우는 필사적이었다.

그것을 지켜보고 있던 에드가 조용한 목소리로 물었다.

"졸려, 디엘?"

디엘은 고개를 끄덕거렸다.

졸렸다. 정말 너무나 졸려서 자신이 무슨 말을 하는지도 모를 정도로.

벽에 걸린 시계를 힐끔 본 에드가 웃으면서 자리에서 일어섰다.

"평소에 네가 잠자리에 드는 것보다 많이 늦긴 했어."

에드를 따라하려는 것처럼 디엘도 다리에 힘을 주고 몸을 일으키려고 하였다.

하지만 힘이 전혀 들어가지 않는 몸은 자꾸 엉뚱하게 앞으로 고꾸라질 뿐이었다.

에드가 얼른 다가와 그녀를 부축해 주었다.

평소 같으면 화들짝 놀라 그 손을 거세게 밀어냈을 디엘이 지금은 얌전하였다.

술에 취했다기보다는 밀려오는 잠기운에 술기운이 더해져서 고분고분해진 것 같았다.

불그스름하게 물든 볼을 한참 내려 보던 에드가 가볍게 그녀를 안아 올렸다.

에드는 제 품 안에 있는 디엘의 몸이 사내치고는 지나치게 가늘고 부드럽다 생각하였다.

역시 이 아이가 낮과는 무언가가 다르다는 의심을 멈출 수가 없었다.

디엘을 인형처럼 감싸 안고 있던 에드가 조심스럽게 그녀를 침대 위에 내려 주었다.

"우리 예쁜 주인님은 이제 잠자리에 들 시간이야."

시트를 끌어당겨 몸 위로 덮어 주자 눈을 거의 감다시피 한 디엘이 중얼거렸다.

"에드도…… 자야……."

"같이 자 줄까?"

여느 때 같은 장난스러운 질문에 디엘이 고개를 저었다.

에드는 이럴 때마저도 방어가 철저한 게 조금 유감스럽다며 뒤로 물러서려고 하였다.

그때, 디엘의 입이 다시 작게 벌어졌다.

"에드는…… 에드 침대가 있으니까."

전혀 생각하지도 못했던 말에 에드는 눈썹을 까닥하였다.

같이 자는 게 싫어서도 아니고, 그럴 필요가 없어서도 아니라, 침대가 따로 있으니까 안 된다니.

그 말대로라면―

"그럼 내 침대가 못쓰게 되면 같이 자도 괜찮아?"

설마, 하며 던진 물음에 디엘은 작게 고개를 두 번 끄덕거렸다.

딱 깊은 잠에 빠지기 직전인 상태처럼 보였다.

에드의 눈에서 순간 심술궂은 빛이 돈다 싶더니 그는 재빠르게 바닥에 놓여 있는 브랜디 병을 집어 들었다.

제법 큰 병이라 아직 남아 있는 술이 꽤 되었다.

그는 망설이지 않고, 그것을 제 침대 위에 몽땅 쏟아부었다.

만일 디엘이 제정신인 상태에서 그 모습을 보았다면 경악을 금치 못했을 만큼 신속한 동작이었다.

병을 대충 바닥에 내동댕이친 에드가 다시 디엘의 침대 위로 돌아왔다.

"주인님, 우리 주인님. 우리가 마시던 술이 하필 내 침대 위에 쏟아졌는데 말이야."

"으—."

"그 바람에 내 침대를 못 쓰게 되어 버렸네. 그러니까 같이 자도 돼?"

"으응……."

누가 들어도 그러라고 허락을 해 주는 말이 아니건만 에드는 의기양양하게 디엘의 침대 위로 올라섰다.

기숙사에 놓여 있는 침대는 싱글 사이즈긴 하나, 바짝 붙는다면 둘이 누워 자지 못할 크기는 아니었다.

에드는 디엘의 바로 옆자리에 쏙 들어가 자리를 잡아 이불을 덮었다.

이미 쌕쌕 숨소리를 내며 잠든 디엘에게서는 아무 반응이 없었다.

그 모습을 물끄러미 보고 있던 에드의 시선이 문득 디엘의 가슴 위에 닿았다.

시트를 만지고 있던 손이 자연스레 그녀에게로 뻗어 나갔다.

하지만 에드는 디엘의 가슴 위로 손을 올리거나 옷을 벗기지 않았다.

그는 제가 침대에 파고드는 바람에 흐트러진 시트를 다시 고쳐 덮어 줄 뿐이었다.

"우리 주인님이라면, '친구'에게는 언젠가 비밀을 말해 줄 테니까. 안 그래?"

"으응……."

깊은 잠에 빠진 디엘이 잠꼬대로 대답하였다.

쿡쿡 웃은 에드가 스탠드 불을 껐다.

완전한 어둠이 찾아든 방에서 에드는 두 팔로 디엘의 몸을 꼭 끌어안았다.

피부에 스치는 온기가 기분이 좋았다.

타인의 체온을 기분 좋다 느껴 본 적이 한 번도 없는 그이건만.

어쩐지 아주 기분 좋은 꿈을 꿀 것만 같은 밤이었다.

\*　　　\*　　　\*

모르아 아카데미의 고대학과 전임 교수인 샤칼 교수에게는 몇 가지 별명이 있었다.

그중 하나는 '걸어 다니는 수면 유도제'였는데, 한 번이라도 샤칼 교수의 강의를 들어 본 이들은 모두 그 별명에 깊게 공감하였다.

사실 고대학 자체는 빈말로라도 재미있고, 흥미로운 학문이라고 할 수가 없었다.

인문학과 자연과학과의 학문적 특성을 고루 갖추었기에 강의를 듣는 학생들에게는 풍부한 배경지식이 필요하였다.

물론 기초 고대학을 택해 듣는 대부분의 학생은 정말 잿밥에 더 관심이 많은 경우가 대부분이었기에 다들 어려운 설명을 이해하려는 노력을 하지 않았다.

그래도 디엘은 자신이 다른 학생들과 달리 고대학 강의 시간에 졸거나 딴청을 피우는 일은 절대 없을 거라고 생각하였다.

바로 얼마 전까지는.

"······이러한 현상이······."

오늘 강의내용은 현존해 있는 유적지 유형과 그곳에서 명심해야 할 주의 사항이 주된 것이었다.

얼마 후에 현장 실습을 나갈 예정인 만큼 학생들에게 주의를 환기시키자는 차원에서 진행되는 강의였다.

다른 때보다는 강의 내용이 덜 지루했기 때문인지 아니면 실습을 나간다는 기대 때문인지 학생들의 대부분은 제법 의젓하게 자리를 지키고 있었다.

"그럴 때는 절대 혼자 해결하려 하지 말고, 파트너와—"

디엘 역시 다른 학생들이 그러는 것처럼 교수의 말에 집중하기 위해 안간힘을 썼다.

하지만 무거워지는 눈꺼풀 앞에서는 속수무책이었다. 이러면, 졸면 안 되는데—

"디엘."

불쑥 들려온 작은 목소리에 깜짝 놀란 디엘이 눈을 커다랗게 떴다.

무심코 소리까지 칠 뻔했지만, 손으로 입을 막은 덕에 그 소동을 일으키는 참사는 피할 수 있었다.

디엘이 빳빳하게 굳어 버린 고개를 옆으로 천천히 돌리자 걱정스럽다는 얼굴을 한 유진이 있었다.

"괜찮으세요? 안색이 좋질 않네요."

유진이 재치 있게 디엘을 상급생 무리로부터 도와주었던 이후로 두 사람은 고대학 강의 시간에 자리를 나란히 하고 있었다.

기숙사나 아카데미 내부에서 일부러 찾아 만나는 편은 아니었다.

그러나 강의가 겹치는 시간이면 따로 말을 나누지 않아도 자연스레 자리를 함께할 정도로 이제는 사이가 제법 가까웠다.

두 사람이 가장 자주 만나는 장소는 고대학 강의실과 도서관이었다.

디엘은 보석에 대한 자료를 찾기 위해 틈이 날 때마다 도서관을 찾았고, 유진은 유진대로 마법에 대한 서적을 자주 찾아 읽었다.

그런 그를 발견할 때마다 디엘은 유진에게도 무언가가 사정이 있는 것 같다는 생각을 어렴풋이 하였다.

물론 그것을 함부로 짐작하거나 캐묻지는 않았다.

그 정도로 친한 사이는 아니라 생각하거니와 설령 친하더라도 그것은 매우 무례한 일이었으니까.

"괜찮습니다. 썩 좋은 건 아니지만, 그리 심각한 것도 아닙니다."

디엘은 유진만큼이나 소리를 낮추어 대답하였다.

미간 사이를 조금 세게 문지르니 앓는 소리가 절로 나왔다.

강한 척을 할 수 없을 만큼 몸이 무거웠다. 유진은 더더욱 걱정스러운 얼굴을 하였다.

"혹시 몸이 안 좋은 거라면 의무실에 가는 게……"

"아닙니다. 어디가 아픈 건 아니에요. 단지 잠을 못 자서."

"잠? 늦게까지 공부를 하는 건가요?"

차라리 그런 것 때문에 잠을 못 잔 것이라면 건설적인 일을 한 거라는 자기 위안이라도 삼았을 텐데.

디엘은 한숨을 깊고 느리게 내쉬었다.

그녀가 최근에 잠을 못 자는 이유는 다른 무엇도 아닌 그녀의 룸메이트, 에드 때문이었다.

에드와 무사히 화해를 마치고 그와 브랜디로 사이를 돈독하게 다진 것이 벌써 삼 일 전 일이었다.

그가 기숙사로 돌아온 것은 좋은 일이었으나 한 가지, 문제가 있었다.

바로 에드가 밤마다 제 침대 위로 올라오게 되었다는 사실이었다.

"……그놈의 브랜디가 원수지."

"네?"

작게 디엘이 중얼거린 한 마디에 유진이 고개를 갸웃하였다. 디엘은 별말이 아니라며 얼버무렸다.

기숙사에서 음주 행위가 전면 금지인 건 아니었다.

담화실에서는 적당량을 지키기만 하면 얼마든지 음주가 가능하였다.

하지만 기숙사 방에서 술을 마시는 행동은 상황에 따라서는 엄한 처벌 대상이었다.

디엘 역시 그것을 알고 있기에 3일 전, 제 옆에서 자고 있는 에드를 보고 놀라기보다는 방 안에서 진하게 풍기는 알코올 냄새에 기겁하였다.

에드는 디엘이 일어서다가 브랜디 병을 에드의 침대 위로 던져 술을 전부 쏟아 버렸다고 주장하였고, 디엘은 절대 그런 적이 없다고 맞받아쳤다.

잠들기 전 기억이 살짝 모호하긴 하였으나 자신이 저지른 짓을 모를 정도로 취한 건 결코 아니었다.

그녀는 자신이 에드의 도움을 받아 침대 위로 올라갔다는 것, 그리고 에드가 저에게 같이 자도 되냐고 물었던 것까지 기억하고 있었다.

다만 그것을 기억하고 있다 털어놓는 순간, 제가 에드에게 약점이 잡힌다는 것도 알고 있었다.

그럴 바에는 차라리 주사로 술을 쏟아 부은 사람이 되는 게 나았다.

결국 디엘은 '에드의 침대 위를 술 바다로 만든 죄'를 뒤집어썼다.

독한 카르바도스 브랜디를 반 병 이상 쏟아부은 에드의 침대는 시트는 물론이거니와 그 아래에 있는 매트까지 완전히 술에 절여졌다.

시트야 몰래 처분하는 것이 가능하다 하더라도 매트를 눈에 안 띄게 처리하는 것은 무리였다.

에드는 술 냄새가 좀 빠질 때까지 두었다가 침대를 바꾸는 게 좋다고 말했고, 디엘은 그에 동의하였다. 그로 인해 제 침대의 반을 에드와 공유해야 하는 건 무척 불편한 상황이었지만, 한 며칠만 참으면 될 거라고 생각했다.

하지만 그와 한 침대에서 자게 된 지 삼 일째가 되니 디엘은 약속이고 뭐고, 그냥 모든 걸 없던 일로 하고 싶었다.

태어나서 한 번도 누군가와 같은 잠자리에 들어 본 적이 없는 디엘에게 매일 누군가와 살갗을 맞대고 잠드는 경험은 너무나 생소한 것이었다.

첫날에는 먼저 잠들어 버려서 몰랐다지만, 이튿날부터는 도저히 잠을 잘 수가 없었다.

특히나 어젯밤에는—

"디엘? 이번에는 얼굴이 빨갛네요. 정말 괜찮은 건가요?"

간밤에 있었던 일을 생각하느라 멍하니 허공을 보고 있던 디엘은 유진의 목소리에 퍼뜩 정신을 차렸다.

어느 틈엔가 샤칼 교수가 강단을 내려오고 있는 모습이 보였다.

아니, 대체 언제 강의가 끝난 거야?

놀라고 당황해서 주변을 두리번거리고 있자니 유진이 쓴웃음을 지으며 입을 열었다.

"혹시 노트 필기를 못한 부분이 있다면 제 것을 빌려드릴게요."

유진이 제 노트를 내밀자 디엘은 감사히 그것을 받아 들었다.

학생 된 자의 본분으로서 학업에 집중해야 하건만 자꾸 강의에 집중하지 못하는 자신이 부끄러웠다.

따지고 보면 이것도 다 에드 때문인데.

생각의 끝이 또다시 에드에게로 향하자 디엘은 멈칫하였다.

아주 잠깐이라도 좋으니 그를 생각하지 않고, 혼자만의 시간을 보내고 싶었다.

하지만 그것이 어려웠다.

아카데미에 있을 때는 저도 모르게 그를 생각하고 있었고, 기숙사에 돌아가면 에드가 딱 달라붙어 저에게서 떨어질 줄을 몰랐다.

어미 닭을 쫓아다니는 병아리냐고 놀려 보아도 소용이 없었다.

에드는 히죽 웃으며 양팔로 저를 단단히 감싼 후 병아리 우는 흉내를 내곤 하였다.

그럴 때마다 디엘은 자신의 룸메이트가 얼마나 제정신이 아닌지를 실감하였다.

"유진. 보통 술 냄새는 하루 이틀이 지나도 냄새가 빠지지 않는 겁니까?"

가방을 챙기고 있던 유진이 디엘의 질문에 잠시 당황한 얼굴을 하였다.

그러나 그는 곧 진지하게 질문에 답을 해 주었다.

"어디에 냄새가 밴 것이냐에 따라서 다를 것 같네요. 사람 몸이나 옷에 밴 냄새는 잘 사라지지 않는다고 들은 적이 있는 것 같아요."

그래서인가. 디엘은 갈수록 에드의 침대에서 술 냄새가 심해지는 이유를 드디어 알았다며 한숨을 쉬었다.

물론 에드가 매일 밤 디엘 몰래 제 침대 위로 다시 술을 쏟아붓고 있다는 걸 모르기 때문에 나온 결론이었다.

'오늘 돌아가면 당장 침대를 버리자고 해야겠어.'

몰래 처리를 못할 거면 무언가 다른 핑계를 대고서라도 에드의 술 냄새 나는 침대를 처분해야만 했다.

안 그랬다가는 잠을 못자서 괴로운 것과 동시에 술 냄새 때문에 더더욱 컨디션을 망칠 게 분명했다.

처음에야 은은한 사과향이 나쁘지 않은 것도 같다 생각했지만, 지금은—

"……디엘. 냄새를 제거하는 데에는 커피 찌꺼기가 매우 효과적이라고 하더군요."

무언가 짐작 가는 것이 있는지 유진이 디엘의 어깨를 가볍게 토닥였다.

그녀의 룸메이트가 누구인지 알고 있으니 디엘이 고통 받는 원인이 무엇인지 예상하는 것 역시 어려운 일은 아닐 터였다.

디엘은 고맙다는 말 대신 조용히 웃었다.

기숙사로 돌아가는 길에 어디서든 커피 찌꺼기를 좀 구해야 할 것 같았다.

"오늘은 도서관에 올 건가요? 디엘만 괜찮다면 저녁이라도 함께 하면 좋을 것 같네요."

디엘을 위로하고 싶은 건지 유진이 먼저 저녁 약속을 제안하였다.

"아."

디엘은 무심코 안타까움과 미안함이 담긴 얼굴로 그를 보았다.

다른 때 같으면 그와 나눌 심도 깊은 학문적 대화에 설레어하며 고개를 끄덕였을 테지만, 오늘은 하필 선약이 있었다.

"미안합니다, 유진. 오늘은 일이 있어서 어려울 것 같군요. 괜찮다면 다음을 기약해도 되겠습니까?"

"물론이죠. 현장 실습 이후에 한번 보는 것도 좋을 것 같네요."

유진은 디엘의 미안함을 덜어 주려는 것처럼 부드럽게 몇 마디 말을 덧붙였다.

조만간 다시 약속을 잡아 보자는 말을 끝으로 두 사람은 강의실을 빠져나왔다.

강의가 남아 있는 유진은 예술학관으로 가야한다며 먼저 자리를 벗어났다.

디엘은 남은 강의가 없었기에 기숙사로 바로 돌아갈 생각이었다.

'고대학관에 있는 카페에서 커피 찌꺼기를 사 가면 되려나? 근데 커피 찌꺼기라는 걸 팔긴 하나? 그게 아니면─'

"디엘 군!"

방에서 나는 술 냄새를 어떻게 없앨지 생각이 한참이던 디엘은 제 이름을 부르는 목소리에 조금 느리게 반응하였다.

뒤를 돌아보니 지팡이를 짚은 샤칼 교수가 서 있는 모습이 보였다. 놀란 디엘은 얼른 샤칼 교수 앞으로 빠르게 걸어갔다.

"교수님."

혹시 오늘 강의에 집중하지 못했다고 야단이라도 치시려는 건가.

찔리는 구석이 있었기에 자연히 디엘의 얼굴이 어두웠다.

그나마 샤칼 교수가 아주 엄한 표정을 짓고 있는 게 아니라 다행이었다.

"뭔가 생각할 게 많았나 보구만? 한참을 불러도 전혀 알아차리지 못한 것을 보니."

"죄송합니다."

긴말 없이 디엘이 바로 고개를 숙여 사과하자 샤칼 교수가 고개를 저었다.

"아니, 아닐세. 자네 나이 때에는 대답이 나오지 않는 고민으로 시간을 보내는 일 역시 좋은 공부가 될 때가 있지. 사색은 인간의 삶을 한층 더 풍요롭고 깊게 만들어 주는 것일세. 시간이 허락하는 한, 많이 생각에 잠기도록 하게나."

"……."

실상은 그리 멋지고 근사한 사색에 잠겨 있었던 것이 아니라 디엘은 길게 침묵하였다.

저를 지나치게 높게 사는 샤칼 교수에게 미안한 생각마저 들었다.

헛기침을 가볍게 한 디엘이 얼른 화제를 돌렸다.

"그나저나 교수님. 무슨 일이십니까?"

"아아, 참. 그렇군. 아까 강의 전에 이걸 전달해 주어야겠다고 생각했는데, 깜빡했었지 뭔가."

아무래도 이제 나이 먹은 티를 감출 수가 없다고 중얼거리며 샤칼이 디엘에게 봉투 하나를 내밀었다.

어리둥절한 얼굴로 디엘이 일단 그것을 받아 들었다.

"교수님, 이건—"

"자네가 제트의 유적에서 발견한 유물에 대한 소정의 사례비일세."

"네? 하지만 아직 협회에서 유물을 조사하러 조사원이 파견되도 않은 상태인데, 이런 걸 주는 겁니까?"

샤칼 교수를 통해 보고서를 보낸 시기가 얼마 지나지 않았다는 것을 떠올리며 디엘이 봉투를 힐끔 보았다.

하얀 봉투의 겉면에는 〈고대학 연구 협회〉라는 글자와 함께 독특한 인장이 찍혀 있었다.

"원래 서류 심사만 통과되면 적게나마 사례비가 나오네. 특히나 우리 아카데미 학생이 발견한 것이라면 협회에서는 진품 여부를 의심하질 않지. 다만 조사 여부에 따라 등급을 나누어서 다시 그에 준하는 금액을 재차 지급하는 걸세."

"……그렇군요."

디엘의 손안에서 봉투가 바스락거리는 소리를 내고 있었다.

태어나서 생전 처음으로 제 손으로 거머쥔 돈이었다.

로비나 왕국의 일곱째 왕자 디엘 샤 자르타가 아니라 모르아의 고대학과 학생인 디엘로서.

묘한 기분에 디엘은 봉투를 자꾸만 만지작거렸다.

"조사원이 파견되는 시기는 아직 정해진 게 없네. 정해지면 그건 바로 알려 주도록 하겠네."

"감사합니다, 교수님."

정중하게 고개를 숙여 인사하자 샤칼은 흐뭇하게 웃으며 입을 열었다.

"아닐세. 그럼 다음 강의 때 보도록 하지."

몸을 돌린 샤칼 교수가 다리를 절룩이며 그곳을 벗어났다.

샤칼 교수가 복도 너머로 완전히 사라지자 디엘은 손안에 쥔 봉투를 재차 내려다보았다.

그녀의 입가에 천천히 미소가 걸렸다.

봉투 속에 들어 있는 액수는 사실 그리 큰 것은 아니었다.

하지만 맛난 식사와 술 한 병 정도를 즐기고도 충분히 남을 만한 금액이었다.

디엘은 이 돈을 어떻게 쓰면 좋을지 생각하며 기숙사로 돌아왔다.

방 근처에 도착할 때쯤에는 레아에게 무언가를 선물하고 싶다는 생각이 들었다.

물이 닿는 일을 많이 하는 그녀의 손이 언제나 거칠거칠하니 효과 좋은 크림을 사서 보내는 것도 나쁘지 않으리라.

아니면 레아가 저에게 준 목걸이를 대신할 장신구를 보내는 것도 좋을 것 같았다.

디엘은 목덜미를 더듬어 이제는 완전히 익숙해진 목걸이 줄을 어루만졌다.

'우리 디엘 님은 행복해지실 거예요. 그 누구보다도.'

눈물을 그렁그렁 단 채, 다정하게 웃던 얼굴이 아직도 눈앞에 선했다. 디엘은 목걸이 줄 끝에 달려 있는 펜던트를 손안에 꼭 쥐었다.

모르아에서는 로비나에서 겪었던 것과 다른 문제들이 있긴 했으나, 그녀는 로비나에서의 디엘 샤 자르타보다 지금의 자신이 훨씬 좋았다. 이대로라면 정말 레아의 말처럼 행복해질 수 있을 것만 같았다.

그런 마음을 담아 그녀에게 보낸 편지에도 그렇게 긍정적인 이야기만을 가득 담았다. 디엘이 레아에게 안부 편지를 보낸 건 벌써 며칠 전 일이었다.

그녀에게서 답장이 도착할 때까지는 적어도 일주일 이상은 시일이 소요될 것이라 예상하고 있었다. 왕궁 시녀의 하루라는 게 얼마나 정신없이 바쁘게 돌아가는지 잘 알고 있기 때문이었다.

레아의 답장이 도착하는 시기에 맞추어서 선물을 동봉한 새 편지를 보내는 것이 좋을 것 같았다.

적절한 일자를 계산하다 보니 어느새 문 앞이었다. 이제는 익숙한 명패가 먼저 눈에 들어왔다.

디엘 샤 자르타의 이름 밑에 쓰인 에드의 이름을 본 디엘이 멈칫하였다.

'에드에게도 작게나마 보답을 하는 게 좋겠지?'

이러니저러니 해도 디엘이 제트의 저택에서 무사히 시험을 통과할 수 있었던 건 에드를 만난 덕분이었다.

그녀는 가벼운 선에서 에드에게도 성의를 표시해야겠다고 생각하며 문을 열었다.

"다녀왔습—"

"오, 어서와. 주인님. 오늘은 어땠어? 나 없이도 즐거운 하루였어?"

주인을 맞이하는 강아지처럼 에드가 디엘에게 달려들었다.

언제나처럼 격렬한 환영에 진절머리를 내며 무심한 대꾸를 하려던 디엘은 무언가 이상하다는 것을 깨달았다.

방 안에서 브랜디 특유의 알싸한 향이 느껴지질 않았다.

제 어깨를 감싼 에드를 밀치며 몸을 돌려보니 텅 빈 방 한구석이 보였다.

원래 에드의 침대가 놓여 있던 자리였다.

"에드, 침대가 어디로 간 겁니까?"

"응? 버렸어."

어깨를 으쓱하며 에드가 한 말에 디엘이 입을 벌렸다.

지금 이 남자가 뭐라는 거야. 버려? 침대를? 대체 왜? 아니, 어쩌다가?

디엘이 혼란에 빠진 것을 본 에드가 아차, 하는 얼굴로 말을 덧붙였다.

"정확히는 내가 아니라 토니가 버린 거지만."

"……토니에게 들킨 겁니까?"

당황한 마음을 진정시키며 어떻게 된 것이냐 재차 묻자 에드가 그녀가 없는 사이 벌어진 일을 설명해 주었다.

"아까 토니가 우리 방에 왔다 갔거든. 뭣 때문에 왔다고 하더라? 흐음. 까먹었는데, 별일은 아니었어. 여하튼 방에 못 들어오게 하려고 했는데, 토니가 아주 기가 막힌 개코인지 그 조금 열어 둔 문 틈새로 술 냄새를 맡았나 보더라고."

그다음에 무슨 일이 벌어졌을지는 안 봐도 불 보듯 뻔한 일이었다.

토니는 노발대발하며 에드에게 방에서 술을 마신 것이냐고 따지고 들었을 터고, 에드는 그런 적이 없다며 오리발을 내밀었으리라.

에드의 능청스러움에 격분한 토니가 한 손으로 침대를 격파하여 너덜너덜해진 그것을 방 밖으로 가져가는 모습이 생생하게 눈앞에서 그려졌다.

결국 이렇게 들켜버릴 거면 그간 내 고생은 뭐였나.

한숨을 쉬면서도 디엘은 내심 안심하였다.

이제 이로써 에드와 한 침대에서 잘 필요가 전혀 없을 거라는 생각에서였다.

"그럼 당신의 새 침대는 언제쯤 배급되는 겁니까?"

적어도 내일까지는 올 거라는 대답을 기대하며 디엘이 물은 질문에 에드가 어깨를 으쓱하였다.

"안 해 준다던데."

"……네?"

잘못 들었나 싶어서 디엘이 다시 묻자 에드가 같은 대답을 되풀이하였다.

"안 해 준대. 너 같은 놈은 추운 바닥에서 처 자다가 얼어 뒈지라고 덕담을 퍼부어 주고 가던데."

"……."

머리가 지끈지끈 아파 오는 기분에 디엘이 느리게 눈을 깜빡였다.

생각해 보면 토니가 에드에게 순순히 새 침대를 줄 리가 없었다.

에드라면 자다가도 벌떡 일어나서 이를 가는 사람이 아니던가.

속으로 한숨을 삼킨 디엘이 에드를 향해 물었다.

"그럼 이제 어쩔 겁니까?"

"응? 뭐가?"

에드는 디엘이 무엇을 묻는지 모르겠다는 얼굴로 고개를 갸우뚱하였다.

어린아이나 할 법한 행동이지만, 에드가 하는 건 이상하게도 위화감이 없었다.

귀엽다기보다는 능청맞아 보이는 모습이었지만.

"당신 말입니다. 침대 없이 앞으로 어떻게 생활할 생각입니까?"

"똑같지."

똑같다고? 무엇이?

디엘이 천천히 눈을 깜빡이는 사이, 에드가 얼른 디엘의 침대 위에 올라갔다.

"여기서 자면 되잖아. 어제도 그랬고, 그제도 그랬던 것처럼 내일도 그리고, 모레도 그래야지."

옆으로 누운 에드가 히죽 웃더니 손으로 얼굴을 괴었다.

제 침대처럼 편히 누운 모습은 뻔뻔 그 자체였다.

디엘은 사람이 너무 기가 막히면 아무 말이 나오지 않는다는 걸 깨달았다.

마치 접착제라도 바른 것처럼 딱 달라붙은 입이 열리질 않았다.

"……왜 그렇게, 내가……"

에드라는 남자를 상대로 상식적인 대화를 시도하는 게 얼마나 의미가 없는 것인지는 이미 잘 알고 있었다.

디엘은 의미 없는 말을 몇 마디 꺼내 보려다가 헛된 시도를 포기하고, 한숨을 내쉬었다.

지금 이 상황에서 문제를 원만하게 해결할 수 있는 방법은 딱 하나뿐이었다.

"알겠습니다, 에드. 그럼 당신의 침대는 내가 사도록 하겠습니다. 내일이라도 당장 사람을 시켜 기숙사로 침대를 반입할 수 있게 손을 쓰죠."

이거라면 더는 불편한 밤을 보내지 않아도 되겠지.

아무리 생각해도 이보다 합리적이고 논리적이며 완벽한 해결 방법은 없을 것 같았다.

하지만 디엘이 자신만만하게 한 제안에 에드는 단호한 목소리로 답했다.

"싫어."

에드는 침대의 빈 공간을 탁탁 내리쳤다.

"돈 아깝게 뭐하러 그래. 그냥 같이 자자고, 주인님."

디엘은 기가 막힌다는 얼굴로 항의하였다.

"나 돈 많습니다."

대부분은 왕실의 관리하에 있는 것이긴 하나 자르타 왕가의 손을 타지 않은 개인 재산 역시 보유하고 있었다.

아무리 디엘이 바바라의 꼭두각시처럼 살았다고 해서 그 정도 비상금은 마련 못 할 정도로 무능하진 않았다.

모르아로 오기 전까지 디엘이 아무도 모르게 준비했던 것은, 제 개인 재산을 더욱 불리고 은닉하는 일이었다.

바바라의 손조차 타지 않고, 성 밖으로 빼돌려 둔 재산은 먼 타국에서 저택 한 채 정도는 마련할 수 있는 수준이었다.

물론 집만 있다고 해서 먹고 살 수 있는 건 아니니, 따로 일은 해야겠지만.

어쨌든 디엘은 그 돈이라도 써서 에드에게 새 침대를 안겨 줄 생각이었다.

그러나 정작 본인은 한사코 그 호의를 거부하였다.

"누가 그걸 몰라? 돈은 있다가도 없는 법이라고. 아껴 써야지. 혹시 모를 때를 대비해서."

마치 디엘이 처한 사정을 알기라도 하는 것 같은 말에 디엘이 내심 뜨끔하였다.

"……당신이 웬일로 옳은 말을 다 하는군요."

"나야 언제나 옳은 말만 하는 남자잖아."

옳은 말을 하는 사람이 다 어디 가서 죽었나 보다 생각하며 디엘은 천천히 걸음을 옮겼다.

침대로부터 조금 떨어져 있는 의자에 걸터앉은 후, 그녀는 지긋한 눈으로 에드를 바라보았다.

침대에 누워 있는 에드가 저를 향해 장난스럽게 눈을 찡긋거렸다.

이제는 그의 돌발 행동이며 지나치게 잦은 스킨십에 익숙했기에 디엘은 그의 윙크를 옆으로 밀어내는 시늉을 하였다.

"정 그러면 그 침대는 당신이 쓰도록 해요, 에드. 내가 바닥에서 자도록 하겠습니다."

한 번도 해 본 적이 없지만, 바닥에서 자는 게 뭐 그리 대수냐고 생각하며 디엘이 말했다.

바닥에는 푹신한 카펫도 깔려 있으니 담요와 베개만 구해 오면 될 터였다.

그러나 디엘의 말을 들은 에드가 눈을 휘둥그레 뜨더니 곧 크게 웃음을 터트렸다.

"뭐? 네가? 하하하."

손을 아래로 내린 에드가 얼굴을 시트 위에 묻었다.

그의 어깨가 들썩거리는 것을 본 디엘이 눈썹을 까닥거렸다.

"뭐가 그리 웃깁니까, 에드. 나는 진지하게……"

디엘이 미처 말을 다 끝내기도 전에 그녀의 몸이 허공 위로 붕 떠올라 있었다.

어라, 하는 순간 몸이 푹신하고 따뜻한 곳에 반듯이 눕혀져 있었다. 디엘은 한순간에 저를 침대 위로 데리고 올라온 남자를 노려보았다.

"에드. 이게 뭐하는 짓입니까."

그녀가 불만을 표하거나 말거나 에드는 디엘의 몸을 반듯하고 편안하게 고쳐 주느라 여념이 없었다.

그는 디엘의 몸 위로 이불을 잘 덮어 준 후, 다시 턱을 괴었다.

"같은 남자끼리인데 침대 좀 같이 쓰는 게 뭐 어때서."

"무신경한 말을 좀 삼가십시오. 아무리 동성이더라도 침대 같은 사적인 영역을 공유하는 것은―"

"나랑 같이 자는 게 불편해?"

계속 뻔뻔하게 굴어 댄다면 기꺼이 그를 밀어낼 수 있을 것 같았다. 하지만 에드는 교활하였다.

"그렇게 싫어?"

"……."

디엘은 지금 제 얼굴 위의 남자가 일부러 슬픈 표정을 가장하고 있다는 걸 알았다. 분명 알고 있었다.

그런데도 싫다는 말 한 마디를 할 수가 없었다.

디엘은 자신이 제 생각보다 멍청한 게 틀림없다고 생각하였다.

그렇지 않고서야 저 얼굴에 이렇게 마음이 약해질 리가 없었다.

"……그냥 불편할 뿐입니다."

최대한 다른 이에게 상처가 되지 않을 말을 고르고 고르다 보니 나온 말은 그 한 마디였다.

철거머리 같은 남자를 격퇴하기에는 지나치게 강도가 약했다.

아니나 다를까.

"불편해? 나 잠버릇 안 고약하잖아."

에드가 이해할 수 없다는 얼굴로 고개를 갸웃거리며 한 말에 디엘은 저도 모르게 버럭 소리를 지를 뻔하였다.

그녀는 최대한 이성적인 태도를 유지하기 위해 노력하며 입을 열었다.

"……어젯밤."

"어젯밤?"

"당신은 옷을 전부 벗은 채로 나를 끌어안고 자지 않았습니까. 충분히 고약한 잠버릇입니다."

요 며칠간 잠을 설치던 디엘이었지만, 어젯밤은 정말로 단 한숨도 잠을 잘 수 없었다.

평소보다 제 몸에 닿는 살갗이 더 생생하다 느껴 돌아보니 홀딱 벗은 채로 침대 속에 파고들어 온 에드의 모습이 보였다.

기겁하여 그를 침대 밖으로 밀어내려고 하였으나, 잠에 취한 것인지 아니면 일부러인지 에드는 오히려 디엘을 정면에서 꼭 끌어안았다.

온몸을 흔들며 저항하고, 큰 소리를 내도 소용이 없었다.

지난밤 내내 디엘은 규칙적인 심장 소리와 남성의 것치고는 좋은 향에 둘러싸여 뜬눈으로 밤을 지새웠다.

동이 틀 무렵 얼핏 얕은 잠에 들었다가 깬 것이 약 20분. 그게 바로 오늘의 총 수면 시간이었다.

"옷 꼭꼭 챙겨 입을게. 그럼 괜찮지?"

이 문제가 그리 간단한 것이 아니라고 반론하려던 디엘의 몸 위로 에드가 손을 올려 가볍게 토닥거렸다.

마치 잠이 고파 칭얼거리는 아이를 잠재우는 보모 같은 손놀림이었다.

"……지금 뭐하는 겁니까?"

이 남자는 날 무슨 8세 아동으로 알고 있는 건가.

디엘이 눈을 매섭게 치켜뜨고 노려보자 에드가 웃으면서 긴 손가락으로 그녀의 눈초리를 아래로 슬그머니 내려 주었다.

"시험해 보자고. 내가 정말 얌전히 잘 수 있는지."

"그래서 지금 같이 자자는 겁니까?"

"어차피 밤에 나가려면 지금 자 둬야 해."

오늘 같이 나가기로 한 걸 잊었냐면 에드가 어깨를 으쓱하였다.

"저녁 식사 시간 때까지 충분히 낮잠을 자고, 일어나면 조금 빈둥대다가 바로 아카데미 밖으로 나가자. 여기서 레글로까지 가는 데 한 10분 정도는 걸리니까, 22시까지는 나가는 게 좋을 거야."

오늘은 에드와 함께 레글로에 가기로 약속한 날이었다.

유진과의 저녁 약속을 거절했던 이유도 바로 그 때문이었다.

레글로에 가기 위해서는 기숙사의 규율을 어겨야 한다는 큰 문제가 있었으나 최근 사라지고 있는 유물에 대한 소식을 얻기 위해서는 반드시 그곳을 찾아야만 했다.

게다가 어쩌면 저주에 대한 단서를 가진 정보 상인이 레글로에 있을지도 모르는 노릇이었다.

정보 상인이 모이는 공간이란 건, 마치 갯벌 같은 것이라 생각지도 못한 수확을 건질 수도 있었다.

"그곳에서 딱 1시간 정도만 있다가 돌아오면 순찰 도는 경비원이 교대 근무시간이라 딱히 사람 눈에 띌 걱정도 없고."

미리 계산해 두었던 것처럼 에드의 계획은 완벽했다.

동시에 그동안 그가 얼마나 아카데미 밖으로 뺀질나게 드나들었나를 알려 주는 말이기도 하였다.

"그러니까 그때까지는 푹 쉬어서 밤중에 움직일 체력을 비축해 두자고."

원래대로라면 내일 배울 강의 내용을 예습할 생각이었지만—

"……합리적인 계획 같군요."

총 수면 시간이 20분이었던 디엘은 전신으로 퍼지는 노곤함에 눈을 가물거렸다.

　에드는 여전히 디엘의 배를 토닥이고 있었다.

　하르파스라 불리며 두려움의 대상인 남자라고는 믿기지 않을 정도로 다정하고 부드러운 손놀림이었다.

　'아주 어릴 때, 레아가 이렇게 잠을 재워 주고는 했는데.'

　디엘은 제 어린 시절을 떠올렸다.

　그녀는 혼자 자는 것도, 어둠도 무서워하지 않는 용감한 아이었지만 외로움은 알았다.

　레아는 그런 디엘을 위해 따뜻하게 데운 코코아 한 잔과 두 곡의 자장가를 준비해 주고는 하였다.

　그때와 같은 안도감이 디엘의 눈을 점점 무겁게 만들었다.

　이상한 일이었다.

　몇 주 전까지는 생판 모르던 남이었고, 알고 난 후에는 못 믿을 남자라고 생각했건만 지금은 그의 앞에서 잠들 수가 있었다.

　에드는 무슨 생각을 하는지 알 수 없고, 여전히 그 정체를 알 수 없었지만 적어도 한 가지는 확신할 수 있었다.

　이 남자는 저를 해치지 않을 것이다.

　"맞아, 합리적이지. 그러니까 안심하고 잠들어도 좋아."

　내가 네 옆에 있으니까.

　귓가에 닿는 속삭임이 마치 로비나에서 익히 들었던 자장가 같았다.

　역시나, 이 남자는 나를 해할 수 없다.

믿음이 안도감을 주었다.

디엘이 무겁고 느리게 눈을 감았다가 떴다. 그 속도가 차츰 느려졌다.

잠을 제대로 취하지 못해 둔해진 머리는 이 상황에 대해 그 어떤 의문도 갖지 않았다.

"좋은 꿈 꿔, 주인님."

입맞춤 하듯 나직한 속삭임이 귓가에 닿았다.

당신도, 에드.

불분명한 발음으로 중얼거린 디엘이 천천히 잠에 빠졌다.

꿈도 꾸지 않을 정도로 깊은 잠이었다.

Chapter 16

우정과 애정 사이

'……역시 사람은 잠을 충분히 자야해.'

침대에서 눈을 뜬 디엘은 잠들기 전과는 비교가 되지 않을 만큼 가벼워진 몸에 기분이 좋아졌다.

하지만 동시에 등골이 서늘하기도 하였다.

잠이 든 사이에 제 몸이 다시 여자의 것으로 돌아와 있다는 것을 깨달았기 때문이었다.

그나마 다행인 것은 에드 역시 깊은 잠에 빠져 있다는 점이었다.

그는 디엘이 욕실로 들어가 붕대를 동여매고 옷을 갈아입고 오는 동안에도 같은 자세 그대로 잠들어 있었다.

거칠게 에드를 흔들어 깨우는 데는 10분 정도가 소요되었다.

결국 두 사람이 아카데미를 빠져나간 것은 에드가 처음 말했던

22시를 5분 넘긴 시간이었다.

"정말 이 길로 가는 게 맞는 겁니까?"

기숙사의 후문으로부터 이어지는 큰길에서 디엘은 불안하게 주변을 두리번거렸다.

길에 규칙적으로 놓여 있는 가로등 덕에 길은 환했지만, 오히려 그 불빛이 신경 쓰였다.

나쁜 짓을 하고 있다는 긴장감이 더더욱 불안감을 가중시키고 있는 것 같았다.

"사람들 눈에 띄지 않는 그런 길로 가야하는 거 아닙니까?"

디엘의 말을 들은 에드는 영문을 모르겠다는 얼굴로 반문하였다.

"무슨 소리야? 우리가 무슨 나쁜 짓 하는 것도 아닌데, 왜 숨어서 다녀?"

아니, 지금 충분히 나쁜 짓을 하고 있는 게 아니란 말이야?

디엘은 무단 외출이라는 규율 위반을 저지르고도 양심의 가책을 조금도 느끼지 못하는 에드를 향해 복잡한 감정이 담긴 눈을 하였다.

물론 자신도 같은 일에 동참하고 있으니 그를 비난할 자격은 없었지만.

"걱정할 거 없어. 레글로는 모르아 아카데미 학생들이 가장 사랑하는 펍이라고. 아무 문제없다니까."

"우리가 나온 시간대가 낮이고, 지금이 휴일이라면 그렇겠죠."

"하지만 그때는 우리 주인님이 원하는 게 없겠지."

"······."

디엘은 입을 꾹 다물었다.

결국 이러니저러니 해도 오늘 에드가 규율을 어긴 건, 자신 때문이었다.

미안한 마음에 레글로까지 장소만 알려 주면 혼자 찾아가겠다는 말도 했으나 에드는 그것을 무시하였다.

또 길을 잃으면 어쩔 거냐는 말에 좀처럼 반박을 할 수가 없었다.

"여기서 세 블록만 더 가면 나오는 삼거리에서 왼쪽으로 돌면 돼."

에드는 친절하게 디엘에게 레글로까지 가는 길을 일러 주었다.

디엘은 머릿속에 그 설명을 단단히 외워 두었다.

혹시라도 다음에 또 레글로를 찾아야 한다면 그때는 혼자서도 갈 수 있도록 하기 위해서였다.

"다른 길로도 갈 수 있는 방법이 있긴 한데, 이 길로 가는 게 가장 가깝고 편하지. 자, 봐. 벌써 저기 간판이 보이잖아."

디엘은 고개를 들어 에드가 손으로 가리키는 곳을 보았다.

정말 그의 말대로 '레글로'라 커다랗게 적힌 나무 간판 하나가 보였다.

커다란 창문 사이에는 블라인드가 내려와 있었기에 얼핏 보기에는 영업시간이 끝난 가게 같았다.

정말 저기가 맞느냐고 묻기 전에 에드가 앞장서서 성큼성큼 걸어 나갔다.

그는 정문으로 들어가는 대신 건물 옆으로 디엘을 안내하였다.

직원이 쓰는 것으로 보이는 작은 문을 두 번 두들기자 문 건너편에서 퉁명스러운 목소리가 들려왔다.

"영업 끝나수다."

어라. 무언가가 잘못되었다는 생각에 디엘이 에드를 보자 그는 어깨를 으쓱한 후, 문을 향해 말했다.

"울새를 죽인 자를 찾으러 왔다."

울새가 뭐? 수수께끼 같은 말에 디엘이 고개를 갸웃하는 사이, 문 너머에서 잠금쇠를 해제하는 소리가 들려왔다.

곧 문이 열리는가 싶더니 덩치 좋은 남자가 에드와 디엘을 향해 고갯짓을 하였다.

에드가 먼저 안으로 들어서고, 디엘이 그 뒤를 따랐다.

"……이 시간대에는 암호가 있어야 통과할 수 있습니까?"

만일 그렇다면 다음에 또 오게 될 때를 대비해서 암호를 미리 기억해두어야 했다.

디엘이 속살거리며 물어본 말에 에드가 어깨를 으쓱하였다.

"아니."

"……."

그럼 방금 당신이 저 덩치 좋은 남자와 주고받은 이상한 대화는 대체 뭔데?

당황한 디엘의 마음을 읽기라도 한 것처럼 에드가 설명을 덧붙였다.

"영업 끝났다고 하면 좀 그럴싸해보이는 말을 한 마디 해주면 문

바로 열어줘. 문 지키는 형씨가 이런 장난치는 거 좋아하거든."

"……."

디엘은 문가에 있는 덩치 좋은 사내의 눈이 장난스럽게 반짝이는 걸 보고 한숨을 내쉬었다. 실없기는.

매캐한 담배 연기와 술 냄새가 코끝을 묵직하게 찔러 왔다.

디엘은 쓸데없이 주변을 두리번거리지 않고, 에드의 등만을 주시하였다.

이런 곳에서는 저를 힐끔거렸다는 이유만으로도 시비가 붙기 십상이었다.

쓸데없는 일은 피하는 게 상책이었다.

한참을 걷던 에드가 빈 테이블을 발견하고 그곳에 자리를 잡았다.

디엘이 맞은편에 앉자마자 가슴이 깊게 팬 옷을 입은 여자 종업원이 주문을 받으러 왔다.

"뭐로 하시겠어요?"

메뉴판도 없이 주문을 받는 모습에 디엘은 내심 당황하였다.

그에 반해 에드는 이미 익숙하다는 얼굴로 제 것과 디엘의 술까지 주문하였다.

"압생트 온 더 락으로, 그리고 복숭아 맥주 한 잔."

여자 종업원이 작은 메모지에 무어라 글씨를 적더니 그것을 테이블 위에 올려 두고 사라졌다.

디엘은 그 종이에 적힌 글씨가 무엇인지 해독해 보려다가 포기하였다.

펍 안은 디엘이 생각한 것보다도 훨씬 조용하였다.

테이블에는 2명 이하의 인원만이 자리를 잡고 앉아 있었고, 카운터 석에 앉은 이들은 띄엄띄엄 앉아 거리를 두고 있었다.

얼핏 보기에는 험상궂은 이보다는 평범한 인상의 사람들이 많았다.

"신기해?"

에드가 불쑥 건넨 말에 디엘은 흠칫하였다. 딴에는 티를 안 내고 주변을 관찰하려고 했는데, 에드 앞에서는 무의미한 일이었다.

"……정보 상인을 직접 본 일이 없어서."

"응. 그렇겠지. 생각한 것과 꽤 다르지?"

디엘이 무슨 생각을 하고 있는지 안다는 것처럼 히죽 웃은 에드가 턱을 괴었다.

"정보를 취급하는 사람의 가장 중요한 조건이지. 언제 어디서나 다른 사람 눈에 띄지 않을 것."

지나치게 존재감이 강한 사람은 주의를 끌기 때문에 조용한 활동이 불가능하였다.

막연하게 정보 상인이 토니처럼 우락부락하고 험상궂은 이들이 많을 거라 생각했던 디엘은 고개를 끄덕였다.

그사이, 양손에 컵을 하나씩 든 웨이트리스가 나타났다.

던지듯 획획 컵을 다루는 그녀의 손길은 난폭했지만, 신기하게도 컵에서는 단 한 방울의 술도 흐르지 않았다.

에드가 그녀를 향해 동전을 건네려고 하자, 디엘이 얼른 그것을 막았다.

"오늘은 내가 내겠습니다."

"뭐? 아니, 아니. 그건 아니지. 오늘은 우리 주인님이 처음으로 레글로에 온 날이니까, 그 기념으로 내가 한 잔 살게."

"그렇게 치면 저는 오늘 유물을 발견한 사례금을 받았으니, 제가 한 턱 내는 게 맞겠죠."

"아니지. 그런 중요한 돈이면—"

에드와 디엘이 옥신각신 다투기 시작하자 허리춤에 손을 얹고 있던 웨이트리스가 구둣발로 바닥을 딱딱 내려쳤다.

"이봐요. 귀여운 도련님들. 아무나 상관없으니, 빨리 계산 좀 끝내 줄래요?"

디엘은 얼른 짜증스러운 얼굴을 한 그녀에게 동전을 다섯 닢이나 건넸다.

나머지는 팁이라는 말에 그녀의 얼굴이 슬그머니 누그러졌다.

붉은 립스틱을 짙게 바른 입술로 농염한 미소를 지은 웨이트리스는 고개를 가볍게 까닥거리고 다시 사라졌다.

"음, 내 생각과는 좀 달라졌지만. 모처럼 우리 주인님이 사 주시는 술이니까 감사히 마실게."

머쓱하게 웃은 에드가 컵을 들어 올리며 감사를 표하였다.

"별말씀을. 제트의 저택에서 당신의 도움을 받은 것에 대한 감사일뿐입니다."

"응? 난 별로 한 것도 없는데. 그 검은 거울을 찾아낸 건, 순전히 네 실력이었잖아."

"그렇지는—"

"겸손할 필요 없어. 고대학에 대해 잘 알지도 못하는 상태에서 유물을 발견하는 사람이 어디 흔한 줄 알아? 사실 고대학과 학생이 적은 건 애초에 시험 합격자가 엄청 적기 때문이기도 하다고."

그러니까 자신을 가지라며 에드가 디엘을 격려하였다.

끝없이 이어지는 칭찬에 머쓱해진 디엘은 시선을 피하는 것처럼 옆으로 고개를 돌렸다.

그때, 문득 아까 전 술을 서빙해 주고 간 웨이트리스가 눈에 들어왔다.

그녀가 입고 있는 옷은 요염한 느낌을 주는 타이트한 원피스였는데, 뜻밖에도 신고 있는 구두는 굽이 낮은 메리제인 펌프스였다.

광택 없는 검은색에 둥근 코와 가느다란 끈이 달려 있는 모양새가 제법 세련된 느낌이었다.

심지어 구두 뒷부분에 포인트로 작은 리본이 달려 있어서 귀엽다는 인상도 주었다.

'저런 구두라면 레아도 일할 때 신을 수 있지 않을까?'

디엘이 다시 레아에게 줄 선물을 고심하느라 생각에 잠긴 사이, 에드가 픽 웃었다.

"이러니 저러니 해도 우리 주인님도 남자는 남자군."

"그게 무슨 소리입니까?"

불현듯 들려오는 소리에 디엘이 한쪽 눈썹을 꿈틀거렸다.

기분 탓이 아니라면 딱히 좋은 의도로 한 말은 아닌 것 같았다.

"저런 아가씨가 취향이구나 싶어서."

에드는 디엘이 방금 전까지 보고 있던 웨이트리스가 사라진 방향을 가리켰다.

디엘은 그제야 에드가 무슨 의도로 그런 말을 한 건지 이해할 수 있었다.

당황한 그녀는 서둘러 고개를 저었다.

"아닙니다. 에드. 내가 본 건 그녀의 구두입니다."

"구두?"

"네, 저런 구두라면 신고 움직여도 불편하지 않겠다 싶어서."

디엘은 자신의 말이 에드에게 어떤 오해를 불러일으킬지 생각하지 못하고, 말을 끝맺었다.

"흐음? 저런 구두가 취향이야? 괜찮네, 너랑 잘 어울릴 것 같아."

에드의 말에 그게 무슨 소리냐고 물으려던 디엘은 그제야 에드가 무슨 오해를 한 것인지 알아차렸다.

리본이 달린 여성용 메리 제인 힐이 나랑 어울려?

터무니없는 말에 디엘은 한숨을 쉬었다.

"……저건 여성용입니다."

"그게 무슨 상관이야? 네가 하고 싶은 대로 하면 그만이지."

"……."

머리를 크게 한 방 얻어맞은 얼굴로 디엘이 에드를 바라보았다.

단순한 말이었다.

어쩌면 에드는 늘 그래 왔던 것처럼 아무 생각 없이 한 말일지도 몰랐다.

하지만 디엘에게는 큰 의미로 다가오는 말이었다.

디엘은 딱히 저런 신발을 신고 싶은 것은 아니었다.

저주를 무사히 풀어서 여자의 몸을 되찾게 되더라도 저런 물건들과 저는 연이 없을 거라고도 생각하였다.

디엘이 바바라 때문에 잃은 것은 삶이었지, 단순히 불완전하게 변해 버린 몸이 아니었다.

잃었던 삶을 되찾는다고 해서 자신이 꼭 여성다운 모습으로 살아갈 필요는 없다고도 생각하였다.

그러니까 아름다운 장신구나 화려한 드레스, 아기자기한 것들을 가까이 할 일은 없을 것이다.

자신의 외모가 일반적으로 '아름답다'는 평을 받는 것과 이것은 별개의 문제였다.

디엘은 설령 여자로 돌아가도 아까 전 웨이트리스처럼 매력 넘치는 여성이 될 수는 없다고 생각했다.

그런데 에드는 너무나 쉽게 디엘의 마음속에 작은 파동을 일으켰다.

"……저와는 어울리지 않을 겁니다."

"아닐걸. 난 완전 좋을 거라고 생각하는데? 우리 주인님이라면 뭘 입든 근사하고, 뭘 신든 멋지겠지."

평소 같으면 예쁘다, 아름답다는 말만 달고 사는 남자가 이럴 때는 또 비겁했다. 근사하고, 멋지다니.

에드라면 틀림없이 디엘이 무엇을 하건 막무가내로 좋다고 칭찬해 줄 것만 같았다.

그런데 문제는 그게 듣기 싫지 않았다. 아니, 오히려 좋았다.

자신을 무조건적으로 긍정해주는 존재가 있다는 건 매우 행복한 기분이었다.

저를 성가시게 하는 것 이상으로 이런 점 역시 곤란한 남자였다.

에드의 지긋한 시선이 불편해진 디엘은 슬그머니 시선을 돌리며 입을 열었다.

"……애초에 남자가 여성용 신발을 착용하는 것은 이상한 일이라고 생각합니다."

"전혀? 내가 보기에는 남의 시선 때문에 내 마음대로 하고 싶은 걸 참는 게 더 이상해."

"당신은 한 번도 하고 싶은 걸 참아본 적이 없을 것 같군요."

"응. 그걸 왜 참아? 참고 살다가 화병으로 죽을 일 있어?"

"……."

이 남자는 자신 때문에 화병으로 죽을 것 같은 사람 생각은 안 하는 게 분명했다.

디엘은 제롬 교수와 토니, 그리고 몇몇 다른 인물의 얼굴을 떠올리다가 한숨을 쉬었다.

에드의 자유분방함을 부럽다고 생각하는 한편, 이 정도로 심해서는 안 된다고 깨닫기도 하였다.

그런 의미에서 그는 좋은 반면교사였다.

"한 번 사는 인생인데, 남 눈치만 보면서 살면 무슨 소용이야. 그들이 내 인생을 책임져 주는 것도 아닌데."

에드가 술이 담긴 컵을 들어 올렸다.

"그러니까 건배하자고, 주인님."

"……건배."

컵을 부딪힌 후, 디엘은 잔에 담긴 맥주를 입 안으로 흘려보냈다.

탄산음료처럼 톡 쏘는 청량감이 입 안에 가득 퍼지는가 싶더니 향긋한 복숭아 냄새가 감돌았다.

모르아 학생들이 이 펍을 좋아하는 이유를 알 것만 같았다.

도수가 그리 높지 않은데다가 과일 맛이 강해서 그런지 술이라기보다는 음료 같은 느낌이었다.

이거라면 저번처럼 갑자기 술기운이 올라 고생할 일은 없을 것 같았다.

디엘이 만족스레 재차 컵을 입에 가져다 대던 순간이었다.

무심코 돌린 시선 끝에 아주 커다란 체구의 남자가 한 명 보였다.

떡 벌어진 어깨와 눈가에 난 긴 흉터.

이곳에 오던 날 역에서 본 적이 있는 남자였다. 존 스미스와 함께 있던 바로 그 남자.

혹시나 싶어 그 옆을 살피니 키가 큰 남자가 보였다.

"존 스미스."

"뭐?"

디엘은 소리를 내어 답해 주는 대신 고개를 살짝 돌려 존 스미스와 그의 일행이 있는 방향을 가리켰다.

무언가 심상치 않은 것을 감지하였는지 에드 역시 입을 다물고 조용히 시선을 돌렸다.

디엘이 보고 있던 이들을 눈으로 확인한 에드가 재차 설명을 요구하는 것 같은 눈빛을 보냈다.

디엘은 짧게 그에게 기차에서 있었던 해프닝에 대해 설명하였다.

"……저 흉터가 있는 남자의 얼굴이 이상하게 어디서 본 것 같아 신경이 쓰입니다."

설명을 끝까지 들은 에드가 다시 한 번 그 남자가 있는 방향을 힐끔 보았다.

그리고 이상하다는 얼굴로 고개를 갸웃하였다.

"흐음? 흐음, 흐음."

"왜 그럽니까, 에드?"

"아니, 이상하게 나도 저 얼굴을 어디서 본 것 같다는 생각이 들어서."

에드의 대답이 뜻밖이었기에 디엘은 그를 따라 다시 고개를 돌렸다.

시선 끝에 있는 험상궂은 남자의 얼굴은 빈말로라도 정겨운 이웃 같지는 않았다.

대체 저 남자를 내가 어디서 본 걸까? 그리고 또 에드는 언제—

"아."

한참 깊은 생각에 잠겨 있던 디엘은 에드가 낸 소리에 퍼뜩 정신을 차렸다.

무언가 떠올랐다는 얼굴을 에드가 테이블에서 제 술잔과 디엘의 것을 챙기더니 자리에서 몸을 일으켰다.

"에드?"

왜 그러나 싶어 그의 이름을 부르자 에드가 고개를 까닥거렸다.

그것이 저를 따라오라는 신호라는 걸 깨달은 디엘은 조심스레 에드의 뒤를 따랐다.

마침 옆자리에 있던 이들이 일어나고 있는 터라 그들 사이에 섞여 움직일 수가 있었다.

에드는 존 스미스와 험상궂은 남자가 있는 바로 뒤까지 이동하다니 빈자리에 다시 자리를 잡고 앉았다.

맞은편에 앉은 디엘은 에드가 제 앞으로 밀어 준 맥주잔의 손잡이를 만지작거렸다.

"그래서 그 정보는 진짜 믿을 수 있는 건가?"

험상궂은 남자는 머리가 덥수룩한 어느 남자에게 무언가를 물어보고 있었다.

아무래도 정보를 사고 있는 모양이었다.

디엘은 숨을 죽이고 최대한 태연한 얼굴로 대화를 엿들었다.

"그렇다니까. 일반적으로 모르아에 업자가 드나드는 요일은 수요일과 금요일 이틀뿐이긴 하지만, 달에 한 번 세 번째 주 목요일에도 전용구가 열려. 카리스 학장의 개인 소장품을 반입하기 위해서지."

모르아? 카리스 학장?

친숙한 단어에 깜짝 놀란 디엘은 저도 모르게 고개를 획 돌릴 뻔하였다.

에드가 제 손을 꼭 붙잡지만 않았다면 틀림없이 실수를 저질렀을 터였다.

디엘의 눈을 마주한 에드는 고개를 작게 젓더니 손가락을 세워 입가에 대었다.

디엘은 쿵쾅거리는 심장을 진정시키려고 노력하며 맥주를 한 모금 들이켰다.

"모르아에서 보관 중인 유물 리스트는?"

남자의 물음이 끝나자 부스럭거리는 소리가 들려왔다.

"여기."

뒤를 이어 여러 가지 소음이 귀를 파고들었다.

종잇장이 팔랑거리는 소리는 남자가 정보 상인에게 받은 리스트를 확인하느라 나는 소리 같았고, 덜컹거리는 무언가가 바닥에 놓이는 소리는 정보 상인에게 보수를 건네는 소리 같았다.

디엘은 제 손 위로 손을 올려 둔 에드가 시큰둥한 얼굴로 술을 마시고 있는 모습을 힐끔거렸다.

놀라움에 가슴이 터질 것 같은 자신과 달리 에드는 평소와 같은 태연한 모습이었다.

"다른 필요한 건?"

"지금은 없어. 또 연락하지."

거래를 마친 것인지 남자가 자리를 떠나려는 기척이 느껴졌다.

디엘이 저도 모르게 움찔거리며 따라 일어서려고 하자 에드가 재차 디엘의 손을 꾹 쥐었다.

그사이, 존 스미스와 남자가 뒷문으로 향하는 모습이 보였다.

그들의 모습이 시야에서 완전히 사라질 때까지도 에드는 서두르지 않았다.

디엘 역시 당장에라도 자리를 박차고 일어서고 싶은 마음을 억누를 수밖에 없었다.

이러다가 정말 저들을 놓치면 어쩌나 하는 걱정을 감출 수 없을 때쯤, 에드가 잔에 담긴 술을 단숨에 털어 넣더니 자리에서 일어섰다.

이제야 저들을 쫓을 수 있겠구나.

반가움에 디엘이 에드를 따라 벌떡 일어서자 그는 뜻밖에도 존 스미스 일행이 나간 곳과는 다른 방향으로 향하였다.

"에드?"

디엘의 부름에도 에드는 아무 대답을 하지 않았다.

이곳의 구조를 잘 알지 못하는 디엘은 어쩔 수 없이 그의 뒤를 따를 수밖에 없었다.

하지만 그가 향한 것은 2층으로 이어지는 계단이었기에 디엘은 당황하였다.

성큼성큼 층계를 오른 에드가 복도에서 손짓을 하였다.

"에드, 왜―"

그녀가 미처 말을 다 끝내기도 전에 에드가 방문 중 하나를 열더니 그 안으로 디엘을 밀어 넣었다.

"잠깐, 에드! 이게 뭐하는―"

"쉿."

조용히 하라는 것처럼 디엘의 입을 커다란 손바닥으로 꾹 감싼 에드가 반대쪽 손으로 창문을 가리켜보였다.

그게 무엇을 의미하는 것인지 알 수 없어 디엘이 천천히 눈을 깜빡이자, 에드는 손을 떼어 내고, 창가로 다가가서 문을 열었다.

차가운 밤공기가 안 그래도 서늘하던 방 안 온도를 더더욱 떨어트려 놓았다.

그는 그대로 창틀 위로 몸을 돌리더니 저를 따라오라는 것처럼 손을 까닥하였다.

"……."

아무 설명도 없이 저 혼자만 행동하는 그에게 다소 부아가 치밀었지만, 적어도 아무 생각 없이 움직이는 것 같지는 않았다.

기숙사로 돌아가서 두고 보자고 생각하며 디엘은 창가로 다가섰다.

창문 밖에는 지붕이 걸쳐져 있었는데, 그 옆으로 지붕과 지붕을 잇는 옆막이 장선(Header Joist)이 보였다. 얼핏 보기에는 그리 넓지 않아 보였다.

설마 지금 저기로 가겠다는 건가?

디엘이 당황하여 에드를 힐끔 보았다.

어느 틈엔가 그는 창틀을 넘어 가볍게 지붕 위로 올라서 있었다. 베테랑 서커스 단원이 울고 갈 만큼 경쾌한 몸놀림이었다.

담을 넘어본 적은 있어도 지붕 위에 올라가 본 적이 없는 디엘은 곧바로 그를 따라가지 못하고, 잠시 멈칫하였다.

그러나 머뭇거리다가 헛되게 시간을 낭비할 수는 없었다.

그녀가 조심스레 창틀을 넘어 지붕 위에 발을 내디딘 순간.

"대장. 이 목록에 정말 우리가 찾는 게 있는 겁니까?"

아래쪽에서 누군가의 말이 들려왔다. 아까 전 편 안에서 들었던 험상궂은 남자의 목소리였다.

그 뒤를 이어 낯선 목소리가 들려왔다.

"확신할 순 없다. 하지만 14번째 줄에 있는 '아에스 퀴프리움(Aes Cyprium)'은 제법 의심스럽군."

이게 존 스미스의 목소리인가.

디엘이 놀란 얼굴로 에드를 보자 씩 웃은 그가 작게 속삭였다.

"이쪽으로."

앞장 선 에드가 경사가 낮은 지붕 쪽으로 향하였다.

도중마다 발코니가 붙어 있어서 몸을 숨기며 이동하기에는 제격인 길이었다.

디엘이 에드를 따라 그곳으로 움직이는 동안, 아래쪽에서는 존 스미스와 그의 부하가 걸음을 옮기고 있었다.

"어쩌면 모르아에도 그 '돌'은 없을지도 모릅니다. 이제까지 한 번도 그걸 봤다는 자가 없지 않습니까."

"하지만 그곳이 아니면 그 어디에도 없을 거다. 그건 이 세상을 멸망시킬 수 있을 정도로 강력한 물건이니까."

세상을 멸망시켜?

깜짝 놀란 디엘은 천천히 옮기던 걸음을 멈추고 에드를 보았다.

에드는 디엘처럼 놀란 얼굴을 하고 있지는 않았지만, 대신 차갑게 가라앉은 눈을 하고 있었다.

"그런 물건을 너구리같은 그 늙은이가 보관할 리가 없지. 바인, 그 영감은 절대 제가 손해 보는 짓을 하지 않아. '돌'은 틀림없이 아카데미에 있을 거다."

대화를 이어 가는 존 스미스의 목소리는 낮고, 묵직하였다.

그것만으로도 그가 범상치 않은 인물이라는 생각이 들었다.

바인이라 불린 사내가 공손한 목소리로 대답하였다.

"알겠습니다. 그럼 빠르게 준비를 해야겠군요. 마침 셋째 주 목요일까지는 얼마 남지 않았으니 바로 움직이겠습니다."

"음."

어딘가에서 달가닥거리며 마차가 움직이는 소리가 들려왔다. 존 스미스와 바인은 더는 아무 말을 하지 않았다.

디엘이 조심스레 고개를 내밀어 아래를 살피니 마차에 올라타는 존 스미스의 뒷모습이 보였다.

제 보스가 마차에 올라타는 것을 본 바인이 주변을 경계하듯 둘러보고 있었다.

디엘은 그와 눈이 마주치기 전에 얼른 몸을 뒤로 뺐다.

조용한 거리에서 마차가 느리게 움직이는 소리가 이어졌다.

디엘과 에드는 그 소리가 완전히 사라질 때까지 아무 말을 하지 않았다.

"……이제 간 것 같군요."

주변의 기척을 감지해 보던 디엘이 조심스레 입을 열자 에드가 고개를 끄덕였다.

"응, 사라졌어."

그는 아직도 마차가 사라진 방향을 바라보고 있었다.

옆에서 보는 붉은 눈이 평소와는 다른 의미로 매서웠다.

디엘은 에드의 옆에서 나란히 서서 그가 보는 것과 같은 방향을 보았다.

"에드. 방금 대화에 대해 어떻게 생각합니까?"

"수상한 무리가 우리 아카데미에 쳐들어올 계획을 세우고 있네."

깔끔한 정리였다.

에드의 말대로 존 스미스와 바인이 모르아에 잠입하려는 계획을 세우고 있는 것은 분명하였다.

그리고 그들이 모르아에 있는 어떠한 물건을 노리고 있는 것도.

지금처럼 아무 단서가 없는 상황이라면 그 물건이 무엇인지 짐작할 수 없었겠지만, 디엘에게는 떠오르는 예상이 하나 있었다.

"저들이 말하는 '돌'은 고대 유물일 가능성이 크겠군요."

세상을 멸망시킬 수 있을 정도로 강력한 돌이라니.

고대 유물 외에는 절대 있을 수 없는 말이었다.

에드 역시 디엘에게 동의하였다.

"맞아, 그것도 아주 강력한 힘을 가진."

"모르아에 그런 물건이 있습니까?"

"모르아에서는 없는 걸 찾는 게 더 빠르겠지."

철제난간에 기댄 에드가 몸을 빙글 돌려 디엘을 마주 보았다.

때마침 불어온 바람이 그의 머리칼을 흐트러트렸다.

멀리 떨어진 가로등의 불빛이 희미하게 그를 비추고 있었다.

불빛을 등진 그의 얼굴에서는 웃음기가 보이질 않았다. 드문 일이었다.

"존 스미스라는 저 남자가 너와 같은 기차를 타고 이곳으로 왔다고 했지?"

디엘이 고개를 끄덕이자 에드가 한쪽 눈썹을 까딱거리며 미간을 찌푸렸다.

"그렇다는 건…… 시기는 조금 맞지 않는군."

시기? 어리둥절한 얼굴로 디엘이 물음을 던졌다.

"저자의 정체에 대해 짐작 가는 게 있습니까?"

"존 스미스는 모르겠지만, 바인이라는 남자라면."

"어떤 자입니까?"

"꽤 유명한 지명 수배범이야. 최근에는 유물 도난 사건의 범죄에 연루되었다는 의혹 또 한 받고 있지."

"지명수배…… 아!"

디엘은 그제야 자신이 바인을 보며 느꼈던 익숙함의 정체를 알아차렸다.

로비나에서 왕에게 모르아 유학을 허락받으러 간 날.

왕이 보고 있던 종이 뭉치 중에서는 여러 사람의 초상화가 그려진 것들이 있었다.

분명 그 초상화 중에는 바인의 얼굴도 있었다.

디엘이 곧바로 그 사실을 떠올리지 못했던 것은 그 그림을 아주 짧은 순간에 스치듯 보았기 때문이었다.

"그럼 지금 세계 곳곳에서 유물을 훔치는 범죄가 발생하는 게 저들의 소행일 수도 있겠군요."

"속단은 금물이지만, 가능성이 아주 없지는 않지."

생각보다 신중한 모습을 보이며 에드는 뒤로 고개를 젖혔다.

그가 어떤 표정을 하고 있는지 알 수가 없었다.

"강력한 힘을 가진 고대 유물과 그것을 노리는 자들이라."

에드가 중얼거린 소리에 디엘도 잠시 생각에 잠겼다.

그들의 목적은 대체 뭘까? 설마하니 삼류 소설에 나오는 악당들처럼 세계 정복 같은 걸 꿈꾸고 있는 걸까.

머릿속에 떠오르는 생각은 많으나 정답이라 결론 내릴 수 있는 것은 아무것도 없었다.

"……돌아가면 당장 아카데미 측— 아니, 샤칼 교수님에게 알려야겠습니다."

지금 상황에서 자신이 할 수 있는 최선의 선택이었다.

하지만 에드는 디엘의 말을 부정하고 나섰다.

"아니, 안 돼."

"어째서입니까?"

당황한 디엘이 되묻자 에드가 다시 고개를 내려 물끄러미 그녀의 얼굴을 바라보았다.

"그런 정보를 어떻게 알았냐고 하면 뭐라고 설명하게? 우리가 무단 외출을 해서 간 펍에서 수상한 놈들이 나누는 대화를 엿듣다 보니, 그놈들이 아카데미에 침입해서 귀중한 유물을 훔쳐 갈 계획을 세우고 있다는 걸 알았습니다? 그걸 들은 샤칼 교수나 아카데미 관계자가 뭐라고 할 것 같아?"

"……."

듣고 보니 규율을 어긴 건 둘째 치고, 신빙성이 상당히 떨어지는 말이라는 생각이 들었다.

입술을 꾹 깨문 디엘이 말했다.

"하지만 그렇다고—"

"카리스 학장에게 알려야지. 그 누구를 통하는 것보다도 정확하고 빠르게 일을 처리할 테니까."

"학장님께?"

분명 에드의 말대로 이 일은 학장에게 알리는 것이 가장 좋은 방법이었다.

그러면 에드와 디엘이 규율을 어긴 것은 슬그머니 눈을 감아 줄 가능성도 컸다.

하지만 문제는 그가 평소에 아카데미를 비우는 일이 잦다는 점이었다.

'만일 그를 만나지 못해서 제 때를 맞추지 못한다면 어쩌지?'

디엘이 걱정에 잠겨 있는 것을 알아차린 에드가 픽 웃더니 난간에서 몸을 떼어 내어 그녀에게 가까이 다가왔다.

"내가 그에게 알릴게. 걱정하지 마, 주인님."

"......"

디엘은 자신만만한 얼굴을 한 에드를 물끄러미 보았다.

무슨 생각을 하는지 알 수 없는 붉은 눈동자가 지긋하게 저를 향하고 있었다.

언제보아도 보고 있으면 마치 빨려 들어갈 것 같이 아름다운 눈이었다.

그 아름다운 눈을 가진 남자가 물었다.

"못 믿겠어?"

슬퍼 보이는 얼굴은 아니었다. 풀이 죽은 목소리도 아니었다. 그저 순수하게 디엘의 대답을 궁금해하는 것 같았다.

디엘은 천천히 고개를 저었다.

"당신을 믿습니다."

내심 기대했던 대답이었을 텐데도 에드는 깜짝 놀란 표정을 하였다.

간만에 보는 연기나 과장이 아닌 진짜 얼굴이었다.

"왜 그렇게 놀랍니까? 내가 무슨 이상한 말이라도 한 겁니까?"

"……아니, 하하. 얼마 전까지만 해도 절대 나와는 친구가 될 리 없다고 생각했던 우리 주인님이 이제는 나를 믿는다고 하니까 재미 있어서."

고개를 옆으로 기울이며 웃고 있는 모습이 마치 천진난만한 아이 같았다.

디엘은 에드가 이런 얼굴을 자주 보여 준다면 조금 더 그와 친하게 지낼 수 있을 것 같다 생각하며 입을 열었다.

"에드. 당신은 기분 내키는 대로 행동하고, 거짓말은 밥 먹듯이 하며, 제멋대로이고 남 생각은 전혀 하지 않는 남자입니다."

"잠깐, 그건 암만 그래도 말이 너무 심ㅡ"

"하지만 자신이 좋아하는 것에 해가 되는 일을 하지 않을 거라 생각합니다."

"……."

허를 찔린 사람처럼 에드의 얼굴이 굳어졌다.

그 모습을 보고 있자니 조금 통쾌한 기분이 들었다.

디엘은 확신을 가지고 말을 이었다.

"그러니까 믿습니다. 당신은 모르아에서의 생활을 좋아하지 않습니까?"

에드가 도저히 인정하지 못하겠다는 얼굴로 반박하였다.

"······매일 땡땡이만 치고, 무단 외박도 하는데?"

"떠나지 않고, 아카데미에 머무르고 있잖습니까."

"피치 못할 사정 때문에 여기 있는 걸지도 모르잖아."

"한 번 사는 인생은 원하는 대로만 살겠다고 한 당신이? 있을 수 없는 일이군요."

지금 당신이 하는 말은 순 모순이라며 디엘이 밝게 웃었다.

에드가 눈을 커다랗게 떴다.

부드럽게 내려앉은 달빛이 웃고 있는 그녀의 모습에 몽환적인 아름다움을 더해 주고 있었다.

에드는 숨을 쉬는 것조차 잊은 사람처럼 디엘을 바라보고 있었다.

디엘은 앞으로 흘러내린 머리칼을 뒤로 쓸어 넘기며 말을 이었다.

"당신은 하겠다고 하면 반드시 그 약속을 지킬 겁니다. 그러니 걱정하지 않습니다. 이 일은 당신에게 전적으로 맡겨 두죠."

디엘의 말이 끝나고 한참이 지나도 에드에게서는 아무 반응이 없었다.

그는 그저 디엘을 뚫어져라 바라보며 어떠한 감정을 곱씹는 것 같은 얼굴을 할 뿐이었다.

"에드?"

그것이 이상하다 생각한 디엘이 그를 부르자 에드가 퍼뜩 제정신을 차린 것 같은 얼굴을 하였다.

"……내가 사람 보는 눈 하나는 기가 막히지."

그렇게 중얼거린 에드가 양손을 뻗어 디엘을 끌어안았다.

워낙 삽시간에 벌어진 일이라 놀랄 틈이 없었다.

디엘은 저를 단단히 끌어안은 품속에서 눈을 깜박이며 이게 대체 무슨 상황인지를 생각해 보았다.

맞닿은 가슴에서 누구의 것인지 모를 심장이 크게 뛰고 있었다.

아, 가슴─

당황한 디엘이 허둥지둥 몸을 뒤로 빼려는 찰나.

"이제 진짜 가져야겠어."

소곤거리는 것처럼 나지막한 목소리가 들려왔다.

무엇을?

그렇게 묻는 것처럼 디엘이 고개를 들어 올리자 아래를 내려다보고 있는 에드가 보였다.

다른 이들이 악마처럼 두려워하는 남자의 얼굴이 퍽 상냥하였다.

"갖고 싶은 거."

모양 좋은 입매가 부드럽게 휘는가 싶더니 무언가가 부드러운 것이 제 입술에 닿는 것이 느껴졌다.

스치듯 닿은 것이라 그 감촉이 어땠는지 제대로 느낄 겨를이 없었다.

그렇기에 그녀는 아주 한참이 지나서야 깨달았다.

에드가 자신의 입술에 입을 맞추었다는 사실을.

*　　*　　*

어떠한 사건으로 세상이 완전히 달라지는가 하면, 때로는 아무런 변화가 없을 때도 있었다.

디엘에게 있어서 얼마 전 있었던 일은 후자에 속하는 사건이었다.

물론 디엘 역시 그것을 그렇게 중요한 일이라고 생각하고 싶지 않았다.

기껏해야 에드와 입을 맞춘 것 따위―

"……닥터 제이와 내가 밖에서 대기 중이니, 응급 상황에서는……."

아니, 그건 입을 맞추었다고 말할 수도 없었다.

어릴 때, 레아가 종종 해 주던 굿나잇 키스와 크게 다를 바가 없는 수준이었으니까.

당연히 디엘은 그날 일을 전혀 마음에 담아 두지 않았다.

"또한 다들 자신의 파트너와는 떨어지지 않도록 신경 써서―"

그러니까 지금 그녀가 현장 실습 장소인 제트의 저택 앞에서, 제 파트너인 에드와 한참 거리를 두고 서 있는 것은 단순히 그가 저에게 달라붙는 게 싫기 때문이었다.

결코 에드의 얼굴을 보는 게 부끄러워서는 아니었다.

그저 생각지도 못한 일을 겪은 충격 때문에 그가 조금 어색하게 느껴질 뿐, 딱 그뿐이었다.

"……디엘. 혹시 에드와 무슨 일이라도 있었나요?"

하지만 근처에 있던 유진은 무언가 심상치 않은 기색을 감지한 모양이었다.

그가 걱정스러운 얼굴을 하고 저를 보자 디엘은 얼른 고개를 저었다.

"아뇨, 아무 일도 없었습니다."

고개를 옆으로 돌리니 주머니에 손을 꽂아 넣고, 시큰둥한 얼굴로 나무에 기대어 있는 에드의 모습이 보였다.

크게 입을 벌려 하품을 하는 모습이 품위 없이 보일 법도 한데, 워낙 잘난 얼굴이라 그런지 도저히 못나 보이지가 않았다.

멍하니 그 모습을 보고 있자니 있던 디엘은 에드가 고개를 돌리는 것을 보고 재빠르게 시선을 거두었다.

앞에서는 어느새 샤칼 교수가 마지막 주의 사항을 알려 주고 있었다.

"다들 시간을 준수하며, 안전하게 조사를 끝내도록 합시다."

말을 마친 교수가 닥터 제이와 함께 저 멀리 천막을 쳐 둔 장소로 이동하였다.

그가 시야에서 멀어지기가 무섭게 학생들이 신나게 떠들어 대기 시작하였다.

그토록 고대하던 현장 실습이니 흥분을 감추지 못하는 것은 당연한 일이었다.

그중에는 벌써 자신이 찾은 귀중한 유물에 대한 꿈에 부풀어 헛된 망상을 떠벌리는 학생도 있었다.

"내가 이번에 유물을 찾기만 하면, 레글로를 전세 내서 말이지―"

"아, 네, 네. 헛소리는 작작하고, 빨리 출발이나 하자."

"저쪽부터 가요, 선배."

"어디를 중심으로 돌 거야?"

두 명씩 짝을 지은 학생들이 너 나 할 것 없이 제트의 저택 안으로 우르르 몰려갔다.

그 사이로 저 멀리 물러서 있던 검술학과 학생 중 한 명이 이쪽으로 오는 모습이 보였다.

낯선 얼굴에 의아한 표정을 짓고 있자니, 유진이 그에게 아는 척을 하였다.

"로웰."

"유진. 이제 슬슬 출발해야지."

아무래도 그가 유진의 경호 파트너인 것 같았다.

유진만큼이나 선하고, 사람 좋아 보이는 얼굴의 소년이었다.

"네, 물론 출발을 해야 하지만……."

유진은 선뜻 움직이지 않고 있는 디엘을 보고, 이러지도 저러지도 못하는 얼굴이었다.

디엘은 유진에게 걱정하지 말라는 것처럼 싱긋 웃어 준 뒤, 고개를 돌렸다.

나무에 기대어서 디엘만 뚫어져라 보고 있던 에드가 몸을 일으키더니 천천히 걸어왔다.

그가 가까워지자 유진의 파트너인 로웰이 절로 긴장하는 것이 느껴졌다.

"이제 출발하는 거야, 주인님? 친구들이랑 조금 더 놀다 가도 되는데."

얼핏 보기에는 장난스러워 보이는 얼굴에는 잘 벼린 칼날 같은 예리함이 보였다.

유진은 물론 로웰도 한 걸음 뒤로 물러서며 섬뜩함을 감추지 못할 지경이었다.

디엘 역시 에드가 품고 있는 날카로운 살기에 놀라 뒤를 휙 돌아보았다.

제 뒤에 서 있는 남자는 뭐가 문제냐고 묻는 것처럼 이죽거리고 있었다.

"에드!"

"왜 그래?"

뭐가 문제냐고 묻는 것처럼 에드가 고개를 갸웃하였다.

귀여운 척하지 말라는 윽박 대신 디엘은 숨을 고르게 내쉬었다.

"그걸 지금 몰라서 묻는 겁니까?"

지금 에드는 아무리 둔한 사람이라도 모를 수 없을 정도로 강한 살기를 내뿜고 있었다.

그것을 마주한 로웰이 반사적으로 허리춤에서 검을 뽑아내지 않은 것만으로도 충분히 칭찬해 줄 만한 일이었다.

조금 전까지 에드가 어색하다 생각하던 것은 이제 온데간데없이 사라지고 없었다.

분노가 낯선 감정을 이긴 탓이었다.

디엘이 몸을 완전히 돌려 에드를 마주 보자, 그제야 에드가 스르르 살기를 누그러트렸다.

디엘은 등 뒤에서 유진이 작게 안도의 한숨을 내쉬는 소리를 들었다.

미안한 마음이 절로 들었기에 에드를 보는 디엘의 시선은 더더욱 곱지 않은 것으로 변했다.

뾰족한 디엘의 시선을 받으며 에드가 어깨를 으쓱하였다.

"주인님이 요새 나에게 신경을 덜 써 줘서 삐졌거든. 그래서 지금 내가 기분 나쁜 걸 억제할 수가 없네?"

"당신이 무슨 어린아이입니까?"

기가 막힌다는 얼굴로 디엘이 한숨을 쉬자 에드가 눈썹을 까닥거렸다.

"어른이라고 토라지지 말라는 법 있어? 주인님은 요새 나 말고 저 남구인 소년이랑 너무 친하게 지낸다고."

불쾌함을 감추지 않으며 에드가 뻗은 손가락 끝에 있는 것은 유진이었다.

갑자기 지목된 유진은 당황한 얼굴로 입을 열었다.

"저는—"

"아, 미안하지만, 넌 한 마디도 하지 말아 줄래? 내가 속이 무척 좁은 편이라서 조금만 더 삐지면, 그때는 무슨 짓을 할지 몰라서."

"……."

이 남자는 정말이지.

디엘은 에드가 왜 붉은 눈의 하르파스라는 별명을 얻게 된 것인지를 거듭 상기하였다.

눈치가 제법 빠른 유진은 제 파트너인 로웰과 함께 얼른 뒤로 빠졌다.

그들의 기척이 멀어져 가는 것을 느끼며 디엘이 입을 열었다.

"에드. 이게 대체 뭐하는 짓입니까?"

"내가 뭘? 나 틀린 말 안 했잖아. 요새 네가 나를 너무 방치해 둔게 문제라고, 주인님."

"……."

디엘과 에드에 레글로에 갔다가 존 스미스 일당의 음모를 알게 된 것은 나흘 전 일이었다.

물론 에드가 디엘에게 입을 맞춘 것도 딱 나흘 전이었다.

그사이, 디엘은 아닌 척하면서도 은근히 에드를 피하고 있었다.

밤에는 공부를 핑계로 그가 먼저 잠들 때까지 기다렸다가, 자신은 바닥에서 모포를 두르고 잠을 청하기도 하였다.

식사도 니나가 함께 합석할 수 있는 아카데미 안에서만 함께하고 있었으며, 강의가 끝난 후에는 도서관에 틀어박혀 나오질 않았다.

그 덕에 최근에는 유진과 전보다 더욱 대화를 나눌 기회가 잦은게 사실이었다. 그만큼 에드와 보내는 시간은 줄어들었고.

팔짱을 낀 에드는 저는 잘못한 게 하나도 없다는 얼굴이었다.

디엘은 그에게 무슨 말을 해도 의미가 없다 생각하고 몸을 휙 돌렸다.

제트의 저택으로 향하자 에드가 바로 그녀의 뒤를 따라왔다.

"이번에는 무시야? 뭐가 문제라서 이러는 거야? 응?"

아까 전까지는 살기를 내뿜으며 험악한 분위기를 조성하던 남자가 이제는 달콤한 목소리를 내고 있었다.

마치 변덕이 심한 아이를 어르는 것 같은 태도였다.

부아가 치민 디엘은 저택 문을 열다 말고 뒤로 몸을 획 돌렸다.

"그거야 당신이 나에게─"

키스를 했기 때문이 아니냐고, 화를 내려던 말은 끝까지 흘러나오지 않았다.

이 말을 내뱉는 순간, 정말 그 행위가 무거운 것이 되어 버릴 거라는 생각이 들었다.

에드가 어서 말해 보라는 것처럼 눈으로 독촉을 해 왔다.

여기에 넘어갔다는, 내가 지는 거야.

결국 디엘은 속마음을 다시 목구멍 안으로 삼키고, 저택 안으로 들어섰다.

주인 뒤를 쫓는 강아지처럼 에드가 저를 쫄래쫄래 따라오는 것이 느껴졌다.

곳곳에서 학생들의 기척이나 수군거림이 들려왔다.

기척을 가늠하며 디엘은 그나마 사람이 덜 있는 것으로 느껴지는 동관으로 향하였다.

긴 복도를 지나는 동안. 디엘이 한 마디도 하지 않자, 에드 역시 아무 말을 하지 않았다.

침묵은 어색하고 불편한 것이었다. 디엘은 평소와 달리 제 옆에서지 않고 뒤를 지키는 남자를 힐끔 돌아보았다.

에드는 무표정한 얼굴이었다.

"……왜 유진에게 화풀이를 한 겁니까?"

"너랑 친하잖아. 그때, 너를 도와주기도 했고."

그때? 퍼뜩 떠오르는 것이 없어서 기억을 더듬던 디엘의 머릿속에 떠오르는 일이 하나 있었다.

"설마 도서관 뒤뜰에서 있었던 일을 말하는 겁니까?"

에드가 어깨를 으쓱하였다. 그것 말고 또 무언가 다른 일이 있겠냐는 태도였다.

"그때 날 지켜보고 있었던 겁니까?"

"그래. 내가 도와줄 생각이었지. 그 녀석이 끼어들지만 않았다면."

"……."

벌써 꽤 지난 일이지만, 디엘은 에드가 조금 과하다 싶을 정도로 상급생들에게 보복을 한 이유를 이제야 알 것 같았다.

요컨대 이 남자는 제 손으로 디엘을 돕지 못한 것 때문에 그들에게 과할 정도로 분풀이를 한 셈이었다.

"하아."

디엘은 크게 한숨을 내쉬며 이마를 손으로 짚었다.

이런 점만 두고 보면 사고방식이 어린아이나 다름없는 남자였다.

이런 남자이니 필시 그날 했던 입맞춤에도 아무 의미가 없을 것이다.

그런데도 에드에게 휘둘려서 그를 의식하는 자신이 어리석게 느껴졌다.

이마에서 천천히 손을 내린 디엘이 고개를 들어 올렸다.

"에드."

대답 대신 에드가 고개를 한번 끄덕이자, 디엘은 무언가를 말하려다가 입을 닫았다.

"……아무것도 아닙니다. 지금은 조사에 집중하도록 하죠."

하고 싶은 말은 많으나, 동시에 그에게는 무슨 말을 해도 의미가 없다는 생각도 들었다.

디엘이 다시 걸음을 옮기기 시작하자 이번에는 에드가 그녀의 옆에 섰다.

"화났어, 디엘?"

평소에는 주인님 소리를 잘만 하는 남자가 이럴 때는 이름을 불렀다.

선천적인 것인지, 후천적인 것인지는 몰라도 정말 교활하다는 생각이 들었다.

"다른 건 모르지만, 당신이 유진에게 무례하게 군 것에 대해서라면 화가 났습니다."

"무슨 소리야. 이 정도면 전혀 무례하지 않았다고. 나 완전 착했잖아."

착한 게 뭔지는 알고 하는 말인가. 디엘이 미심쩍은 얼굴을 하거나 말거나 에드는 태연자약하게 말을 이었다.

"게다가 우리 주인님에게 약속한 대로 카리스 학장에게 제대로 보고도 끝마쳤다고. 레글로에서 본 그 수상한 놈들 말이야."

에드가 한 말에 디엘이 멈칫하였다.

어찌 보면 제일 중요한 일인데도 키스 때문에 정신이 없어서 깜빡 잊고 있었던 일이었다.

"학장님은 뭐라고 하셨습니까?"

"손을 써 둘 거라고 했어. 그에게 맡겨 두면 걱정할 필요는 없겠지만, 혹시 모르니 우리도 주의하는 정도는 나쁘지 않겠지."

이 정도면 정말 훌륭히 임무를 잘 수행하지 않았냐며 에드가 으스댔다.

"난 주인님 생각을 하면서 이렇게 힘을 냈는데, 넌 보상을 주기는커녕 날 본체만체했다고. 당연히 내가 삐질 수밖에 없지 않아?"

"……남자는 쉽게 삐지거나 토라지는 게 아닙니다."

"그게 성별이랑 무슨 상관이야. 난 네가 다른 누구보다도 나를 신경 써 주지 않으면 싫어. 앞으로도 엄청 잘 삐질걸?"

"……."

어찌 에드와 말을 하다 보면 대화가 점점 수렁으로 빠지는 기분이었다.

무언가 분명 방향이 잘못된 것 같은데, 어디서부터 잘못된 것인지 알 수가 없었다.

차라리 더 이상하게 대화가 진행되는 걸 막자는 생각으로 디엘이 손을 들어 올려 복도 너머를 가리켰다.

"저기로 가 보죠."

말을 마친 디엘은 앞장서서 성큼성큼 걸었다.

뒤에서 말을 돌리지 말라고 투덜거리는 목소리가 들려왔으나 그것은 깔끔하게 무시하였다.

어쨌거나 에드의 말대로라면 존 스미스 일당이 아카데미에 침입하는 일은 없을 터였다.

나중에 자신도 따로 카리스 학장을 찾아야겠다 생각하며 디엘이 모퉁이를 돌려던 순간이었다.

"아."

복도 한쪽에 쪼그리고 앉아 있는 소녀의 모습이 보였다.

무슨 일인가 싶어 디엘은 서둘러 그녀에게 다가갔다.

"괜찮으십니까?"

작은 어깨가 흠칫 떨리는가 싶더니 소녀가 고개를 들어 올렸다.

커다란 눈망울에는 눈물이 그렁그렁 달려 있었다.

"디, 디엘 님······."

이름은 모르나 그녀는 분명 기초 고대학 강의를 듣는 학생 중 한 명이었다.

아까 전, 남자 파트너와 저택 입구로 들어가는 모습을 얼핏 보았던 기억도 있었다.

하지만 지금은 그 파트너의 모습이 주변에서 보이질 않았다.

무슨 일이 있었던 거냐고 디엘이 재차 묻자 여학생이 더듬더듬 설명을 하였다.

"저, 파트너랑······ 조금 말다툼을 했는데······ 그가 갑자기 저를 두고 여길 나가 버려서······."

그래서 줄곧 이곳에 혼자 있었다며 여학생은 작게 울음을 터트렸다.

아무래도 사람이 별로 없는 데다가 어두운 곳에 혼자 남겨져서 많이 놀란 모양이었다.

디엘은 뒤에 있는 에드를 힐끔 본 후, 여학생에게 조심스레 물었다.

"괜찮다면 함께 다니겠습니까? 어쩌면 당신의 파트너도 근처에 있을지 모르니, 다시 대화를 잘 나누어 본다면 실습을 무사히 마칠 수 있을 겁니다."

디엘의 물음에 그녀가 세차게 고개를 저었다.

"저는, 그냥, 그냥 나가고 싶어요."

이대로 실습을 포기하겠다는 말에 디엘은 조금 당황하였다.

그러나 그녀의 눈에 다시 눈물이 차오르는 것을 보니 그대로 두고 볼 수만은 없었다.

굽혔던 무릎을 핀 디엘은 에드를 향해 입을 열었다.

"그녀를 바래다주고 오세요, 에드. 그때까지 나는 이곳에 있겠습니다."

"뭐?"

에드가 어이가 없다는 얼굴로 눈썹을 꿈틀거렸다.

"잠깐, 디엘. 그게 무슨 소리야? 그 여자를 내가 왜 바래다줘? 다리가 부러진 것도 아니고, 눈이 안 달린 것도 아닌데 자기 혼자 나가면 되잖아."

"……에드."

"그런 목소리로 불러도 안 되는 안 돼. 내가 왜 네가 아닌 다른 사람을 도와줘야 하는 건데? 내가 지키는 대상은 디엘 샤 자르타, 너 하나뿐이야. 너 아닌 다른 사람이 죽거나 다치거나 아프거나 알게 뭐야."

지나치게 냉정한 에드의 말에 디엘이 얼굴을 찌푸렸다.

아래쪽에서 소녀가 훌쩍거리는 소리가 들려왔다.

이대로 두었다가는 그녀가 더 큰 패닉에 빠질 우려가 있었다.

지금이 실습 중만 아니라면 기꺼이 자신이 나서서 에스코트했겠지만, 디엘의 파트너로 참여한 에드와 달리 디엘은 고대학과 학생이었다.

실습 장소에서 함부로 이탈할 수는 없었다.

"명령입니다. 에드, 다녀오세요."

고집불통인 남자를 움직이려면 이 방법밖에 없다는 것을 잘 아는 디엘이 강한 어조로 말하였다.

에드는 불만을 감추지 않는 얼굴로 한참 디엘을 보더니 한숨을 쉬었다. 그녀가 저만큼이나 혹은 저보다도 고집이 강하다는 걸 알고 있는 모습이었다.

"알았어, 좋아. 다녀올게. 대신 그때까지 단 한 발자국도 여기서 떨어지지 마."

디엘에게 단단히 주의를 이른 에드가 이쪽으로 다가오더니 아직도 바닥에 주어 앉아 있는 소녀를 거칠게 일으켜 세웠다.

"꺄악!"

놀란 여학생이 비명을 지르자 에드가 듣기 싫다는 얼굴로 한쪽 귀를 막는 시늉을 하였다.

"에드!"

"알았어, 알았어."

잔소리를 듣기 싫다는 것처럼 어깨를 으쓱한 에드가 조금 부드러운 손길로 소녀의 어깨를 움켜쥐었다.

그녀는 겁먹은 얼굴이었고, 디엘은 자신이 정말 옳은 선택을 한 것인가 재고할 수밖에 없었다.

"아무 곳에도 가지 말고, 기다려."

영 안심이 안 된다는 얼굴로 에드가 재차 주의를 하자 디엘은 고개를 끄덕였다.

에드는 제대로 걸음을 옮기지 못하는 소녀를 억지로 끌고 복도 너머로 사라졌다.

그 뒷모습을 물끄러미 보고 있던 디엘은 고개를 절레절레 저었다.

이미 알고 있었지만, 정말 언제 터질지 모르는 폭탄 같은 남자였다.

혼자 남겨진 디엘은 차가운 벽에 기대었다. 저 멀리서 와자지껄한 웃음소리가 들려왔다. 방향을 가늠해 보니 서관이었다.

아무래도 다른 학생 대부분은 서관으로 몰려간 모양이었다.

사실 제트의 저택은 동관에 숨겨진 비밀 장치나 여러 함정이 많았다.

그만큼 드문 유물을 발견할 가능성이 높았으나, 동시에 부상을 입거나 위험에 처할 확률도 컸다.

많은 학생이 위험보다는 안전을 택한 셈이었다.

물론 디엘이야 워낙 실력이 뛰어난 경호원을 달고 있으니 아무 걱정 없이 동관으로 향한 것이었지만.

어두운 복도에서 혼자 생각에 잠겨 있던 디엘은 문득 이쪽으로 향하는 기척을 감지하였다.

처음에는 에드가 돌아왔나 생각했지만, 무언가 이상했다.

기척이 여러 개였다.

고개를 들어 보니 서너 명 정도의 남학생들이 가까이 다가오는 것이 보였다.

좋지 않은 예감이 들었다.

그들이 저를 지나치길 바라며 디엘은 벽에 기댄 자세 그대로 움직이질 않았다.

하지만 남학생들은 디엘을 지나치는 대신 그녀를 에워싸고 섰다.

여차한 순간, 도망칠 곳이 없었다.

제기랄. 이럴 줄 알았으면 벽에 기대어 서는 게 아니었는데.

뒤늦은 후회를 하며 디엘은 앞에 있는 남학생들을 보았다.

하나같이 익숙하지 않은 얼굴이었다.

그러나 유달리 커다란 체구와 허리춤에 하나씩 꽂은 검을 보니 짐작 가는 것은 있었다.

이들은 모두 검술학과 학생, 그것도 상급생이리라.

전에 저에게 시비를 걸어온 무리와는 또 다른 자들이었다.

"……무슨 일이십니까?"

어떻게 하면 이 상황을 무사히 해결할 수 있을지 생각하며 디엘이 묻자 학생 중 한 명이 히죽 웃었다.

그가 손가락을 퉁기는 시늉을 하자 다른 학생들이 디엘에게 달려들었다. 저항할 틈도 없이 그들이 디엘의 양팔을 구속하더니 몸을 번쩍 들어 올렸다.

"이게 뭐하는 짓입니까!"

크게 소리를 지르며 발버둥을 쳤지만, 저보다 완력이 훨씬 좋은 이들의 손아귀에서 달아나는 것은 결코 쉬운 일이 아니었다.

그들은 디엘은 짐짝처럼 들어 올리더니 그대로 복도 끝으로 달려갔다.

무슨 일이 벌어지는지를 확인할 틈도 없이 곧 무언가가 움직이는 소리가 들리고, 디엘의 몸이 허공을 날았다.

"윽—!"

쿠당탕, 요란하게 무언가가 굴러 떨어지는 것과 동시에 온몸에서 비명을 참기 힘든 통증이 느껴졌다.

힘겹게 몸을 일으킨 디엘은 그제야 제가 어딘가로 굴러 떨어졌다는 것을 깨달았다.

"아차, 생각한 것보다 깊이가 깊네. 미스 프린스, 많이 다치는 않았어?"

고개를 들어 보니 제법 커다란 틈 사이로 한참 위에서 저를 내려다보는 상급생 무리가 보였다.

히죽거리는 얼굴에는 일말의 죄책감이나 두려움도 없었다.

그들은 디엘이 로비나의 왕자라는 걸 새카맣게 잊고 있는 게 분명했다.

그렇지 않고서야 이런 정신 나간 짓을 저지를 수 있을 리가 없었다.

디엘이 아무 대답 없이 그들을 노려보자 한 명이 입을 열었다.

"에드 그 새끼가 너라면 그렇게 깜빡 죽는다면서? 그런 소중한 주인님이 없어지면 얼마나 애가 탈까?"

"맞아, 맞아. 널 찾겠다고 미친 듯이 날뛰는 모습이 벌써부터 눈에 선하네."

그 모습이 아주 기대가 된다며 상급생 무리가 낄낄거렸다.

실력이 통하지 않으니, 이런 비겁한 수를 쓰다니.

디엘은 왼쪽 발목에서 느껴지는 통증을 무시하고, 억지로 몸을 일으켰다.

부러진 것 같진 않지만, 아무래도 뼈가 상한 것 같았다.

"적당한 때가 되면 꺼내 주러 올 테니까 기다리고 있으라고."

멋대로 지껄인 그들은 뒤로 물러서더니 틈을 무언가로 막았다.

희미하게 들던 빛이 사라지자 한 치 앞도 보이지 않는 어둠이 찾아들었다.

디엘은 입술을 질끈 깨물고, 급하게 주머니를 뒤졌다. 안에서 손바닥만 한 크기의 휴대용 랜턴을 찾은 그녀는 불을 켰다.

랜턴을 들고, 주변을 둘러보니 마치 숨겨진 길처럼 보이는 것이 쭉 이어지고 있었다.

아무래도 여기는 동관에 설치되어 있는 비밀 통로 중 하나인 모양이었다.

'제트의 저택 동관에 있는 비밀 통로는 몇 개를 제외하면, 대부분 저택 밖으로 향해 있습니다. 그러니까 만일 그 안에서 길을 잃더라도 크게 당황할 필요는 없습니다.'

샤칼 교수가 강의 시간에 했던 말을 떠올린 디엘이 작게 심호흡을 하였다.

이대로 에드가 저를 찾기를 기대하거나 상급생 무리가 다시 돌아오기를 기다리는 것보다는 스스로 이곳을 빠져나가는 것이 좋을 것 같았다.

가볍게 발목을 움직여 보니 걷지 못할 정도는 아니었다.

차라리 빨리 나가서 닥터 제이에게 얼음찜질이라도 받는 게 좋겠다고 생각하며 디엘은 천천히 걸음을 옮겼다.

\*　　\*　　\*

디엘은 태어나서 처음으로 어둠이 두려움의 대상이라는 것을 실감하게 되었다.

지금 그녀가 걷고 있는 길은 아카데미 입학시험을 위해 이 저택에 처음 왔던 때와는 질이 다른 어둠으로 가득하였다.

시야가 좁아지니 자연스럽게 다른 감각이 예민해질 수밖에 없었다.

무언가가 부스럭거리는 소리, 바람이 벽에 툭툭 부딪치는 소리 같은 것이 주변 공기를 한층 을씨년스럽게 만들었다.

절뚝거리며 걸음을 옮기는 디엘의 얼굴은 자연히 어두울 수밖에 없었다.

어둠은 감각을 예민하게 만드는 동시에 애매하게 만드는 것인지, 얼마나 오래 이 길을 걷고 있는지를 짐작할 수가 없었다.

체감으로는 거의 1시간은 족히 걷고 있는 기분이었다.

'설마 이 길은 밖으로 향하는 길이 아니었던 걸까?'

샤칼 교수는 비밀 통로 중에는 드물게 숨겨진 방으로 이어지는 길이 있을 수도 있다고 하였다.

만일 지금 같은 상황이 아니라면 그런 방에 무언가 유물이 있을 거라는 생각에 설레어했겠지만, 지금은 도저히 기뻐할 수가 없었다.

끝없이 이어지는 길을 홀로 걷고 있자니 머릿속에서 여러 가지 생각이 떠올랐다.

'에드가 내 걱정을 하고 있을까? 지금쯤이면 이곳저곳을 찾고 있겠지?'

홀로 남은 여학생을 밖까지 데려다주라고 했을 때, 에드는 유독 싫은 기색을 감추지 못했다.

아마도 특유의 예민한 감으로 무언가를 감지했기 때문일지도 몰랐다.

그냥 그의 뜻을 받아들여야 했던 것일까.

저택에 들어오기 전까지는 그와 함께 있는 것이 어색하다 생각했건만, 지금은 거짓말처럼 그가 보고 싶었다.

그의 얼굴을 떠올리니 문득 그가 했던 말도 함께 떠올랐다.

'내가 지키는 대상은 디엘 샤 자르타, 너 하나뿐이야.'

평소에 늘 하던 것처럼 가벼운 말이었건만, 그 목소리는 결코 가벼운 것이 아니었다.

저를 물끄러미 보던 붉은 눈동자 한 쌍을 떠올린 디엘이 눈을 살짝 내리깔았다.

에드가 저에게 유독 친밀감을 표하는 이유는 아직도 알 수 없었다.

하지만 지금은 적어도 그것이 거짓이나 연기가 아니라고 생각하였다.

'에드는 혹시 남자를 좋아하는 걸까? 아니면—'

이제까지 저에게 아름다워서 좋다는 말을 거듭 반복한 그였다.

어쩌면 정말 그에게는 성별이 아무 의미가 없을지도 몰랐다.

남자이거나 혹은 여자이거나 그것이 에드에게는 모두 아무래도 좋은 사소한 일일 수도 있다.

그러나 적어도 그가 상관없다 말하는 범주 안에 '여자도 남자도 아닌 존재'가 들어갈 것 같지는 않았다.

디엘은 비밀을 알게 된 에드가 저를 향해 보내는 혐오의 시선을 상상해 보았다.

동시에 그가 등을 돌려 저를 외면하고 떠나가는 모습도 어렵지 않게 그려 볼 수 있었다.

가슴속이 커다란 구멍이 난 것 같은 아픔이 느껴졌다. 그저 상상뿐인데도 이루 말할 수 없는 상처가 새겨졌다.

당황한 디엘은 벽에 손을 짚고 멈추어 섰다. 머리가 어지러웠다.

저를 조롱하고, 비웃고, 경멸하는 에드의 모습이 끝없이 떠올랐다가 사라지기를 반복하였다.

그것은 감당하기 어려울 정도의 충격이었다.

한참 동안 멈추어 서서 숨을 고르던 디엘이 느리게 눈을 감았다.

에드의 반응을 상상하고 왜 이렇게까지 충격을 받는 걸까?

도저히 알 수가 없었다.

디엘이 지금 느끼는 두려움은 분명 평생 동안 갖고 살아온 것이었다.

다른 이들에게 자신이 불완전한 존재라는 게 알려질까, 얼마나 두려워했던가.

그런데 이상하게도 지금 느끼는 두려움은 그것과 비교할 수 없을 만큼 커다란 것이었다.

"……친구니까."

에드 디는 친구니까. 룸메이트니까. 파트너니까. 그래서 그런 것이라고 디엘이 중얼거렸다.

그것이 아니면 이 슬픔과 혼란을 적절하게 설명할 수 있는 말이 없었다.

들어 주는 이도 없건만, 디엘은 제 마음에 대고, 계속 변명하였다.

'그러니까 이건 그냥…… 친구를 잃기 싫은 마음일 뿐이야. 어쨌거나 에드와는 정이 들었으니까.'

그녀가 벽에 기대어 잠시, 제 마음을 달래기 위해 안간힘을 쓰던 때였다.

그다지 멀지 않은 곳에서 사람의 기척이 느껴졌다.

얼핏 느끼기로는 두 명 정도인 걸 보아서는 아무래도 근처에 실습 중인 학생들이 있는 모양이었다.

그들에게 도움을 구하면 되겠다는 생각에 디엘은 얼른 다시 걸음을 옮겼다.

기척이 가까워질수록 희미한 불빛이 길을 밝히고 있었다.

저 앞에서 돌로 만들어진 문이 보였다.

인기척은 바로 그 너머에 있었다.

다리를 질질 끌며 그 앞에 도착한 디엘은 젖 먹던 힘을 짜내어 문을 열었다.

둔탁하고 무거운 소리와 함께 천천히 문이 열리고, 곧 환한 빛이 눈을 찔러 왔다.

어둠에 익숙해졌던 눈에는 지나치게 따가운 빛이었다.

눈이 빛에 익숙해지길 기다리길 잠시.

곧 흐릿하게 앞에 있는 사람들의 모습이 보이기 시작하였다.

처음에는 반가움으로 가득하던 디엘의 얼굴이 서서히 굳어졌다.

"……어째서—"

당신들이 이곳에?

디엘이 미처 중얼거림을 끝내기도 전에 서늘한 무언가가 목덜미에 닿는 것이 느껴졌다.

시선을 조심스레 아래로 내리는 예리한 칼날이 정확히 그녀의 경동맥을 노리고 있었다.

등골이 서늘해진 디엘은 다시 천천히 고개를 들어 올렸다.

그리고 절대 이곳에 있어서는 안 되는 이들을 노려보았다.

바로 존 스미스와 그의 부하 바인을.

## Chapter 17

영원한 비밀은 없다

동기인 유진이 전에 그런 말을 한 적이 있다. 호랑이에게 물려 가도 정신만 차리면 산다고.

유진의 모국에서 전해 내려오는 그 말은 아무리 위급한 상황에서라도 침착함만 잃지 않는다면 충분히 위험을 극복할 수 있다는 뜻을 담고 있다고 하였다.

디엘은 천천히 숨을 내쉬었다. 그 말대로 지금은 정신을 바짝 차리고 침착하게 대응해야만 했다.

비록 제 급소에 시퍼런 칼날이 닿아 있는 상황이었지만.

"······당신들은 누구입니까? 이곳은 아카데미 관계자가 아니면 출입이 금지되어 있습니다."

이미 제 앞에 있는 남자들의 정체를 알고 있으면서도 디엘은 모르는 척, 떠들었다.

그러나 대답이 돌아오는 대신 예리한 아픔이 목을 스쳤다.

"윽—"

소름이 우수수 돋는 감각에 저도 모르게 신음을 흘렸다.

디엘은 바인이 경고 대신 제 목을 가볍게 그었다는 것을 깨달았다.

한 마디라도 더 하면 이대로 목을 꿰뚫을 거라는 것처럼 그가 눈을 빛냈다.

가까이서 보니 그간 막연히 생각한 것보다도 훨씬 더 위압감이 넘치는 자였다.

디엘은 저항의 의사가 없다는 것을 표현하기 위해 양손을 살짝 들어 올렸다.

서너 걸음 떨어진 곳에 서 있는 존 스미스가 이쪽을 뚫어져라 보고 있는 것이 느껴졌다.

깊게 눌러쓴 중절모 때문에 얼굴이 보이지는 않았으나 짙은 그림자 너머로 저를 보는 눈빛이 범상치 않다는 것은 알 수 있었다.

도굴단의 보스까지는 아니더라도, 제법 중요한 역할을 수행하는 자임은 틀림없어 보였다.

디엘이 입을 꾹 다물고 생각에 잠겨 있는 사이, 바인은 멋대로 그녀의 몸수색을 하였다.

거칠게 그녀의 가슴이며 바지 주머니를 더듬어서 안에 들어 있던 물건들을 바닥에 내던진 바인이 존 스미스를 향해 입을 열었다.

"대장. 아카데미 학생이 틀림없어 보입니다. 이 녀석, 어떻게 할까요?"

결코 우호적이지 않은 음색에 디엘의 어깨가 조금 굳어졌다. 존 스미스의 대답 여부에 따라서는 바인이 단칼에 저를 죽일 수도 있는 노릇이었다.

이런 곳에서 이렇게 허망한 죽음을 맞이하게 되다니.

억울함보다도 허탈하다는 생각이 먼저 들었다. 죽지 않으려고, 살기 위해 제 나라를 도망쳐서 이곳까지 왔다.

그런데 비밀 통로 끝에서 나온 외딴 방에서 도굴단과 마주하여 목숨을 위협받고 있으니 마음이 복잡하였다.

디엘은 딱딱한 얼굴로 존 스미스의 입이 열리기를 기다렸다.

잠시, 아마도 수십 초가 채 되지 않았을 시간이었다. 하지만 디엘에게는 그 어느 때보다도 길게 느껴지는 순간이었다.

"고대학 전공인가?"

한참의 침묵 후에 존 스미스가 한 말은 예상 밖의 것이었다.

디엘은 그 질문이 저에게 향한 것이라고는 생각하지 못했기에 선뜻 대답을 할 수 없었다.

바인이 조금 짜증스럽다는 듯 거칠게 디엘의 어깨를 잡아당겼다.

"어이, 꼬맹이! 어른이 묻는 말에 재깍재깍 대답해야지!"

"……네, 고대학과 1학년생입니다."

어깨에서 느껴지는 묵직한 통증을 무시하려 애를 쓰며 디엘이 차분히 대답하였다.

"1학년생? 그럼 실력이 별 볼 일이 없겠군."

무슨 이유에서인지 바인이 혀를 쯧쯧 찼다.

실력? 무슨 실력? 디엘이 어리둥절한 얼굴로 그를 보는 사이, 존 스미스가 바인에게 무언가를 말하려는 것처럼 고갯짓을 하였다.

그러자 바인이 당혹감을 감추지 못하는 얼굴로 존 스미스를 보았다.

"어? 대장? 진심이십니까? 설마 이 녀석에게 시켜 보시려고요?"

디엘은 덩달아 당황하여 두 남자를 번갈아 보았다. 존 스미스는 그렇다, 아니다 대답도 없이 뚫어져라 바인을 볼 뿐이었다.

"……전 별로 효과가 없을 거라고 생각하는데요. 그냥 이 녀석, 바로 처리하죠. 귀찮아질지도 모르는데."

"그렇다면 그 전에 시험해 보는 것도 나쁘지 않겠지."

수수께끼 같은 대화였다.

"알겠습니다. 대장 뜻이 정 그러시다면야."

한숨을 푹 쉰 바인이 디엘을 붙잡고 있던 손을 풀더니 그녀의 몸을 앞으로 탁 밀쳤다.

순식간에 몸에 자유를 되찾은 것을 기뻐할 틈도 없이 디엘이 휘청거렸다.

"이리로."

존 스미스는 말이 길지 않은 남자였다.

그가 손짓을 하며 저를 부르자 디엘은 바로 옆에 있는 바인을 힐끔 보았다.

바인은 안 그래도 험상궂은 얼굴을 더더욱 거칠게 구기고 있었다.

순순히 존 스미스의 말에 따르는 것이 신상에 좋으리라 생각한 디엘은 천천히 걸음을 옮겼다.

바닥에 있는 제 소지품들— 그중에서도 손바닥만 한 크기의 나이프가 눈에 들어왔다.

본래 아카데미에서는 검술학과 학생을 제외한 학생은 무기를 소지하는 것이 금지되어 있으나, 유적지 조사 실습을 나갈 때에 한해서는 단검을 가질 수 있었다.

통행에 방해가 되는 잔가지나 방해물을 제거할 때뿐만이 아니라 실전에서도 매우 유용하게 쓸 수 있는 물건이었다. 적어도 저게 손에 있다면—

디엘은 아쉬움이 담긴 눈을 바닥에서 거두며 존 스미스의 뒤를 따랐다.

일단은 고분고분한 척 굴며 기회를 노려야 했다.

"이쪽으로 와 보거라."

벽 앞에 선 존 스미스가 벽면 한쪽을 가리켰다.

"이걸 읽을 수 있겠나?"

디엘은 그가 가리킨 곳을 올려다보았다. 먼지가 뿌옇게 가라앉은 벽면 가득 무언가가 쓰여 있는 것이 보였다.

조금 더 자세히 살펴보기 위해 디엘은 한 걸음 앞으로 나아갔다. 존 스미스는 그녀를 막지 않았다.

덕분에 디엘은 벽 바로 앞에 설 수 있었고, 그곳에 쓰인 것이 고대어라는 것을 알 수 있었다.

새겨져 있는 글씨의 크기는 결코 작은 것이 아니었다.

어른 주먹만 한 크기의 글이 적어도 몇 줄은 적혀 있었다. 열심히 글자를 살펴보던 디엘은 저도 모르게 소리 내어 중얼거렸다.

"라피스…… 필로소포룸(lapis philosophorum)?"

고대어를 배우기 시작한 건 이제 막 한 달 정도가 되었으니 사실 디엘의 고대어 해독 능력은 그리 전문적인 수준 아니었다.

그럼에도 불구하고 그녀의 실력은 다른 학생에 비한다면 훌륭하다고 할 수 있었다.

문장을 해석하는 것은 어려워도 단어를 띄엄띄엄 읽어 내는 정도는 가능했으니까.

"……읽을 수 있군."

시키면서도 그리 큰 기대는 하지 않았던 모양인지 존 스미스가 조금 놀란 기색을 내비쳤다.

하지만 그런 감정의 동요는 오래 가지 않았다.

그는 디엘에게 고갯짓으로 빨리 다음 줄을 읽어 보라 지시하였다.

디엘이 머뭇거리자 바인이 뒤에서 칼을 들이밀었다.

어쩔 수 없이 디엘은 다시 벽을 올려다보았다.

첫줄을 읽는 것도 어려웠지만, 두 번째 줄은 더욱 어려웠다.

"불 멸(immortálĭtas)의 …… 생 명(vīta), 위 험(abrúptum) 보물(clenódĭum), 방 패 …… 아 니, 보 호(propugnácŭlum)? 도 둑(manuárĭus)으로부터."

단어를 더듬더듬 읽어 내려가는 속도는 더뎠다.

디엘은 조바심을 낸 바인이나 존 스미스가 무슨 일이라도 저지를까 걱정이 되었지만, 뜻밖에도 두 남자는 디엘을 재촉하지 않았다.

다만 바인은 등 뒤를 겨누고 있는 칼을 거두는 법이 없었다. 디엘은 최대한 신중하게, 그리고 천천히 시간을 끌었다.

"얻기 위한 대가(preprétĭum), 특수한 절차……."

처음에는 시간을 끌기 위해, 그리고 도굴단의 말에 따르는 척하기 위해 시작한 해독이건만 어느새 디엘은 그 일에 몰두하고 있었다.

벽에 쓰여 있는 것은 '철학자의 돌'이라 불리는 어느 유물에 대한 설명이었다.

글귀를 적은 이는 철학자의 돌이 영원한 생명을 주는 동시에 세상을 위험에 빠트릴 수 있는 보물이라 설명하고 있었다.

그렇기에 이 유물은 다른 이의 손에 닿지 않도록 여러 가지 장치를 통해 보호한다고도 하였다.

그다음부터는 철학자의 돌을 손에 넣기 위해 무엇이 필요하고, 또 어떤 식으로 보호 장치를 해제해야 하는지가 쓰여 있었다.

절대 존 스미스 일당에게 알려 줘서는 안 되는 내용이었다.

미숙하게나마 해독을 마친 디엘은 아랫입술을 질끈 깨물었다.

순순히 정보를 털어놓을 수는 없으나 그렇다고 섣부르게 저항할 수도 없었다.

제 뒤에서 칼을 겨누고 있는 바인은 물론이거니와 존 스미스에게서도 예리한 기척이 느껴졌다.

이 둘을 상대로 몸싸움을 벌이는 건 현명한 처사가 아니었다.

"어이, 꼬마! 너 지금 설마 쓸데없는 생각을 하는 건 아니겠지?"

디엘이 오래 입을 다물고 있자, 뒤에서 바인이 그녀의 허리춤을 쿡 찔렀다.

반사적으로 디엘의 몸이 앞으로 기울었다. 그녀는 양손으로 벽을 짚으며 존 스미스를 힐끔 보았다.

"……이 다음부터는 너무 어려운 단어입니다."

"뭐야? 그럼 결국 별 도움이 안 되는군. 대장, 역시―"

"단어 수첩이 있으면 해석할 수 있을 것 같습니다."

디엘은 저길 좀 보라고 말하는 대신 바닥을 가리켜 보였다.

아까 전 바인이 디엘의 소지품을 다 꺼내서 내동댕이쳐 둔 곳에는 작은 수첩 한 권이 놓여 있었다.

"저 수첩에 단어를 적어 공부하고 있습니다. 그러니 저 수첩을 본다면……."

"허튼수작 부리지 마라!"

말을 미처 다 하기도 전에 바인이 거칠게 디엘의 뒷머리를 잡아당겼다.

큭―

저도 모르게 벌어진 입술 사이로 고통을 억누르는 신음이 흘러나왔다.

가차 없는 손놀림에 머리 가죽이 벗겨질 것처럼 아팠다. 디엘은 입술을 꾹꾹 깨물며 아픔을 참으려고 노력하였다.

"거짓, 말이 아닙니다. 수첩에…… 단어가, 있을 겁니다."

조금이라도 긴장을 풀면 말 대신 신음이 요란하게 튀어나올 것 같았다.

그 때문에 디엘은 일부러 입술을 힘주어 깨물었다.

그들에게 믿음을 주는 말을 무언가 더 하고 싶었지만, 머리를 지끈거리게 하는 통증 때문에 떠오르는 말이 없었다.

"너, 어린 녀석이 잔꾀를 부리려나 본데—"

바인이 한 번 더 디엘의 머리를 뒤로 잡아당기려는 순간이었다.

"바인."

존 스미스가 제 부하의 이름을 무겁게 부르더니 디엘이 가리킨 곳을 향해 손가락을 뻗었다.

디엘의 수첩을 이리로 가지고 오라는 신호였다.

바인이 당황한 얼굴로 "하지만 대장—"이라 웅얼거렸다.

존 스미스는 다른 말 없이 재차 고갯짓을 할 뿐이었다.

"쳇."

혀를 쯧, 찬 바인이 디엘의 머리를 움켜쥐고 있던 손을 휙 놓았다.

졸지에 앞으로 튕겨 나간 디엘은 얼른 벽에 양손을 대어 몸을 지지하였다.

벽에 기댄 채로 그녀는 고개를 뒤로 힐끔 돌렸다. 바인이 멀어져 가고 있는 모습이 보였다.

지금이 바로 기회였다.

"……윗!"

숨을 고를 틈도 없이 디엘은 왼쪽으로 몸을 움직였다.

휘익!

저를 향해 존 스미스가 손을 뻗어 오는 것이 보였기에 그녀는 재빨리 고개를 숙였다.

"저 자식이!"

바인이 고래고래 소리를 지르는 것이 들려왔다. 거기에 신경을 쏟을 겨를은 없었다.

디엘은 재빠르게 두 남자를 피해 조금 전 자신이 돌아왔던 입구가 있는 곳으로 달려갔다.

부어오른 발목이 시큰거리며 아파 왔지만, 당장 이 상황에서 벗어나야 한다는 간절함이 통증을 이겨 냈다.

"거기서!"

뒤에서 저를 부르는 바인의 고함이 요란하였다.

아주 오래전에 레아의 펜던트를 훔쳐 간 도둑을 쫓을 때가 떠올랐다.

그때는 지금과는 상황이 정반대였었는데. 감상적인 기분에 오래 젖어 있을 틈은 없었다.

바로 세 걸음 앞에 문이 보였다.

두 걸음만, 한 걸음만 더—

문손잡이를 잡았다고 느낀 순간이었다.

"아악!"

탕! 무언가가 바람을 가르는 소리와 함께 뒤에서 표현할 수 없는 고통이 찾아들었다. 무언가가 쑥 제 몸속으로 들어온 불쾌함과 비릿한 피 냄새까지.

무슨 일이 벌어졌는지는 보지 않아도 알 수 있었다.

바인인지 아니면 존 스미스인지는 몰라도 누군가가 총을 가지고 있었다.

허리쯤에서 욱신거리는 통증이 이어졌다.

디엘은 어떻게든 문을 열고 밖으로 나가려고 했지만, 손에 힘이 들어가질 않았다.

그사이에 두 남자의 기척이 저에게 가까워지는 것이 느껴졌다.

이렇게 정말 끝인 건가.

난생처음 느껴 보는 절망에 디엘의 어깨가 부르르 떨리던 순간이었다.

끼이익— 문이 천천히, 아주 천천히 열렸다.

손잡이를 꽉 쥐고 있던 디엘의 몸이 자연스럽게 앞으로 당겨졌다.

열리는 문틈 사이로 붉은 눈동자가 보였다.

익숙한 눈이었다.

에드.

디엘이 마른 입술을 달싹이며 이름을 부르자, 그 붉은 눈이 커다래졌다.

"디엘?"

문을 활짝 연 에드가 당황한 얼굴로 쓰러지는 디엘을 받아 들었다.

커다랗고 단단한 품에 안긴 순간, 몸에서 힘이 주르륵 빠졌다.

에드라면 저를 어떻게든 도와주리라는 무조건적인 믿음이 그녀를 안심하도록 만들었다.

"잠깐, 디—"

에드가 그런 디엘을 살펴볼 틈도 없이 바인이 어느새 새로운 칼을 손에 쥔 채, 두 사람을 향해 달려들었다.

"이야앗!"

검날이 제 머리에 닿기 전에 에드는 재빠르게 옆으로 물러섰다.

바인이 그 뒤를 바짝 따라붙으며 칼을 휘두르자 에드는 재차 그 공격을 피해 냈다.

디엘을 안아 들고 있음에도 불구하고, 몸놀림이 마치 맨몸처럼 가벼웠다.

바인의 얼굴에 초조함이 스쳤다. 그것을 감지한 에드는 바인 뒤에 있는 존 스미스를 향해 힐끔 시선을 보냈다.

손에 총을 든 존 스미스 역시 에드에게 달려들 기회를 노리고 있었지만, 쉽게 가세하지 못하고 있었다.

에드의 반사 신경이 원체 뛰어나서 조준이 쉽지 않은 탓이었다.

2:1. 딱히 불리한 상황은 아니었다.

바인의 실력이나 존 스미스가 가진 권총 따위는 에드에게 별문제가 되지 않았다.

문제는 지금 제 품에서 정신을 간신히 유지하고 있는 디엘이었다.

그녀를 끌어안고 있는 에드의 손안으로 무언가 뜨끈한 액체가 묻어 나오는 것이 느껴졌다.

총에 맞아 부상을 입은 게 분명했다. 그 사실을 자각하는 순간,

모든 감각이 배로 예민하게 느껴졌다.

감각은 마치 잘 벼른 칼날처럼 예리해졌건만, 반면 머릿속은 차갑게 식었다.

그런데도 왼쪽 가슴에 있는 어느 기관만은 마치 제어장치가 고장 난 기관차처럼 요란하게 뛰기 시작했다.

그가 천천히 고개를 돌렸다. 두 명의 남자가 보였다. 저들이 손을 대었다. 디엘에게. 다른 누구도 아닌 이 아이에게. 에드의 눈이 붉게 타올랐다.

"이 애송이가!"

쉽게 공격을 피하는 에드에게 분노한 바인이 칼을 곧게 세우며 들어왔다.

일말의 망설임도 없는 찌르기 동작이었다. 에드는 디엘을 안은 팔에 힘을 주며 오른발을 휘둘렀다.

퍽—! 경쾌한 타격음과 함께 바인이 뒤로 나동그라졌다.

"으윽!"

듣기 싫은 비명 소리는 덤이었다.

바인이 나가떨어지기가 무섭게 존 스미스가 에드를 향해 총을 쏴 댔다.

탕, 탕, 탕!

총구의 방향으로 총알이 날아오는 각도를 계산한 에드가 몸을 재빠르게 날렸다.

아슬아슬하게 총알 세례를 피하던 에드의 눈에 바닥에 쏟아져 있는 디엘의 소지품들이 보였다.

무엇을 어떻게 하겠다고 생각할 틈도 없이 몸이 먼저 움직였다.

휘익— 에드가 발끝으로 올려 찬 휴대용 랜턴이 방심하고 있던 존 스미스의 이마를 정확히 가격하였다.

"크악!"

철제 랜턴으로 있는 힘껏 얻어맞은 존 스미스가 총을 떨어트리며 그대로 자리에 주저앉았다.

안전거리를 확보한 에드는 디엘을 벽에 조심스레 기댄 후, 허리에서 검을 뽑아 들었다.

그는 자리에서 일어서려는 바인을 향해 달려들었다.

잔상조차 보이지 않을 정도로 빠르게 공기를 가른 검이 바인의 어깨를 내리꽂았다.

"아, 아아악!"

다시 한 번 요란한 비명이 바인의 입에서 터져 나왔다.

마치 나비 날개를 핀으로 고정시키는 것처럼 에드가 힘을 주어 검을 아래로 내려박았다.

우두둑—

그 압력을 이기지 못한 어깨뼈가 으스러지는 소리가 들렸다.

"……한 놈은 됐고."

붉은 눈을 서늘하게 빛내며 에드가 고개를 돌렸다.

존 스미스는 뇌진탕이 온 것인지 쉽사리 몸을 가누지 못하고 있었다.

하지만 에드는 자비 없는 발길질로 그를 바닥으로 쓰러트렸다.

어떠한 저항을 하지도 못하고, 존 스미스가 무방비하게 등을 드러냈다.

핏덩이가 묻어 있는 검이 이번에는 정확히 척추를 노렸다.

"남은 한 놈."

중얼거린 에드가 검을 내리꽂았다.

퍼억!

바인의 어깨뼈를 박살 낼 때와 마찬가지로 소름 끼치는 소리가
방 안을 울렸다.

존 스미스가 비명을 질러 댔다. 그 고통스러운 비명에 정신을 잃
어 가던 디엘이 퍼뜩 다시 눈을 뜰 정도였다.

"……에, 드."

디엘이 힘겹게 에드의 이름을 중얼거리자 재차 존 스미스의 등에
칼을 꽂으려던 에드가 멈칫하였다.

뒤로 고개를 돌린 그의 눈에 파리한 얼굴의 디엘이 보였다.

그 모습에 에드가 머뭇거리는 사이, 바인이 몸을 일으켰다.

에드는 그가 문밖으로 도망가는 것을 힐끔 보았다.

그가 멀리 가지 못하리라 판단한 에드가 몸을 돌렸다.

어느새 발밑으로 존 스미스의 몸에서 흘러나온 피가 웅덩이를
이루고 있었다.

별 감흥 없이 그것을 보던 에드가 디엘을 보고는 얼굴색을 바꾸
었다.

"디엘."

검을 바닥에 대충 내던진 에드가 디엘의 몸을 부드럽게 끌어안
아 부축하였다.

"괜찮아? 아직은 의식은 있지? 어딜 다쳤어?"

에드의 물음에 디엘은 입을 열었다 닫기를 반복하였다.

응, 응, 등. 짧은 대답이었지만, 에드는 그녀가 물음에 답을 할 수 있을 정도로는 의식이 있다는 것에 안심하였다.

우선은 지혈부터 해야겠다 생각한 에드가 디엘의 셔츠를 위로 잡아 올리려던 때였다.

"아, 윽……!"

디엘이 고통스러운 신음을 흘리며 얼굴을 찌푸렸다.

혹시 제가 거칠게 그녀의 몸을 다룬건가 싶어 놀란 에드가 멈칫한 사이, 디엘이 흐느낌에 가까운 숨을 내뱉었다.

"하, 으…… 아, 왜…… 지금—"

작게 벌어진 입에서 의미를 알 수 없는 말이 이어졌다.

어째서, 안 돼, 변하면. 에드가 한쪽 눈썹을 꿈틀거리며 그 의미를 이해하려고 하는 사이, 디엘의 몸에서 이변이 일어나기 시작하였다.

처음 에드가 느낀 것은 열기였다.

마치 그녀에게 닿아 있는 제 살갗을 전부 태워 버릴 것 같은 강렬한 열기가 디엘의 전신을 타고 흘렀다.

깜짝 놀란 에드가 저도 모르게 그녀의 몸을 놓칠 뻔할 정도였다.

그다음으로는 조금 전의 열기가 마치 거짓말이었다는 듯, 서늘한 기운이 디엘의 온몸을 휘감았다.

열기와 냉기가 반복되는 내내 디엘은 열에 달뜬 사람처럼 흐느꼈다.

'설마 벌써 상처가 덧나 감염이 된 건가?'

서둘러 디엘의 상처 부위를 살펴려던 에드가 멈칫하였다.

서서히 디엘의 몸이 정상적인 체온을 되찾고 있었다. 매우 다행스러운 일이었지만, 무언가 이상하였다.

향기가 났다. 낮과는 다른, 밤에만 디엘에게서 나던 그 특유의 달콤한 향이.

에드의 시선이 디엘의 가슴으로 향하였다.

조금 전과 다르게 그 부분은 마치 터질 것처럼 부풀어 있었다.

에드는 조심스럽게 디엘의 몸을 바닥에 뉘였다.

아슬아슬하게 걸쳐진 검은 단추를 풀어내는 손은 정확하고, 빨랐다.

디엘의 옷을 완전히 벗겨 낸 에드의 입매가 딱딱하게 굳어졌다.

봉긋하게 솟아오른 가슴과 가느다란 허리.

어딜 보건 여인의 몸이었다. 더 확인할 필요도 없었다.

로비나 왕국의 일곱째 왕자, 디엘 샤 자르타는 분명 여자였다.

*      *      *

디엘은 어린 제 모습을 보고 있었다.

꽤 자주 있는 일이기에 자신이 지금 꿈을 꾸고 있다는 걸 자각하는 데에는 그리 오랜 시간이 걸리지 않았다.

꿈속의 그녀는 아직 저주를 행하기 전, 아마도 여섯 살 무렵의 모습이었다.

어린 디엘은 짧게 바짝 자른 머리칼을 거울에 요리조리 비추어 보고 있었다.

이 날은 분명 머리를 기르고 싶다는 말을 했다가 바바라에게 크게 혼쭐이 났던 날이었다.

**〈사내가 무슨 계집처럼 머리를 기른다고! 멍청한 소리!〉**

디엘이 머리를 기르고 싶다고 생각했던 것은 사실 레아 때문이었다.

언제나 그녀의 곱게 땋아 틀어 올린 머리가 예쁘다고 생각했기에, 가장 좋아하는 레아와 같은 머리 모양을 하고 싶었을 뿐이었다.

남자아이가 그런 머리를 하면 안 된다는 것도 몰랐고, 여자아이만이 그렇게 치장해도 된다는 사실도 알지 못했다.

밥도 굶은 채, 디엘은 몇 시간이나 다시는 계집 같은 말을 하지 않겠다며 바바라에게 싹싹 빌어야만 했다.

그날 이후부터 디엘은 예쁘고 아름다운 것에 조금이라도 눈이 가면 자신을 경멸하였다.

이런 건 여자애들이나 하는 거야. 남자는 이러면 안 돼. 또래 여자아이들이 하는 인형놀이도, 고운 치장도 디엘에게는 전부 상관이 없는 딴 나라 이야기였다.

그건 당연한 일이었다. 디엘은 왕자였으니까.

**〈하지만 사실은 좋아하잖아.〉**

누군가가 속삭이는 소리가 들려왔다.

아름답고, 반짝반짝한 거. 좋아하잖아. 그래서 보석에도 그렇게 관심이 많았던 거잖아?

그 말에 차마 아니라고 부정할 수는 없었다.

누군지 모를 이가 속삭인 것처럼 디엘은 아름다운 것을, 빛나는 것을 좋아했다.

보석에 관심을 갖는 것은 왕자가 할 일이 아니라고 생각하면서도 마음이 가는 것을 멈출 수는 없었다.

예전에는 그 이유가 꼭 제가 가진 신체적 결함 때문인 것만 같았다.

여자도 남자도 아닌 몸이라 여자나 관심을 가질 법한 일에서 눈을 떼지 못하는 것이라고, 그렇게 생각했었다. 그러나 지금은 달랐다.

**〈그게 무슨 상관이야? 네가 하고 싶은 대로 하면 그만이지.〉**

이번에는 친숙한 목소리가 속삭였다. 붉은 눈의 그 남자가 했던 말이었다.

거울 앞에 서 있는 디엘은 어느새 어린 디엘이 아닌, 현재의 디엘이었다.

그녀는 거울 속에 비친 제 모습을 보고 조금 놀랐다.

거울 너머의 디엘은 머리를 길게 기르고, 예쁜 드레스를 입고 있었다.

마치 바바라가 파티에 참여할 때마다 입는 것 같은 화려한 옷차림이 디엘에게도 제법 잘 어울렸다.

이게 정말 나야?

디엘이 중얼거린 소리에 거울 너머에 있는 디엘이 웃었다.

저와 똑같은 얼굴인데도 어째서인지 눈을 뗄 수 없을 만큼 예뻤다.

치맛자락을 살짝 잡아 쥔 그녀가 거울 속에서 빙그르르 몸을 한 바퀴 돌렸다.

'네가 되찾고 싶은 게 이런 모습이야? 머리를 길게 기르고, 예쁜 옷을 입은 나? 이게 바로 진짜 나야?'

제 목소리로 거울 너머의 자신이 물어 왔다.

생각하지도 못한 물음에 디엘은 굳어졌다.

진짜 나?

거울 너머에 있는 또 다른 디엘의 모습이 차츰 희미해지더니 사라졌다.

거울에는 이제 로비나의 일곱째 왕자인 디엘 샤 자르타만이 남아 있었다.

익숙한 얼굴인데 낯설게 느껴졌다. 방금 전까지 보았던 긴 머리의 디엘이 머릿속에 인상 깊게 남은 탓일까.

디엘은 거울 속의 저를 향해 손을 뻗었다.

가느다란 손끝이 거울에 닿는 순간. 이번에는 디엘 샤 자르타의 모습 자체가 거울에서 지워졌다.

거울에는 아무것도 비추는 것이 없었다.

'이제 말해 봐.'

사람은 아무도 없는데 누군가의 목소리만은 선명하였다.

그 목소리가 마음에 긴 잔상을 남겼다. 디엘은 텅 빈 거울을 바라보았다.

'넌 누구지?'

아마도 예전이었다면 쉽게 대답했을 물음이었다.

로비나 왕국의 일곱 번째 왕자 혹은 디엘 샤 자르타.

그렇다면 지금은?

저주를 풀고 신분을 버리고 다른 이름을 얻게 되면 나는 다른 사람이 될 수 있는 걸까?

그게 정말 내 과거를 극복하는 길이야? 과거를 지우는 것이?

"안 될 것도 없지."

이번에 들려온 목소리는 이제까지 들었던 것과는 달랐다.

거리는 조금 멀지만, 훨씬 더 마음에 와 닿는 소리였다.

디엘이 눈을 천천히 위로 밀어 올렸다. 주변에는 눈에 상냥한 붉은빛이 가득하였다. 어느 틈엔가 해가 지고 있는 모양이었다.

내가 얼마나 정신을 잃었던 걸까. 디엘은 눈을 깜빡였다.

정신을 잃기 전의 기억이 아예 없었다면 좋았을 것을. 희미하게나마 기억이 났다.

높은 천장은 낯설지만, 아예 못 본 모양새는 아니었다.

기억을 한참 더듬은 디엘은 자신이 지금 있는 곳이 의무실이라는 것을 깨달았다.

닥터 제이가 숙취에 괴로워하던 바로 그곳. 가슴이 덜컥 내려앉았지만, 그 불안은 오래가지 않았다.

주변에서 느껴지는 인기척은 단 하나, 디엘에게는 매우 친숙한 것이었다.

그 상대를 찾아 고개를 돌리니 붉게 지는 해를 등지고 앉아 있는 이가 있었다.

에드.

디엘이 그의 이름을 중얼거렸다.

평소에는 태양을 실로 자아낸 것 같이 반짝반짝 빛나는 금발이 지금은 불이 붙은 것처럼 새빨갛게 보였다.

마치 그의 눈처럼.

"물건도 쓰다 질리면 버리는데, 싫은 과거 좀 버리면 어때서."

에드의 담담한 말에 디엘은 선뜻 입을 열 수가 없었다.

그가 무슨 말을 하는 것인지 생각할 시간이 조금 필요했다.

"……내가, 무슨 말을 했습니까?"

대체 잠결에 어떤 헛소리를 지껄였던 걸까. 디엘이 갈라진 목소리로 묻자 에드가 천천히 대답하였다.

"과거를 지우는 것이 과거를 극복하는 것이 맞느냐고 했지."

"……"

꿈속에서 중얼거렸던 말은 누군가에게 답을 청하기 위한 물음이 아니었다.

그저 스스로에게 확인하고 싶은 사실이었다.

디엘이 입을 꾹 다물자 에드가 자리에서 일어섰다. 그가 걸음을 옮길 때마다 길게 늘어진 그림자가 서서히 가까워졌다.

침대 바로 옆까지 온 에드가 테이블 위에 놓여 있는 주전자에서 물을 따랐다.

반만 물을 채운 컵이 눈앞에 보이자 디엘은 저도 모르게 침을 삼켰다.

그녀가 몸을 일으키려고 하자 에드가 옆에서 부축해 주었다.

디엘은 그의 단단한 팔에 기대어 컵에 입을 대고 물로 천천히 목을 적셨다.

마음 같아서는 시원하게 한 컵을 통째로 마시고 싶었지만, 그녀가 조금이라도 정신없이 물을 들이켜려고 할 때마다 에드가 가볍게 컵을 뒤로 빼내었다.

야속하다는 생각이 들진 않았다. 갈증을 심하게 느낄 때일수록 급하게 마시는 물은 독이었다.

시간을 들여서 반 컵을 전부 비운 디엘이 작게 한숨을 내쉬었다.

"더 필요해?"

에드의 물음에 디엘은 고개를 저었다.

그러자 에드는 다시 디엘을 조심스레 침대 위로 눕혀 준 뒤, 컵을 테이블 위에 되돌려 놓았다.

평소의 그라고는 믿을 수 없을 만큼 다정하고 상냥한 손놀림이었다.

누군가의 병간호라도 해 본 적이 있는 걸까. 저도 모르게 그런 물음을 입에 담으려던 디엘이 멈칫하였다.

> '응, 나를 낳은 이후로 계속 아프셨지. 내가 기억하는 그녀는 언제나 침대 위에 있었어. 한 번도 밖으로 나온 걸 본 적이 없었거든.'

전에 에드가 그런 말을 했던 기억이 있었다.

디엘은 지금보다 훨씬 더 작고 어렸을 에드가 아름답고 가녀린 어느 여인의 옆에서 지금처럼 부축하는 걸 상상해 보았다.

"지우고 싶어?"

생각에 잠겨 있던 디엘은 한 박자 느리게 에드의 물음에 반응하였다.

"네?"

"과거 말이야."

디엘은 꿈속을 헤매다가 불현듯 현실 밖으로 끌려 나온 것 같은 얼굴로 에드를 보았다.

평소의, 그 넘치는 웃음기는 어디 간 것인지 그는 무표정한 얼굴로 저를 보고 있었다.

저를 탐색하는 것 같기도 하고, 순수하게 호기심을 갖고 있는 것 같기도 하고, 또 걱정하고 있는 것 같기도 하였다.

대답 없이 그 얼굴을 한참 마주 보고 있자니 에드가 다시 불쑥 입을 열었다.

"해 줄까?"

"무엇을 말입니까?"

"싫은 걸 없애 줄게."

먹기 싫은 완두콩 스프를 몰래 버려 주겠다고 하는 것처럼 가벼운 어조였다.

하지만 그 내용은 결코 가벼운 것이 아니었다.

디엘은 저도 모르게 제 어깨가 긴장으로 바짝 굳어졌다는 것을 깨달았다.

당신이 어떻게, 라는 생각은 들지 않았다.

에드라면 정말로 제가 싫어하는 것을 세상에서 깔끔하게 지워 줄 수 있을 것이라는 생각이 들었다.

설령 그것이 한 나라이더라도.

무어라 대답해야 좋을지 알 수 없어 침묵하던 디엘이 천천히 입을 열었다.

"……보았습니까?"

에드는 고개를 끄덕였다. 디엘은 웃으려다가 실패한 것 같은 얼굴을 하였다.

영원한 비밀은 없다더니. 이런 식으로 들통 나는구나, 결국.

허탈한 마음이 반, 그리고 신기하게도 홀가분한 마음이 반이었다.

그 마음에 불안함이나 두려움은 없었다.

에드가 저의 비밀을 다른 사람들 앞에서 공공연하게 떠들고 다닐 사람이 아니라는 건 이미 알고 있었다.

그녀가 신경 쓰는 문제는 전혀 다른 것이었다.

"무엇이 어떻게 된 건지 묻지 않는 겁니까?"

어깨를 으쓱한 에드는 뜻밖의 말을 하였다.

"그다지 궁금하지는 않아서."

분명 아침에는 남자였던 룸메이트가 여자로 변한 것을 보았으니 이상하게 여길 법도 한데, 에드의 태도는 평소와 크게 다를 바가 없었다.

만일 입장을 반대라고 생각해 보아도 자신은 에드처럼 행동할 수 없을 것 같았다.

역시 눈앞의 남자는 참 이상한 사람이라 생각하며 디엘이 재차 물었다.

"정말로…… 궁금하지 않습니까?"

"흠, 사실은 우리 주인님 쪽이 내가 궁금해 하길 바라는 것 같네? 그런 거면 얼마든지 말해. 전부 들어 줄 테니까."

멀리 떨어져 있던 의자를 질질 끌고 온 에드가 의자에 털썩 주저앉았다.

표정은 여전히 무표정하면서도 분위기는 사뭇 가벼웠다.

그 모습을 물끄러미 보고 있던 디엘이 조금 웃었다.

딱히 그가 제 과거를 궁금해 하길 바란 건 아니었으나 이런 반응은 조금 맥이 빠졌다.

"……18년 전, 로비나에서 한 여인이 아이를 낳았습니다. 그녀는 제가 낳을 아이가 로비나의 일곱 번째 왕자가 될 거고, 언젠간 그 아이가 왕이 될 거라 믿어 의심치 않았죠."

에드에게서 시선을 거둔 디엘이 허공을 응시하며 천천히 이야기를 시작하였다.

어설프게 반만 제 비밀을 드러내느니 차라리 전부 다 밝히고, 편해지고 싶었다.

"하지만 그녀가 낳은 아이는 남자아이가 아니었습니다."

"대신 아주 예쁜 공주님이었구나. 물빛 머리칼에 예쁜 이브닝 에메랄드의 눈동자를 가진."

턱을 괴고 있는 에드의 추임새에 디엘은 쓴웃음을 지었다.

"……아이의 어머니는 자신이 낳은 아이가 여자아이라는 걸 도저히 받아들일 수 없었습니다. 신이 실수를 한 게 틀림없다고 생각했죠. 그래서 신 대신 잘못을 바로잡겠다고 생각했습니다."

그 잘못을 바로잡는 방법이 바로 저주였다.

여자아이로 태어난 아이를 남자아이로 바꾸는 금기.

디엘은 숨을 느리고 고르게 내쉬었다.

그 뒤로 어떤 말을 더 이어야 할지 알 수가 없었다.

저주를 행하기 전까지는 바바라에게 제대로 자식 취급도 못 받던 굴욕적인 시간에 대해서 설명해야 하나?

저주가 실패한 후에는 제가 남들과 다른 존재라는 두려움과 불안함에 덜덜 떨었던 고통스러운 나날에 대해서 말하기라도 할까?

어느 쪽이건 입에 담고 싶은 내용은 아니었다.

제 과거를 깊은 늪에 빠져 버린 비극처럼 말하고 싶지 않았다.

혹여 동정이라도 해 달라는 것처럼 들릴까 겁이 났다.

분명 힘들었지만, 그렇다고 해서 동정 받고 싶은 것은 아니었다.

그냥 그렇게 살아왔을 뿐인 삶이었다.

디엘 본인조차도 그것을 있는 그대로 받아들이는 것이 무던히 힘들지만, 그렇다고 해서 에드가 저를 가엽다 여기길 바라진 않았다.

디엘이 그대로 말을 멈추고 침묵에 빠지자, 에드가 먼저 입을 열었다.

"맞아, 신도 가끔 실수를 하지. 하지만 네 존재는 신의 실수가 아니었어."

"……."

숨을 들이켜는 것도, 쉬는 것도 잊은 순간이었다. 디엘은 커다랗게 뜬 눈으로 에드를 바라보았다.

누군가에게는 공포로 기억되는, 하지만 디엘에게는 다정함으로 각인된 붉은 눈이 상냥하게 속삭였다.

"넌 그냥 너일 뿐이야."

"……."

이 말을 듣기 위해 자그마치 18년이라는 시간이 필요했다. 그저 태어났을 뿐이고, 최선을 다해 살아왔다.

제 존재가 헛된 것이 아니라고 증명하기 위해, 사랑받기 위해 노력했다.

하지만 바바라의 속내를 알고 그마저도 모두 무의미한 것이라고 생각하며 괴로워했던 시기가 있었다.

지금도 그 마음의 짐을 온전히 내려놓지는 못했었다.

그런데 에드가 그 짐을 들어 주었다. 완전한 타인인 당신이, 선뜻.

"당신은…… 내가…… 기분 나쁘지 않습니까?"

입 밖으로 흘러나온 것은 스스로도 깜짝 놀랄 만큼 약한 목소리였다.

꼴불견이라는 생각에 고개를 들 수 없었다. 슬그머니 숙인 고개 위로 부드러운 목소리가 내려앉았다.

"전혀. 어제의 너도, 오늘의 너도, 내일의 너도 똑같아. 너는 언제나 내가 좋아하는 너야."

너를 대하는 내 태도에 변함이 없다는 한 마디 말이 아주 길었다. 그리고 무거웠다.

하지만 디엘은 그 무게감이 좋았다.

에드는 언제나 종잡을 수 없는 장난을 치고, 거짓말도 잘 하는 남자였지만. 그가 진심을 담은 말에는 언제나 이렇게 무게가 있었다.

그의 거짓은 알기가 어렵건만, 진심은 쉽게 알 수 있었다.

지금 그가 하는 말은 모두 그의 진심이었다.

눈 안쪽이 후끈거리고 아파 왔지만, 눈물이 나오진 않았다.

당연했다. 슬픈 순간이 아니었다. 울 이유가 없었다. 그런데도 이상하게 울컥거리는 것이 가슴속에 들어앉아 있었다.

디엘은 천천히 고개를 들어 올렸다.

단 한 번도 저에게서 눈을 떼지 않던 붉은 눈을 마주한 순간, 물빛 속눈썹이 파르르 떨렸다.

"어머니가…… 회임하셨습니다. 그녀는 이번에야말로 진짜로 아들을 낳을 수 있을 거라고 믿고 있어요."

그래서 디엘 샤 자르타가 더는 필요가 없다고 말을 끝내는 대신, 디엘은 눈을 느리게 감았다.

"지우고 싶어?"

아무 높낮이가 없는 목소리로 에드가 다시 한 번 물었다. 아까와 같은 물음이었다.

과거를 지우고 싶으냐고? 디엘 샤 자르타가 완전히 없는 존재가 될 수 있는 걸까? 그럼 나는 행복해지나?

생각에 잠겨 있던 디엘은 천천히 고개를 저었다.

"아니요."

분명 이곳으로 오기 전까지의 삶은 힘든 것이었다.

싫었던 기억을 지우고 도망치면 당장은 고통에서 벗어날 수 있을지도 모른다.

하지만 삶에서 매 순간마다 그런 방법을 택할 순 없었다.

살아 있는 한, 어떻게 살아가건 고통은 따르기 마련이었다.

디엘이 설령 왕자가 아니라 공주로서의 삶을 살았다고 해도 마찬가지였으리라.

그녀가 이제까지 겪어 온 모든 일은 겉모습 혹은 성별 때문만은 아니었다.

그렇다면 겉모습을 바꾸는 것도, 성별을 바꾸는 것도, 혹은 과거를 버리는 것도 해결책은 아니었다.

변해야하는 것은 그녀가 아니라 세상이었다. 숨을 크게 들이마시며 디엘이 입을 열었다.

"나는 어제도, 오늘도, 그리고 내일도─ 같은 나로 살아가고 싶습니다."

에드는 말했다. 어떤 모습이건 너는 너일 뿐이라고. 그 말대로였다. 디엘은 디엘일 뿐이다.

그러니까 설령 과거를 지우지 않더라도 디엘은 괜찮았다. 제 모습을 받아들일 수 있었다.

그 어떤 일이 있더라도 어깨를 펴고 당당히 앞으로 나아갈 용기가 생겼다.

"그러니까…… 고맙습니다, 에드."

당신이 보여 준 그 모습이, 나누어 준 말이 나에게 힘을 주었다고 전하고 싶었다.

짧은 한 마디로 표현하기에는 부족한, 아주 커다란 감정이 가슴속을 가득 채우고 있었다.

디엘이 무슨 말을 더 이어야 할지 몰라 머뭇거리는 사이, 커다란 손이 그녀의 머리칼에 닿았다.

석양빛이 어린 호수를 연상케 하는 머리칼을 쓰다듬는 손은 다정하였다.

그 손길 사이로 저를 보는 눈은 더더욱 상냥하였다. 문득 레아가 했던 말이 떠올랐다.

'당신은 사랑받아 마땅한 분이세요. 그러니까 아카데미에서 반드시 만나실 수 있을 거예요. 디엘 님을 있는 그대로 받아들이고, 이해해 주시는 소중한 인연을.'

그녀가 어떤 심정으로 그 말을 했을지 그 마음을 그려 보던 순간이 있었다.

이상하게도 지금이라면 그 마음이 눈에 잡힐 듯 분명하게 이해가 갔다.

디엘은 고개를 살짝 숙였다. 목에 걸린 펜던트가 반짝반짝 빛을 내고 있었다.

보석은 붉은빛을 받아서인지 마치 자주색처럼 보였다.

'우리 디엘 님은 행복해지실 거예요. 그 누구보다도.'

레아. 입속으로 그리운 이름을 달싹이며 디엘이 중얼거렸다. 네가 옳아. 나는 행복해질 수 있을 것 같아. 그 누구보다도.

\*　　　\*　　　\*

잠시 에드와 대화를 나눈 후.

디엘은 자신이 정확히 이틀 만에 눈을 떴다는 사실과 자신의 비밀을 아는 사람이 일단은 에드 한 사람뿐이라는 놀라운 사실을 알게 되었다.

그게 대체 어떻게 가능하냐는 물음에 에드는 어깨를 한 번 으쓱할 뿐, 아무 대답을 해 주지 않았다.

대신 디엘이 부상을 입은 것으로 인해 실습이 중단되었다는 사실과 스타투스 경비대가 모르아에 들어와서 한창 조사를 진행 중이라는 이야기를 들려주었다.

"······존 스미스가 죽었다고요?"

자세를 고쳐 침대 헤드에 기대어 앉은 디엘이 뜨악한 얼굴로 묻자 에드가 아주 당당한 얼굴로 대답하였다.

"응, 힘 조절에 좀 실패했어."

"······."

어떻게 하면 힘 조절에 좀 실패해서 사람을 죽일 수 있나, 하는 생각이 드는 것은 잠시였다.

일말의 죄책감이 느껴지지 않는 에드의 얼굴을 물끄러미 보고 있던 디엘은 마른세수를 하며 물었다.

"그렇다면 바인은 어떻게 되었습니까?"

"놓쳤어. 오른 어깨를 박살 내서 멀리 못 갈 거라고 생각했는데, 아무래도 생각보다 도망치는 실력만큼은 좋았던 모양이야. 일단 경비대에서 행방을 추적 중이지만, 다른 소식은 없어."

이번에도 딱히 긍정적이지 못한 대답이었다. 디엘은 작게 한숨을 내쉬었다.

"삼 일간 찾아내지 못했다면, 이미 스타투스를 벗어났을 가능성도 있겠군요."

"유적지로 이어지는 산을 탔으면 가능성이 없진 않지. 아예 그놈은 다리를 부러트릴걸 그랬나 봐. 도망 못 가게."

이번에도 무서운 소리를 쉽게 입에 담은 에드가 스프 그릇을 들었다.

아까 전 급하게 방 밖으로 나가는가 싶더니 가져온 것이었다.

스프가 가득 들어 있는 그릇에서는 김이 모락모락 피어오르고 있었다.

고소한 냄새에 식욕이 동한 배가 어서 저 스프를 먹게 해 달라고 야단이었다.

디엘이 저도 모르게 스프 그릇을 물끄러미 쳐다보고 있자, 피식 웃은 에드가 숟가락으로 스프를 떠 올렸다.

"자, 아."

"……지금 뭘 하는 겁니까, 에드?"

에드가 스프가 담긴 숟가락을 제 앞으로 내밀자 디엘이 어이가 없다는 얼굴로 그것을 내려다보았다.

기분 탓이 아니라면 지금 에드가 저에게 이것을 먹여 주려는 것처럼 보였다.

"뭐긴 뭐야. 먹여 주려는 거지. 스프 적당히 식혔으니까 안심하고 먹어."

"에드. 내가 다친 건 등이지, 팔이 아닙니다. 혼자서 먹을 수—"

있다 주장하며 팔을 움직이려던 디엘이 멈칫하였다.

등줄기를 타고 예리한 통증이 흘렀다. 그녀가 굳어 있는 모습을 본 에드가 히죽거렸다.

"것 봐. 혼자서는 무리라니까. 자, 괜히 부끄러워하지 말고 얼른 입 벌려. 아—"

뭐가 그리 즐거운지 에드는 디엘은 숟가락을 든 채, 희희낙락이었다. 내가 아픈 게 그렇게까지 기쁠 일인가.

차가운 눈으로 그를 흘겨보면서 디엘은 결국 입을 벌렸다. 민망

함보다는 배고픔이라는 현실 앞에 지고 만 탓이었다.

입 안으로 들어온 스프에서 진하고 고소한 크림 맛이 먼저 감돌았다.

그다음으로는 잘게 다진 야채와 고기 건더기가 가득 씹혔다. 몇 번 씹지도 않고, 그것을 삼킨 디엘은 얼른 다시 에드를 보았다.

그것을 알아차린 에드는 기다렸다는 듯이 스프를 다시 떠올렸다.

디엘에게 스프를 먹여 주는 동안, 에드는 별다른 말을 하지 않았다.

대신 퍽 다정한 눈으로 디엘을 보고 있었다. 어쩐지 등이 간질간질한 눈빛이었다.

이래서야 씹을 것도 별로 없는 수프를 먹다 체하겠지 싶은 기분이었다.

평소처럼 느끼한 수작을 걸어오는 것도 아니건만, 저를 보는 눈빛이 지나치게 낯 뜨거웠다.

"에드."

"으응? 수프 더 먹고 싶어? 가져올까?"

바닥에 남아 있던 스프를 싹싹 긁어모으던 에드의 물음에 디엘이 얼른 고개를 저었다.

"아닙니다. 내가 말하고 싶은 것은 스프가 아니라, 그……"

당신이 이렇게 나에게 친절한 이유는 무엇이냐고 물으려던 디엘은 멈칫하였다.

지금 이런 질문을 하는 것이 과연 현명한 것인가 의문이 들었다.

어쩌면 에드가 저에게 갖는 것이 남다른 호감일지도 모른다고 생각하지만—

여자라고도 할 수 없고, 그렇다고 남자라고도 할 수 없는 지금의 자신이 누군가의 마음을 받아 줄 수는 없었다.

아랫입술을 살짝 깨문 디엘은 급하게 하려던 말을 바꾸었다.

"흠, 정말로 당신을 제외하면 아무도 모르는 겁니까? 내 비밀을."

눈을 떴을 때야 에드와 대화를 나누느라 정신이 없어 몰랐지만, 나중에 보니 그녀는 완벽하게 치료를 받은 상태였다.

심지어 가슴에는 붕대를 따로 감아 두지 않아서 입고 있는 환자복으로는 몸매의 굴곡이 그대로 드러나고 있었다.

의료실은 분명 텅 비어 있지만, 적어도 이곳을 지킬 닥터 제이도 디엘의 상태를 모른다는 건 말이 되질 않았다.

디엘이 의구심이 가득한 목소리로 재차 문자 접시를 테이블 위에 올려놓은 에드가 불길한 미소를 지어 보였다.

"괜찮아. 난 네 비밀을 아무도 모르게 만들 수 있으니까."

농담이나 허세가 아니었다. 에드는 진심으로 디엘의 비밀을 지켜 줄 수 있다 자신하고 있었다. 디엘은 저도 모르게 얼굴을 찌푸렸다.

"……에드, 대체 당신 정체가 뭡니까?"

단지 모르아에서 학생들이 두려워하는 존재이기 때문이라는 것만으로는 그의 이런 행동을 설명할 수 없었다.

검술 실력이 제아무리 뛰어나다고 한들, 그 때문에 아카데미 내부 관계자를 움직일 수는 없었다.

게다가 아무리 이시호 제국이 대륙 내에서 손꼽히는 강국이라고 하더라도 일개 귀족이 휘두르는 권력에는 한계가 있었다.

이 정도까지 강력한 힘을 행사하려면 적어도 황족에 준하는—

그 순간, 어떠한 예감이 번개처럼 머릿속을 스쳤다.

'……그래서 결국 이시호 제국의 황태제는 진짜 실종된 상태라고?'

이시호의 황태제. 마고 여황이 가장 아끼는 아우인 그 황태제의 행적이 묘연하다는 소문이 아직도 세간에 파다하였다.

디엘은 황태제에 대한 정보를 떠올리려고 애를 썼다.

검술 실력이 뛰어나고, 머리가 좋아 천재라고 칭송받으며 누구나 한 번 보면 잊을 수 없는 미남. 그리고 훌륭한 인품.

마지막으로 떠올린 정보는 에드에게 도저히 들어맞지 않는 것이나 나머지는 제법 조건이 잘 들어맞았다.

암살 위협을 피해 숨었다던 그 황태제의 이름이 대체 뭐였지? 분명—

"에드, 당신 설마……."

디엘이 경악을 감추지 못하고 더듬더듬 입을 열자, 에드가 조용히 웃었다.

그 웃음이 예사롭지 않다는 것을 감지한 디엘은 말을 더 잇질 않았다.

그녀에게는 왕궁에서 살벌한 왕위 계승권 다툼을 겪으며 얻은 몇 가지 소중한 교훈이 있었다.

그중 하나는 때로는 어떤 사실도 모르는 척 구는 것이 상책이라는 처세술도 포함되어 있었다.

"……괜찮은 겁니까?"

어째서 이곳에 있는 것인지, 그리고 그의 정체를 아는 사람이 얼마나 되는지 물을 수가 없었다.

대신 그의 신변에 별문제가 없다는 것을 확인하고 싶어 꺼낸 말에 에드가 하하 웃었다.

"너무 괜찮아서 탈일 정도지. 우리 주인님도 잘 알잖아. 지금 내 상황."

아니까 걱정할 수밖에 없지 않은가. 등에 부상을 입은 제가 할 생각은 아니다 싶었지만, 디엘은 걱정 어린 시선을 쉽게 거둘 수 없었다.

이시호 제국에서 능력이 뛰어난 황태제를 눈엣가시로 여기는 자들이 많다는 것은 익히 들어 알고 있었다.

설마 그 때문에 이 남자는 제국으로 돌아가지 못하고 있는 걸까.

디엘이 말간 눈으로 저를 보고 있는 것이 좋은지 에드는 웃는 얼굴로 그녀의 뺨을 쓰다듬었다.

갑작스러운 접촉이었지만, 디엘은 별로 놀라지 않았다. 곤란하게도 이제는 익숙한 손길이었다.

"어떻게 하고 싶어?"

언제나처럼 난데없는 물음이었다. 무엇을 어떻게 하고 싶으냐는 걸까.

디엘이 눈으로 묻자 에드가 재차 입을 열었다.

"저주를 풀고 싶어?"

당연하다면 당연한 말에 디엘이 고개를 끄덕이려는 순간. 에드가 말을 이었다.

"아님, 완성시키고 싶어?"

저주를 완성시켜? 디엘이 천천히 눈을 깜빡였다.

저주를 푸는 것은 여자가 되는 것이고, 반대로 저주를 완성시키는 것은 남자가 된다는 뜻이었다.

"지금 여자도, 남자도 아니라는 건 원하는 그 어느 쪽이든 될 수 있다는 뜻이기도 하잖아."

그간 무의식중에 저주를 푸는 쪽으로만 생각해 왔던 디엘에게 에드의 말은 조금 충격이었다. 하지만 그 감정의 동요는 오래가지 않았다. 디엘은 고개를 저었다.

"아니요. 저는 저주를 풀고 싶습니다."

애초에 그녀가 남자가 된 것 역시 스스로 선택한 일이 아니었다. 돌이켜 보면 디엘 본인은 단 한 번도 자신이 남자가 되고 싶다고 생각해 본 적이 없었다.

그저 어쩔 수 없는 상황에 몰린 사람이 할 수 있는 최선의 선택이 바로 이 길이었을 뿐이었다. 그것이 잘못된 길이라는 걸 알았으니 이제는 바로잡아야 할 때였다.

"여자의 몸을 되찾을 겁니다. 그게 제가 원하는 일입니다."

단호한 대답을 들은 에드가 만족스러운 얼굴을 하였다.

"다행이네. 황태제비가 남자라고 반대당할 일은 없겠어."

에드의 말에 디엘의 표정이 순간적으로 무너져 내렸다. 황태제
비라니. 그녀가 놀란 얼굴로 에드를 보자 그가 디엘의 뺨에 짧게 입
을 맞추었다. 애정이 듬뿍 담긴 입맞춤이었다. 조금 전보다도 더욱
놀란 디엘이 숨을 쉬는 것도 잊은 채, 입을 열었다.

"에, 에, 에드!"

끝이 심하게 떨리는 소리로 에드의 이름을 부르자 태연한 얼굴
로 그가 대답하였다.

"응."

뭐가 문제라도 있느냐는 얼굴로 에드가 눈썹을 까닥였다. 디엘
은 한 손으로 제 입가를 가리고 더듬더듬 말을 꺼냈다.

"이, 이런…… 가, 갑자기 이런 식으로……!"

"흐음? 그럼 갑자기가 아니면 괜찮은 거지?"

환히 웃은 에드가 다시 한 번 입을 맞추려는 것처럼 몸을 들썩이
자 디엘이 급하게 손을 저었다. 등에서 욱신거리는 통증이 느껴졌
지만, 지금은 그것에 신경을 쓸 때가 아니었다.

"그게 아니라! 이런, 이런 행동을 하는 건 곤란합니다!"

"왜?"

"그, 그거야…… 이, 이런 행동은…… 마치 당신이, 나에게,
그…… 특별한 감정을 갖고 있는 것처럼 느끼게 만듭니다."

네가 날 좋아하는 것 같이 보인다는 말이 쉽게 나오지 않아 디엘
은 한참 말을 빙빙 돌렸다.

그러나 에드는 그런 디엘의 노력을 아주 가볍게 무시하였다.

"그게 맞잖아. 난 널 좋아해. 아주 많이."

"······."

지나치게 평이한 어조로 한 말에 디엘은 잠시 할 말을 잃고, 눈을 동그랗게 떴다. 얼핏 듣기에는 우정에 대해 말하는 것처럼 들리기도 하였으나 저를 보는 그의 눈은 진지하였다. 우정의 연장선이라고 하기에는 지나치게 뜨거웠다.

디엘은 입술을 꾹 깨물며 천천히 입을 열었다.

"하지만 에드, 지금의 나는······."

"상관없어."

그녀가 무슨 말을 하려고 하는지 아는 것처럼, 에드가 빠르게 입을 열었다.

"말했잖아. 너는 너일 뿐이라고. 네가 어떤 모습이건, 어떤 사람이건 상관없어. 나는 네가 좋아. 그냥 그것뿐이야."

이 말이 제 입에서 나온 말이라고는 믿기지 않는다고 생각하며 에드가 웃었다.

아마도 처음 본 순간부터 그랬을 것이라는 생각이 들었다.

이 아름다운 아이는 어느 틈엔가 에드의 심장 안에 단단히 자리를 잡고 있었다.

에드는 디엘이 피를 흘리며 제 품 안에서 의식을 잃어 가던 때를 똑똑하게 기억하였다.

한 번도 느껴 본 적이 없는 두려움의 순간이었다.

어머니가 돌아가셨을 때조차 슬퍼하기 보다는 오히려 그녀가 언게 된 평온에 안심했던 그였다.

하지만 디엘의 몸에서 온기가 조금씩 빠져나가는 것을 깨달았던 순간에는—

다시는 떠올리고 싶지 않은 경험이었다.

고개를 가볍게 저은 에드가 디엘의 손을 조심스럽게 잡아 올렸다.

왕족인데도 마냥 고운 손은 아니었다. 검과 펜을 오래 잡아 생긴 굳은살이 곳곳에 있었다.

누구보다 완벽한 왕자가 되기 위해 디엘이 얼마나 노력해 왔는지를 알려 주는 손이었다.

그래서 에드는 이 손이 무척 좋다고 생각하였다. 자신이 마주 잡기에 딱 맞는 손이었다.

"그건 제가…… 원래 여자라는 걸 알아서 입니까?"

디엘이 물어 온 말에 에드는 잠시 멈칫하였다.

에드는 그녀가 위험에 처했다는 것을 알았을 때부터 다른 생각을 할 수 없었고, 실제로 그녀가 부상을 입었을 때는 걱정과 분노로 정신을 차릴 수가 없을 지경이었다.

그때의 디엘이 여자일 거라 확신하지 않는 상황이었음에도 불구하고.

그러니 이것은 디엘이 원래 여자였다는 걸 알기에 가진 감정이 아니었다.

"아니."

단호하게 에드가 고개를 저었다.

"그건 계기였을 뿐이지."

그녀가 여자라는 걸 알게 되었기 때문에 좋아한다 말한 것이 아니었다.

디엘의 몸이 여자로 변하는 것을 두 눈으로 목격한 순간, 그는 분명 안도감을 느꼈다.

그러나 그것은 자신이 이성애자라고 깨달았기에 느낀 감정이 아니었다.

그에게 있어서 디엘은 그저 디엘이었다.

성별이나 출신, 그 외 다른 어떤 요소로도 그녀에 대한 마음이 바뀔 일이 없었다.

에드가 느낀 안도감은 자신이 디엘 샤 자르타가 설령 그 어떤 존재이더라도 그녀를 사랑할 수 있을 거란 걸 자각했기 때문이었다.

그렇다면 더는 이 마음을 망설이거나 유보할 필요가 없었다.

그는 그날 처음으로 저에게 인간다운 감정이라는 것이 있음을 알았다.

붉은 눈의 악마도 사랑을 할 수 있었다.

"……왜 하필……."

울컥거리는 마음에 디엘이 제대로 말을 잇지 못하였다.

디엘 샤 자르타라는 껍질을 벗겨 내고 남아 있는 자신은 어디 가서 자랑스레 스스로를 내보일 수 있는 존재는 아니었다.

세상이 저를 어떻게 받아들일지, 디엘은 잘 알고 있었다.

남자도 여자도 아닌 자. 금기를 어긴 저주받은 존재.

그것은 스스로의 과거를 받아들이고 앞으로 나아가겠다는 다짐과는 별개의 문제였다.

세상은 디엘뿐만이 아니라 디엘을 사랑하고 아끼는 자들에게 똑같은 고난을 안겨 줄 터였다.

그래서 사람을 가까이 하는 것이 두려웠다. 저의 진짜 모습을 보여 주는 것만큼이나 자신을 받아들여 준 사람들이 입게 될 상처 역시.

"글쎄."

에드는 디엘이 꾹 깨문 입술을 쓰다듬어 주었다. 평소에 악마라 불리며 모두에게 두려움의 대상인 그 남자라고는 믿을 수 없을 만큼 부드럽게.

"만일 세상에서 누군가 딱 한 사람만을 골라야 한다면 나에게는 그게 너인 것 같아."

그것 외에는 다른 이유가 없다며 에드가 말을 이었다.

"말했잖아. 나는 복잡한 이유 같은 건 만들지 않는 사람이라고."

웃고 있는 그의 뒤로 붉은빛이 차츰 어둡게 물들어 가고 있었다.

물에 번지는 물감처럼 퍼져 오는 검푸른 하늘과 태양 같은 남자는 참 잘 어울렸다.

희미하게 어둠이 내려앉은 금발도, 어둠 속에서 타오르는 불꽃처럼 선명한 붉은 눈도.

사람들이 그를 악마처럼 부르며 두려워하는 것은 단지 그가 무서운 존재이기 때문만은 아닐 것이다.

사람을 현혹하여 길을 벗어나게 하는 악마처럼 치명적인 아름다움을 가진 남자였다. 디엘은 그를 보며 입을 열었다.

"에드."

"아, 대답은 필요 없어."

눈치가 빠른 그답게 단칼에 디엘의 말을 잘라 냈다.

당황한 디엘이 입을 우물거리자 에드는 다시 그녀의 얼굴을 어루만졌다.

이제 익숙해질 법도 하건만, 매번 피부에 닿는 그의 손은 지나치게 뜨거워서 흠칫 놀라게 되었다.

"지금의 네가 나에게 좋은 대답을 해 주지 않을 건 분명하니까. 난 긍정이 아닌 대답이라면 그 어떤 대답도 필요 없거든."

"……."

"그러니까 협력할게. 네가 저주를 풀 수 있도록."

디엘을 위한 배려는 아니었다. 그저 거부는 받아들이지 않겠다는 선전포고였다.

제 마음에 고개를 끄덕이는 것 외에 다른 선택지는 있을 수 없다는 그 말에 전이라면 반발심이 먼저 일었을 것이다.

하지만 지금의 디엘은 에드의 그런 이기심이 싫지 않았다.

"만일 내 저주를 풀 방법을 찾지 못한다면 어떻게 할 겁니까?"

언제까지 기다릴 수 있냐는 말 대신 디엘이 심술궂은 가정을 하였다.

이대로 평생 저주를 풀지 못할 수도 있다는 말에도 에드는 눈썹 하나 깜빡하질 않았다.

"난 그래도 상관없어."

"상관없다고요?"

"응, 상관없어."

긴말 없이 고개를 끄덕이는 에드의 얼굴에는 어느새 평소 같은 장난스러운 기색이 어려 있었다.

"그건 그거대로 또 다른 방식으로 즐거움이 늘어— 아얏!"

에드가 터무니없는 말을 입에 담으려고 한다는 걸 알아차린 디엘이 재빠르게 그의 팔을 때려 주었다.

저질러 놓고 나니 아차, 하는 생각이 들었지만 한편으로는 에드가 일부러 저에게 맞아 준 거라는 생각도 들었다.

한없이 무거운 제 기분을 풀어 주기 위한 그 나름대로의 배려인 셈이었다.

전에는 미처 알지 못했던 부분이 보이니 그가 더더욱 싫지 않았다.

"……오랜 기다림이 필요할 겁니다."

"괜찮아. 기다리는 건 싫지만, 너와 함께라면 즐거울 것 같으니까."

어떻게 해도 물러설 남자가 아니라는 건 이미 잘 알고 있었다.

디엘은 한숨 대신 미소를 입가에 걸었다.

그것이 마치 승낙의 표현인 것처럼 에드는 의기양양한 얼굴을 하였다.

그가 다시 한 번 저에게 입을 맞추려는 걸 알아차린 디엘은 손을 들어 올려 그를 가볍게 밀어냈다.

그러자 에드는 어울리지도 않게 시무룩한 얼굴을 하였다.

그를 잘 모르는 사람이라면 무심코 깜빡 속을 만큼 완벽한 연기였다.

"에드. 대답은 보류하기로 하지 않았습니까. 당연히 이런 행위도 피해야 합니다."

"뭐야, 닳는 것도 아닌데 치사하게."

아니, 당신이랑 하면 닳을 겁니다.

차마 입 밖으로 정직하게 속마음을 털어놓지 못하고, 디엘은 고개만 연신 저었다. 그러자 에드가 한숨을 푹 내쉬었다.

"사귀는 사이가 아니어도 이 정도는 할 수 있잖아. 친구끼리도 하는 스킨십이라고."

그렇게 말하면서도 에드의 손은 디엘에게서 떨어질 줄을 몰랐다.

제 뺨이며 머리칼을 집요하게 만지는 에드의 손길에 살짝 얼굴이 붉어질 정도였다.

세상 어느 천지에 친구끼리 이런 스킨십을 하는 사람이 있다고.

"……그럼 제가 이런 스킨십을 당신 외에 다른 사람— 이를테면 친구인 니나나 유진과 해도 괜찮은 겁니까?"

"당연히 안 되지."

"……."

"뭐, 정 하고 싶으면 해도 좋아. 단, 그 두 사람의 안전은 보장 못 하겠지만."

싱글벙글 웃는 얼굴로 무서운 협박을 한 에드를 보고 디엘이 얼굴을 찌푸렸다.

진심인지 농담인지 종잡기가 어려웠으나, 아무래도 두 사람의 안전을 위해서는 적정 거리를 유지할 필요가 있을 것 같았다.

"백보 양보해서 니나까지는 그렇다 쳐도 그 남구인은 절대 안돼. 아니, 생각해 보니까 니나도 위험해. 그 아이는 너한테 지나치게 호감을 갖고 있다고."

연신 투덜거리면서 에드가 조금 멀리 떨어진 테이블 위에 놓여 있던 무언가를 집어 들고 왔다.

그가 들고 온 것은 주먹보다 작은 동그란 모양의 유리병으로 안에는 형형색색의 종이꽃이 가득 들어 있었다.

에드는 그것을 디엘의 무릎 위에 올려 주었다.

"네가 정신을 잃고 있는 동안, 매일 다녀갔어."

디엘은 유리병 안에 들어 있는 손톱만 한 종이꽃을 보며 입을 작게 벌렸다.

아주 오래전, 자신이 아팠을 때 레아가 이런 꽃을 잔뜩 접어 준 기억이 있었다.

그동안 어렴풋하게 느꼈던 어떠한 예감이 차츰 확신으로 변해 가는 기분이었다.

조심스럽게 유리병을 들어 올린 디엘이 그 표면을 어루만졌다.

병 안에는 아주 많은 꽃이 들어 있었다. 언제 이걸 다 접은 걸까?

그녀가 저를 위해 꽃을 접고 또 접는 모습을 상상하니 콧속이 시큰거렸다.

"처음에는 생화를 준비하려고 했던 모양인데, 닥터 제이가 의무실에는 절대 꽃을 두면 안 된다고 해서. 그리고 이것도."

에드가 내민 손바닥 위에는 작은 돌이 올려져 있었다.

금색과 갈색이 어우러진 무늬는 익숙한 것이었다.

호안석. 저도 모르게 중얼거린 디엘은 그 작은 호안석을 받아 들었다.

이것을 주고 간 사람이 누구일지는 따로 듣지 않아도 알 수 있었다.

"무슨 이따위 돌멩이를 병문안 선물로 가져오나 싶어서 버릴까 했지만."

불퉁스러운 말에 디엘이 얼굴을 찌푸리며 고개를 치켜들었다.

"에드. 사람이 사람에게 진심을 담아 하는 선물에 함부로 값어치를 매기는 건 예의가 아닙니다. 그리고 이건 그냥 돌멩이가 아닙니다. 호안석이라는ㅡ"

"그래, 그래. 뭔가 회복을 기원하는 의미가 담겨 있는 그런 거라면서. 나도 들었어."

그래서 버리지 않은 거라며 에드가 어깨를 으쓱하였다.

"반지나 팔찌 같은 거였으면 진즉 버렸겠지만."

"……"

왜 그렇게 속이 좁냐는 핀잔대신 디엘은 한숨을 쉬었다.

아무래도 앞으로 유진의 안전을 위해서는 신경 써야 할 일이 한두 개가 아닐 것 같았다.

"그 녀석들 말고도 찾아온 녀석들이 몇 명 있었어."

유진과 니나 외에 저를 찾아올 사람이 있었나.

바로 떠오르는 얼굴이 없어서 디엘이 고개를 갸웃하였다.

"그동안 너한테 말 한 마디 붙여보고 싶어서 안달이 난 놈이 꽤 있었거든. 그런 녀석들이 몇 명 왔다 갔어."

아—

에드의 말을 들으니 스쳐 지나가는 얼굴이 몇 명 있었다.

강의 시간에 저에게 쭈뼛쭈뼛 말을 걸어오던 어느 학생이나 기숙사 복도에서 스쳐 지나갈 때마다 꼭 인사를 하던 학생.

친구라고 할 정도로 가까운 이들은 아니나 디엘의 부상 소식을 듣고 걱정을 할 정도의 사이기는 하였다.

"그 외에도 몇 명 더."

"또 누가 있었습니까?"

"너를 그곳에 몰아넣었던 그 정신 나간 새끼들. 진심으로 사과하고 싶다는 미친 말을 지껄이더라. 이렇게 일이 커질 줄은 몰랐다나."

에드의 입에서 흘러나온 목소리는 평소처럼 발랄한데 반해, 어조는 무서울 정도로 신랄하였다.

디엘은 순간, 에드가 그들을 이미 죽이고 온 건 아닌지 걱정스러웠다.

"설마 손을 대진 않았겠죠, 에드?"

불안한 마음을 담아 물어보니 에드가 눈썹을 까닥거렸다.

"허락받으려고 기다리고 있었어. 죽여도 돼?"

"안됩니다. 절대 그러지 마세요."

단호하게 대답한 디엘이 고개를 저었다.

"그들에게는 내 부상에 대한 정당한 책임을 지게 할 생각입니다. 죽이는 것도, 딱 죽기 전까지 응징하는 것도 필요 없습니다."

"……네 생각이 정 그러하다면."

납득한 것 같진 않았지만, 에드는 잠자코 고개를 끄덕여 주었다.

내심 그가 고집을 피우면 어쩌나 싶었던 디엘은 부드럽게 웃었다.

그 웃는 얼굴을 본 에드의 입가가 덩달아 허물어졌다.

"역시 웃으니까 더 예뻐."

계속 그 얼굴을 보고 싶다고 중얼거리며 에드가 침대에 더욱 바짝 다가붙었다.

디엘은 또다시 그가 저를 끈덕지게 더듬어 오리라는 것을 예감하고 몸을 굳혔다.

이제 정신을 차린 지 얼마 안 된 환자에게는 지나치게 자극적인 상황이었다.

아, 맞아. 지금 나 환자구나.

디엘은 그제야 제 몸 구석구석에 쌓여있는 피로감을 재차 느꼈다.

"뭔가 필요한 거 있어? 안 되는 거 빼고는 다 해 줄게. 뭐든 말만 해 봐."

"뭐든?"

"그래, 뭐든."

거의 침대 위로 몸을 올린 채, 에드가 디엘의 머리칼을 쓰다듬었다. 귓불을 만지작거리는 손길이 퍽 끈적끈적하였다.

키스가 안 된다고 거부했더니 저를 만지는 손길은 더욱 노골적이었다. 부상을 입은 몸에는 좋지 않은 움직임이었다.

디엘은 그 손을 쳐 내는 대신, 환하게 웃었다. 에드도 홀린 듯 따라 웃었다. 그 얼굴을 보며 디엘이 사근사근한 어조로 말했다.

"쉬어야겠으니 당장 나가 주시겠습니까?"

한참 기대에 가득 차있던 에드의 얼굴이 엉망으로 구겨졌다.

"……참 이상하게도 전에도 이런 일이 있었던 것 같아, 주인님."

"기분 탓일 겁니다. 자, 빨리 나가 주세요."

디엘은 성가신 멍멍이를 내쫓는 것처럼 손을 허공에서 내저으려다가 얼굴을 찌푸렸다.

등에서부터 전해지는 통증때문이었다. 그 모습을 본 에드가 얼른 양손을 들어 올렸다.

"알았어, 알았어. 나갈게. 대신 오늘 일은 빚으로 치자. 나중에 이자까지 쳐서 제대로 받아낼 줄 알아."

"빚? 그게 무슨……, 에드!"

불길한 마음에 에드를 다그치려던 디엘이 움찔하였다.

뺨에 보드랍고, 촉촉한 것이 닿았다가 떨어지는 것이 느껴졌다.

놀란 토끼처럼 눈을 동그랗게 뜨고 제 뺨에 입을 맞춘 남자를 보자 그가 씩 웃었다.

"푹 쉬어, 주인님."

말릴 틈도 없이 다시 한 번 반대쪽 뺨에 깃털 같은 입맞춤이 이어졌다.

간질간질한 무언가가 가슴 속을 가득 채우고 흘러넘쳐서 전신을 감싸고 있는 것 같은 이상한 감각에 숨이 가빠왔다.

"내일 또 올게. 그때까지 얌전히 있어. 아! 잘 때는 꼭 내 꿈꾸는 거 잊지 말고."

제멋대로인 인사를 남기고 에드는 의무실을 빠져나갔다. 그 뒷모습을 멍하니 보고 있던 디엘은 천천히 고개를 숙였다.

뺨이 평소보다 뜨거웠다. 그녀는 그것이 몸에 쌓인 피곤 때문이라고 생각하기로 하였다.

그렇지 않다면 오늘 밤은 푹 쉬기는커녕 얕은 잠조차 자지 못할 것 같았으니까.

*　　*　　*

다친 게 다른 곳이 아니라 등이니 금방 수업은 받을 수 있을 거라 생각했지만, 그녀의 뜻은 이루어지지 않았다.

워낙 등의 통증이 커서 잊고 있었지만, 다리 역시 부상을 입었던 탓이었다.

검술학과 상급생 무리가 저를 비밀 통로로 내동댕이칠 때 입었던 바로 그 부상이었다.

발목에 댄 부목은 거추장스러웠지만, 한시라도 빠르게 회복하길 원한다면 절대 뗄 생각을 말라는 닥터 제이를 거스를 수가 없었다.

결국 디엘은 정신을 차리고서도 이틀은 꼼짝없이 침대 위에서 보내야만 했다.

면회가 허락된 것은 정확히 그 이튿날부터였다.

"디에에엘!"

눈에 커다란 눈물방울을 달고 침대로 달려오는 니나를 보며 디엘은 쓴웃음을 지었다. 걱정을 끼친 것에 대한 미안함이 담긴 그런 얼굴이었다.

"니나, 오랜만이네."

"오랜만이네, 라니! 사람을 있는 대로 걱정시켜 놓고 어떻게 그렇게 태평하게 인사를 할 수 있어!?"

"……미안."

"미안은 왜 또 미안이야!? 네가 잘못한 게 뭐가 있다고 사과를 해!"

걱정을 하는 건지 화를 내는 건지 알 수 없는 어조로 니나가 언성을 높이자 뒤에서 더더욱 커다란 고함이 날아들었다.

"시끄러워! 누가 대체 조용해야 할 의무실에서 이렇게 떠드는 거냐!"

어느새 다 구겨진 의사가운을 걸친 닥터 제이가 한껏 얼굴을 찌푸린 채, 이쪽을 보고 있었다.

디엘은 방금 제일 시끄러웠던 사람이 닥터 제이었다고 생각하며 고개를 꾸벅하였다.

"죄송합니다, 제이."

"흥. 한 번만 더 시끄럽게 굴면 내쫓을 줄 알아. 다른 사람에게 폐가 되지 않도록 조용히 하도록 해라."

비록 디엘을 제외하고는 아무도 없는 의무실이지만, 닥터 제이의 말은 정론이었다. 입이 열 개여도 할 말이 없었기에 디엘은 재차 고개를 숙였다.

나나도 조금 기가 죽은 얼굴로 "죄송해요오."라고 사죄를 하며 고개를 꾸벅 숙이고 있었다. 닥터 제이에게 사죄를 마친 나나는 디엘에게도 고개를 숙였다.

"미안, 디엘. 화를 내려던 건 아닌데, 어쩌다 보니 말이⋯⋯."

"알아. 걱정이 아주 깊어지면 마치 화가 나는 것처럼 먼저 말이 튀어 나갈 때가 있지."

디엘도 전에 경험해 본 적이 있는 일이었다. 며칠이고 모습을 보이지 않던 에드를 만난 순간. 반가운 한편 화가 났던 기억이 생생하였다. 그날 일을 떠올리며 디엘이 침묵하자 나나가 조심스럽게 의자에 걸터앉았다.

"상처는 좀 괜찮아?"

"응. 등이라 움직이는 게 불편할 때가 있긴 한데, 다행히 그렇게 심하진 않대. 흉터도 거의 남지 않을 거랬어."

아무래도 술 냄새나 풀풀 풍기던 닥터 제이의 실력은 생각보다도 훨씬 뛰어난 모양이었다. 디엘은 닥터 제이가 있는 방향을 힐끔 보았다. 평소처럼 책상에 엎어져 있던 그는 끙차, 하는 신음과 함께 몸을 일으키고 있었다. 아무래도 또 찬물로 숙취를 해소하려는 모양이었다.

"거기, 면회 온 학생. 혹시라도 그 녀석이 아프거나 무슨 문제가 생기면 카페로 오도록 해라."

그 한 마디를 남긴 닥터 제이는 휘청거리며 의무실 밖으로 빠져

나갔다. 왜 하필 카페에? 디엘이 어리둥절한 얼굴을 하는 사이, 니나가 입을 열었다.

"카페에서 파는 아이리쉬 스튜(Stobhach Gaelach) 드시러 가시나 보네. 카페에서 파는 건 토마토가 잔뜩 들어가 있어서 해장용으로는 그게 제격이거든."

소문에 의하면 그 메뉴는 닥터 제이 때문에 생겨났다며 재잘대던 니나가 디엘을 보았다.

"넌 어때? 밥은 잘 챙겨 먹고 있어? 빨리 회복하려면 잘 챙겨먹고, 푹 쉬어야 할 텐데."

"너무 잘 쉬어서 탈이 정도로 쉬고 있어. 괜찮아."

회복 속도는 결코 더딘 편이 아니었다. 상처가 덧날까 염려를 할 필요도 없었다.

지금 디엘이 하는 가장 큰 걱정은 오로지 단 하나.

일주일의 공백으로 인해 수업 진도를 따라가는 것이 어려워질까 하는 것이었다.

"참, 저거 고마워. 니나."

디엘은 테이블 옆에 올려 둔 유리병을 가리켜 보였다. 니나가 조금 멋쩍어 하는 얼굴로 헤헤 웃었다.

"진짜 꽃은 안 된대서 대신 준비한 거야. 그래도 제법 예쁘지 않아? 색종이 색만 스무 색도 넘게 썼어."

이제까지 접은 종이꽃 중에 이번 것은 정말 역작이라며 니나가 으스댔다.

그 모습을 물끄러미 보고 있던 디엘이 조심스럽게 입을 열었다.

"……니나."

"응?"

"혹시 실례가 안 된다면 저 꽃을 접는 방법을, 누구한테서 배운 건지 물어도 될까?"

신중하게 꺼낸 말은 니나를 보게 되면 꼭 물어보아야겠다고 결심했던 것이었다.

레아에게 보낸 편지에 니나에 대해 써 두긴 했지만, 아직도 레아에게서는 답장이 오지 않고 있었다.

그러니 지금 상황에서는 니나의 이야기를 먼저 들어 봐야 할 것 같았다.

"종이꽃? 언니한테 배운 거였어."

"언니?"

"응. 내 진짜 가족의 언니. 아마 둘째 언니— 아니, 셋째 언니였을지도 모르겠다. 내 기억이 맞다면 형제자매가 무척 많았거든. 어릴 때라서 기억이 조금 애매하긴 하지만 말이야."

니나가 천진난만한 얼굴로 한 대답에 디엘의 얼굴이 굳어졌다.

레아 역시 니나와 같은 말을 했었다. 형제자매가 무척 많다고.

그렇다면 역시 니나는 레아의 동생인 게 아닐까?

"니나는 노예 상인에게…… 잡혀가서 상단에 팔렸다고 했지? 혹시 노예 상인에게 잡혀가기 전에 살던 집 주소나 가족의 이름은 기억나지 않아?"

"음…… 모르겠어. 집 근처에 산이 많았던 건 기억이 나긴 하는데."

가족들의 얼굴도 이제는 희미하다며 니나가 고개를 갸웃하였다.

일곱 살의 아이가 납치를 당해 외국으로 팔려 나갔으니 그 충격으로 어릴 때의 기억이 모호한 것은 당연한 일일 수도 있었다.

"그런데 그건 갑자기 왜 물어?"

의아하다는 얼굴로 니나가 물은 말에 디엘은 멈칫하였다. 어디서부터 어디까지 털어놓아야 할지 알 수가 없었다.

섣불리 제 추측을 털어놓았다가 혹시라도 두 사람이 친자매가 아닌 것으로 확인되면 니나를 크게 실망시킬 게 분명했다.

그렇다고 아무것도 아니라며 얼버무리기에는 마음이 영 불편했다.

"……혹시 전에 내가 했던 말 기억나? 본국에는 나에게 아주 소중한 사람이 있다고 했던 말."

"응? 응, 기억해."

그걸 어떻게 잊겠냐며 니나가 크게 고개를 끄덕였다.

"디엘의 연인을 말하는 거지?"

"연, 연인!?"

갑자기 나온 엉뚱한 말에 디엘은 당황하여 고개를 저었다.

"아, 아냐! 레아는, 어, 그러니까 그녀는 내 전속 시녀인데. 나한테 누이 같은 그런 존재야!"

"어? 뭐야, 그런 거였어?"

어째서인지 니나가 조금 실망한 얼굴을 하였다.

그녀가 머릿속으로 혼자 눈물 가득한 대서사시를 쓴 적이 있다는 걸 모르는 디엘은 작게 헛기침을 하였다.

"흠, 어쨌든 그 사람은 사실 니나랑 굉장히 많이 닮았어. 아니, 니나가 그 사람을 닮았다고 하는 게 더 정확한 표현일 것 같네."

디엘은 조심스럽게 손을 뻗어 테이블 위에 있는 유리병을 집어 올렸다. 안에 가득 차 있는 종이꽃이 함께 움직였다.

"그리고 그 사람도 내가 아플 때 이런 종이꽃을 나에게 접어 준 적이 있었어."

"……."

디엘은 유리병에 비친 니나의 표정이 굳어 있다는 것을 깨달았다. 고개를 들어 올리니 무어라 말을 하지 못하고, 눈만 깜빡이는 그녀가 보였다.

"그녀도 자신에게는 형제자매가 많다고 했어."

"……."

평소에는 수다스러울 정도로 말이 많은 니나이건만, 아무 반응이 없었다. 물론 그런 니나의 심정이 충분히 이해가 갔다.

"다만 그녀에게서 잃어버린 동생이 있다는 건 들은 적이 없어. 그러니까 니나가 원한다면 확인을……"

"어렸을 때는."

디엘이 조심스럽게 이어 가던 말을 뚝 끊고 들어온 니나의 목소리가 마치 피아노의 음률처럼 잔잔하였다.

"그런 꿈을 꾼 적이 있어. 언젠가 우리 가족이 나를 찾으러 오는 꿈같은 거."

그다지 유복한 환경은 아니어도 형제자매에 둘러싸여서 즐겁게 보내던 일상이 하루아침에 사라졌다.

고단함에 지친 아이가 그런 꿈을 꾸는 것도 무리는 아니었으리라.

디엘의 가슴이 지끈거리는 통증으로 저며 왔다.

"하지만 꿈을 아주 많이 꾸고, 또 그 꿈보다 더 많이 울고 나서야 알게 되었어. 나는 가족을 찾을 수 없을 거란 사실을."

"……니나."

안타까운 마음에 디엘이 조심스레 입을 열자 니나가 오해하지 말라며 웃었다.

"싫다는 건 아니야, 디엘. 다만…… 다시 기대했다가 실망하는 건 힘드니까. 조금 마음의 준비가 필요해."

"물론이야. 무조건 네 뜻을 존중해."

"……고마워."

디엘은 겁을 내는 니나가 어리석다고 혹은 겁쟁이라고 생각하지 않았다. 당연한 일이었다. 그녀 역시 저주를 풀 수 있을지도 모른다고 생각했을 때와 그런 방법이 없을 거라 생각하던 사이에는 몇 번이나 천국과 지옥을 오갔다.

기대할 수 없는 희망은 바닥없는 절망이나 마찬가지였다.

'내가 괜한 말을 했나.'

니나에게 너무 잔인한 말을 꺼낸 것이 아닌가 하는 후회에 디엘이 시선을 내리깔았다. 창밖에서 학생들이 떠드는 소리 같은 것이 희미하게 들려왔다.

그동안, 의무실 안에는 잠시 침묵이 고였다. 아까 전과는 달리 조금 어색한 공기였다.

"아! 그러고 보니 말이야!"

분위기를 바꾸려는 것처럼 니나가 얼른 발랄한 목소리를 냈다.

"이번에 예술학관 카페에서 새로 들어온 메뉴가 있는데……."

디엘은 평소처럼 밝은 얼굴의 니나를 물끄러미 바라보며 잠자코 그녀의 말에 귀를 기울였다.

1시간 후에 의무실로 돌아온 닥터 제이가 내쫓을 때까지 시시콜콜한 잡담은 끝없이 이어졌다.

*　　*　　*

니나가 다녀간 후. 텅 빈 의무실에서 디엘은 가만히 창밖을 내다보고 있었다.

어느덧 어둑어둑해진 창밖에는 가로등이 하나둘 불을 밝히고 있었다.

닥터 제이는 저녁을 먹으러 간 지 오래였고, 에드는 어쩐 일인지 오늘따라 모습이 보이질 않았다.

아무래도 무언가 바쁜 일이 있는 모양이었다.

생각해 보면 에드가 몇 시간이고 행방이 묘연한 것은 제법 잦은 일이었다.

전에는 그저 단순히 그가 농땡이를 피우고 있을 거라 생각했지만, 이제는 상황이 달랐다.

그가 어떤 사람인지를 알게 되었으니까.

'맞잖아. 난 널 좋아해. 아주 많이.'

그가 속삭였던 말을 떠올린 디엘이 이마를 손으로 감쌌다.

한 치의 망설임이나 주저도 없이 속삭였던 목소리가 아직도 제 심장을 단단히 끌어안고 있는 기분이었다.

'난 그래도 상관없어.'

저주를 풀지 못하면 어쩔 거냐는 말에도 그는 망설이지 않았다.

단 한 번도 그런 상대를 만날 거라 생각하지 못했던 디엘에게는 기적 같은 경험이었다.

하지만 열에 달뜬 것 같은 심장에 불안함은 남아 있었다.

'다행이네. 황태제비가 남자라고 반대당할 일은 없겠어.'

황태제비. 황태제의 반려. 즉, 황비.

이시호 제국의 황태제는 여황 다음으로 막강한 권력을 가진 자였다.

로비나 왕국의 일곱째 왕자가 가진 것과는 비할 바가 되질 못했다.

미혼인 여황은 이미 제 남동생을 차기 황위 계승자로 공언해 둔 상태였다.

에드윈 디 듀크는 그런 존재였다.

그렇기에 마음이 복잡하였다. 그녀가 차라리 서민이거나 아예 권력관계에 무지한 사람이었다면 이런 생각을 하지 않았을지도 모른다. 하지만—

"……저주를 풀지 못한다면, 꿈꿀 수 없는 미래일 텐데."

"그게 어떤 미래인데요?"

혼잣말에 대답이 돌아올 거라고 생각하지 못했던 디엘은 화들짝 놀라 고개를 들었다.

문 근처에 홀로 서 있는 카리스 학장이 보였다.

정말 예상치도 못했던 인물의 등장에 디엘은 저도 모르게 침대에서 벌떡 일어설 뻔하였다.

"학장님?"

"안녕하세요, 디엘 군."

좋은 저녁이라고 다정스레 인사를 한 학장이 침대 가까이로 다가왔다.

"식사는 하셨나요? 부상은 좀 어때요?"

"아, 네. 괜찮습니다."

식사는 닥터 제이가 가져다준 환자식으로 가볍게 해결하였고, 부상 역시 순조롭게 회복 중이었다.

디엘이 전한 말에 카리스 학장은 조금 안심이 된다는 것처럼 웃었다.

"다행이네요. 닥터 제이나 에드 군에게도 상태에 대해 전해 듣긴 했지만, 역시 직접 보니까 좋네요."

학장은 손에 들고 있던 무언가를 살그머니 침대 위에 내려놓았다. 얼핏 보니 손바닥만 한 작은 상자였다.

디엘은 그 상자 겉면에 멜로디 제과점의 로고가 그려져 있다는 것을 깨달았다.

"별건 아니지만, 위문품이에요. 여기 빵이 우리 아카데미 학생들한테 인기가 많다고 해서요."

"감사합니다. 나중에 잘 먹겠습니다."

상자를 옆에 있는 협탁 위에 올려 둔 디엘은 몸을 다시 제자리로 돌리다 말고 멈칫하였다.

카리스 학장이 진지한 얼굴로 양손을 앞으로 모은 채 서 있었다.

"학장님?"

무슨 일인가 싶어 그를 부르자 카리스가 조용한 목소리로 입을 열었다.

"미안해요, 디엘 군."

갑작스럽게 사과를 받은 디엘은 당황하였다.

"아니, 왜 학장님께서 사과를……."

"어디서 굴러먹다 온지도 모르는 도굴단 따위에게 출입을 허락하여 소중한 우리 학생을 다치게 만들었으니까요. 이번 일은 이 아카데미의 학장으로서 제 의무가 성실하지 않았다는 것이나 다름없는 일이죠. 무어라 드릴 말씀이 없네요."

"아니요, 학장님. 저는……."

괜찮다고 해야 하나. 아니면 무언가 다른 말이라도 해야 하나. 하지만 어떤 말을 하지? 디엘이 적절한 대답을 찾지 못해 머뭇거리는 사이, 카리스가 말을 이었다.

"진작 찾아왔어야 했는데, 여러 가지로 처리할 일이 있어서 방문이 조금 늦어진 것도 미안해요. 디엘 군. 만일 원하는 게 있다면 내가 할 수 있는 것이라면 어떠한 보상이라도―"

"학장님."

그가 더 말을 하기 전에 디엘이 얼른 입을 열었다.

"한 가지 묻고 싶은 게 있습니다."

고개를 들어 올린 학장이 무슨 생각을 하는지 알 수 없는 얼굴로 고개를 끄덕였다.

"말씀하세요."

"존 스미스 일당― 그 도굴꾼이 어떻게 그 장소에 침입했던 거죠? 전에 분명 에드가 학장님께 그들의 계획을 사전에 알렸다고 했었는데."

디엘이 존 스미스 일당과 마주쳤던 날. 제트의 저택으로 학습을 나갔던 그날은 분명 목요일이 아니었다.

그들이 아카데미에 침입할 계획을 세우던 시기보다도 훨씬 더 이른 때였다.

그 당시에는 워낙 경황이 없어서 깊게 생각을 해 보지 못했지만, 지금 생각하면 굉장히 석연치 않은 일이었다.

카리스 학장은 쓴웃음을 지으며 답하였다.

"그게 말이죠. 초대받지 않은 손님을 맞이할 준비를 하고 있었는데, 그게 어디선가 새어 나갔던 모양이에요."

"즉, 아카데미에 내통자가 있다는 뜻이군요."

상대가 도굴꾼의 일원인지 아니면 정보원에게 정보를 팔아넘기는 자인지는 몰라도 아카데미의 내부 기밀을 누설하는 자가 있는 건 분명했다.

학장이 곤란함을 가득 담은 얼굴로 입을 열었다.

"섣부른 판단은 금물이지만, 일단 입이 가벼운 사람이 어딘가에 있다고 생각하고 있어요."

"그 사람이 고대학과의 실습 일정을 알려 주었을 가능성도 있겠군요."

일반적으로 생각하면 학생들이 조사를 나오는 날이니 그날은 피하리라 생각할 수도 있지만, 반대로 그 복잡함을 이용하여 능숙하게 목적을 이루는 일 역시 가능했다.

게다가 그들을 마주한 장소는 다른 곳이 아닌 비밀 통로에서 이어진 숨겨진 방이었다.

제트의 저택에 대한 정보가 있었으니 더더욱 그곳으로 숨어드는 행동이 용이했으리라.

"도망친 그자는 어떻게 되었습니까?"

에드는 아무 이야기를 해 주지 않았고, 닥터 제이에게는 물을 수 없는 일이니 내심 카리스 학장의 방문이 반가웠다.

이 기회를 틈타서 차라리 이런저런 정보라도 들어야겠다며 디엘이 물었지만, 학장이 들려준 대답은 영 신통치 않은 것이었다.

"전혀 단서를 찾지 못하고 있어요. 아무래도 누군가의 도움을 받아 몸을 숨긴 게 아닐까 싶어요."

역시 아카데미 내부에 도굴단의 일원이 있는 걸까? 학생? 아니면 교직원 중의 누군가인가?

심각한 얼굴로 생각에 잠겨 있던 디엘이 천천히 입을 열었다.

"학장님."

"네, 디엘 군."

"제가 입은 부상이 학장님 때문이라고는 생각하지 않으니 미안해하실 필요는 없습니다."

애초에 유적지를 조사할 때는 파트너와 함께 움직이는 것이 규칙이었다.

제 뜻과는 상관없는 불상사 때문에 에드와 떨어진 것이긴 해도 혼자서 멋대로 길을 찾아 움직였던 것은 분명 디엘의 판단 착오였다.

차라리 그 자리에서 조용히 에드가 저를 찾으러 올 때까지 기다리는 것이 최고의 선택이었을 터였다.

그럼 적어도 존 스미스 일당과 그렇게 마주 칠 일은 없었을지도 모른다.

"다만, 향후 다른 학생들의 안전을 위해 조금 더 경비에 주의를 기울여 주셨으면 합니다. 부탁을 들어주실 수 있겠습니까?"

디엘의 말을 들은 카리스 학장은 매우 심각한 얼굴로 고개를 끄덕였다.

"물론이죠, 디엘 군. 앞으로는 이런 식으로 누군가의 출입을 허락하는 일이 절대 없을 거라고 약속할게요."

침대 맡에 서 있던 학장이 한 걸음 더 가까이 디엘에게 다가왔다. 그가 뻗은 하얀 손이 디엘의 어깨 위를 토닥였다.

얇은 환자복 너머로 느껴지는 손은 마치 한겨울의 호수처럼 차가웠다.

디엘은 궂은일이라고는 한 번도 해 본 적이 없는 것 같은 그 손을 지그시 내려다보았다.

"우리 아카데미의 학생들은 나에게 모두 소중한 아이들이에요. 그러니까 아이들에게 이런 짓을 한 못된 어른에게는 반드시 그에 상응하는 대가를 치르게 해 줄게요."

조용조용한 목소리에는 무어라 형용할 수 없는 힘이 서려 있었다.

마치 에드가 웃는 얼굴로 누군가를 죽이고 오겠다고 선언하던 때와 비슷한 느낌이었다.

어쩌면 스타투스 경비대도 잡지 못하고 있는 도굴단이 조만간 학장의 손에 이끌려 세상에 모습을 드러내는 게 아닐까.

겉으로 보기에는 저보다 가녀리고 유약해 보이는 사람이건만, 카리스에게는 묘하게 그를 거스를 수 없게 만드는 분위기가 있었다.

"그러니까 디엘 군은 이제 안심하고 재활에 전념하세요. 6주 후에는 학기 시험이 있으니까요. 모처럼 고대학과에 기대되는 신입생이 들어왔다고 샤칼 교수가 얼마나 즐거워하는지 몰라요. 아, 물론 저도 기대가 크답니다."

평소의 페이스를 되찾은 카리스 학장이 신이 나서 쓸데없는 말을 늘어놓기 시작하였다.

"학기 시험 뒤에는 학생들을 격려하기 위한 의미로 파티가 열리는 것도 알고 있죠? 파티에서는 맛있는 음식도 많고요, 음주도 허락 된답니다. 그리고 연주회라거나 다른 볼거리도 제법 있어서―"

"학장님."

한참 조용히 카리스의 말을 듣고 있던 디엘이 그의 말을 끊었다. 학장은 당황하는 기색도 없이 하던 말을 멈추고, 디엘을 바라보았 다.

곧게 저에게 향하는 것은 무엇을 감추고 있는지 알 수 없는 깊은 바다 같은 푸른 눈이었다. 사람을 불안하게 만드는 그런 눈.

문득, 이 사람에게 무언가를 감춘다는 건 의미 없는 일일 거라는 생각이 들었다.

눈앞에 있는 상대는 에드와는 다른 의미로 무서운 사람이었다.

에드가 두려움으로 상대를 지배하고, 굴복시킨다면 학장은― 미 지의 존재였다. 그래서 무서웠다. 알 수 없는 사람이니까.

지금 이 순간. 어쩌면 처음부터 이 사람은 내가 가진 비밀을 알았 던 건 아닐까 하는 생각마저 들었다. 그럴 리는 없겠지만.

"……에드에게 들으셨습니까?"

다시 손을 앞으로 공손히 모으고 선 카리스 학장은 무엇을 묻는 거냐고 되묻지 않았다.

대신 속내를 알 수 없는 미소를 여상하게 지을 뿐이었다.

디엘은 시트 자락을 꾹 움켜쥐고, 숨을 내뱉듯 말을 이어 나갔다.

"제가…… 여기 계속 있어도 괜찮은 겁니까?"

모르아 아카데미는 그렇게 지켜야 할 규칙이 많은 학문 기관은 아니었다.

하지만 그 대신 그 몇 안 되는 규율에는 굉장히 엄격한 곳이었다.

그중에 하나는 위조 서류 증빙 금지. 만일 서류를 조작하여 입학한 학생은 발각 시, 영구 퇴학 처분을 받아야 했다.

디엘이 가져온 입학 서류는 완벽한 것이었으나 단 하나, 흠이 있었다.

바로 성별을 기재한 항목이었다.

'절대로 남자 기숙사에 여학생을 들이지 마세요.'

기숙사에 입소하기 전에 유마 교수가 단단히 일렀던 말이었다.

디엘이 다른 여학생을 기숙사로 데려온 적은 없었으나 그녀 자신이 실은 여자였다.

서류를 위조한 동시에 기숙사에 여자를 들여서는 안 된다는 규칙을 어긴 셈이었다.

"디엘 군은 모르아를 나가고 싶나요?"

한동안 침묵하던 카리스가 되레 물어 왔다. 그 말에 디엘은 단번에 고개를 저었다.

"아니요."

모르아에는 디엘이 원해 마지않는 모든 것이 있었다.

디엘 왕자가 아니라 디엘을 좋아해 주는 다정한 이들, 그리고 저의 갈증을 채워 주는 수준 높은 학문까지.

그녀는 모르아가 좋았다. 이제 이곳은 더 이상 도망을 위해 잠시 머무르는 곳이 아니었다.

미숙한 자신이 성숙해질 때까지, 반드시 남아 있고 싶은 장소였다.

"저는 이곳에 있고 싶습니다. 저에게는 이제 모르아가 집이나 다름없습니다."

디엘의 대답을 들은 카리스가 기쁜 얼굴로 답했다.

"그래요. 그럼 계속 이곳에 있으면 되겠네요. 당신이 운명을 바꿀 때까지."

"……."

운명? 예상하지 못한 말을 들은 디엘이 눈을 커다랗게 떴다.

처음 이곳을 찾아왔을 때 카리스 학장과 분명 그런 대화를 나눈 적이 있었다.

'운명을 믿으시나요?'

'운명을 믿는다기보다는…… 운명을 바꿀 수 있음을— 믿고 싶습니다.'

카리스는 그 대답이 좋은 대답이라고 칭찬해 주었다. 그때는 막연히 인사치레로 하는 말이겠거니 생각했던 디엘이었지만, 지금은 그렇게 생각하지 않았다.

조금 전 했던 '어쩌면—'이라는 생각은 '역시 그럴지도 모른다'는 확신으로 차츰 바뀌어 갔다.

카리스 학장은 디엘 샤 자르타가 원래 여자라는 걸 알고 있었을 것이다.

그럼에도 불구하고 그는 이곳에 디엘을 들여보내 주었다.

"디엘 군이 '거짓말'을 한 건 아니잖아요."

반은 남자이니 그 서류가 거짓은 아니라는 뜻이었다. 그 의미를 알아차린 디엘은 선뜻 입을 열지 못하였다.

마음이 복잡한데, 이것을 무어라 표현해야 좋을지 알 수가 없었다.

그녀가 한참 머뭇거리는 사이, 카리스 학장이 먼저 말을 꺼냈다.

"길을 잘못 드는 건 흔한 일이에요. 젊었을 때뿐만이 아니라 나이를 먹은 사람에게도 그런 일은 종종 벌어지거든요. 자의건 타의건 살면서 길을 한 번도 벗어나지 않는 사람은 드물답니다."

삶이라는 건 언제나 계획한 대로 흘러가지는 않는 법이라며 카리스가 웃었다.

"조금 헤매는 삶도 나쁘지 않아요, 디엘 군. 길만 잃지 않는다면요."

그 말에 디엘은 잠시 생각에 잠겼다. 나는 아직 길을 잃지 않은 걸까? 지금 겪는 이 모든 일이 남들이 흔히 겪는 성장통과 같은 걸까?

만일 그런 거라면 이 모든 일을 웃으며 받아들일 수 있을 것 같았다.

가장 좋은 것은 처음부터 바른 길만을 택해 가는 것이다.

하지만 카리스 학장의 말대로 그것은 쉬운 일이 아니었다.

어쩌면 우리 모두의 삶에는 결국 그렇게 되고 말 일이 몇 가지 준비되어 있는 것일지도 모른다.

디엘에게는 그 어쩔 수 없는 일이 어린 날 스스로 행해야만 했던 저주였을 뿐이다.

디엘은 천천히 고개를 들어 올려 카리스 학장을 보았다.

아까는 무섭다는 생각이 들던 바닷빛 눈동자가 이상하게도 지금은 전혀 무섭지 않았다.

오히려 편안하다는 생각마저 들었다. 덕분에 그녀는 조금 편한 마음으로 물을 수 있었다.

"그럼 학장님도 헤매 보신 적이 있나요?"

질문을 받은 학장이 아이처럼 웃었다.

"나는 아직도 헤매고 있답니다."

"학장님이요?"

이번에는 아무 대답이 없었다. 그러나 입가에 걸린 웃음은 조금 전보다 더욱 짙어졌다. 그게 대답이었다.

'그렇구나, 이분도 아직 헤매고 있는 거구나.'

카리스 학장은 저보다도 훨씬 더 많은 것을 보고 겪어 온 사람이었다.

하지만 그런 그조차도 끝없이 길을 헤매고 있는 것이 바로 삶이었다.

아직 그보다 학문도, 경험도 부족한 디엘이 이렇게 많이 고민하고, 망설이는 건 당연한 일일지도 몰랐다.

디엘은 문득 제 어머니, 바바라를 떠올렸다. 어쩌면 그녀도 길을 헤매고 있는 중일지도 몰랐다.

자신이 잘못된 길에 들었다는 것을 모를 정도로 아주 먼 오래전에.

'가여운 사람.'

바바라에게 느낀 그 마음은 허세도, 과장도 아니었다.

반드시 아들을 낳아야만 한다는, 그리고 그 아들을 왕위에 올리겠다는 일념으로 살아가고 있는 여자.

거기에는 바바라 본인의 삶이 없었다.

디엘은 가만히 고개를 들어 천장을 올려다보았다.

새하얀 천장은 로비나에서 보던 왕자궁의 것보다는 낮고, 기숙사 제 방에서 보던 것보다는 높았다.

어릴 때는 절대 닿지 않을 것처럼 멀기만 했는데.

"천장 같은 거군요."

불쑥 디엘이 꺼낸 말에 카리스 학장이 고개를 갸웃하였다.

"천장이요?"

"천장은 때로는 높게 느껴질 때가 있고, 때로는 낮게 느껴질 때도 있죠."

디엘은 무릎 위에 올려 두었던 손을 천천히 위로 뻗었다.

물론 천장까지는 손이 닿지 않았다. 그러나 분명 어릴 때보다는 훨씬 더 천장에 가까웠다.

"어릴 때는…… 천장이 있으니까 내가 할 수 있는 일은 딱 여기까지만일 것이라고 생각했던 적이 있습니다."

침대에 누워 올려 보던 천장은 침대 밖으로 빠져나와도 저를 따라다니는 것만 같았다.

마치 유리로 만들어진 천장 같은 것이 위에 늘 버티고 있는 것만 같았다.

"하지만 이제 그 천장을 넘어설 수 있을 것 같습니다."

혼자만의 힘으로는 천장에 닿지 못할 수도 있었다.

그럴 때는 믿을 수 있는 사람들의 도움으로 한층 더 위로 올라서야 하리라.

기꺼이 저를 목마 태워 줄 얼굴이 떠올랐다. 옆에서 든든하게 몸을 잡아 줄 얼굴도 몇 있었다.

예전의 디엘이라면 상상조차 할 수 없는 일이었다.

입가에 희미한 미소를 지은 채, 디엘이 카리스 학장을 향해 입을 열었다.

"학장님. 저는 원래 여자아이로 태어났습니다. 하지만 낮에는 남자로, 그리고 밤에는 여자로 변하는 저주에 걸려서 왕자의 신분으로 살아왔습니다."

에드에게 제 과거를 털어놓던 순간과는 다른 감정이 그녀의 마음에 차곡차곡 쌓였다.

깊은 푸른 눈을 곧게 마주하며 디엘이 또박또박 말을 이었다.

"저주를 풀고 싶습니다. 모르아에서 그 단서를 반드시 찾고 싶어요."

빙그레 미소 지은 학장은 오래 침묵하지 않았다.

"디엘 군."

"네."

"한 번 바뀐 형질을 원래대로 되돌리는 건 불가능해요. 하지만—"

"형질을 다시 한차례 바꾸는 건 가능하죠."

이미 한 번 샤칼 교수를 통해 나누었던 대화였다.

디엘의 대답을 들은 카리스가 고개를 끄덕였다.

"단서는 이미 손에 쥐고 있을 거예요. 그것이 무엇인지 잘 생각해 보세요."

말을 마친 카리스가 한 걸음 뒤로 물러섰다.

"이제 슬슬 가 봐야 할 것 같네요. 요새 할 일이 너무 많아서요. 경비 대장 같은 양반들이 자꾸 찾아와서 귀찮게 구는 것도 일이고, 고대학 협회 쪽 사람들도 조만간 나온다고 하고."

미안하다며 눈썹을 팔자로 늘어트린 얼굴에는 우울함이 가득하였다.

아마도 카리스 학장의 바쁜 일정에는 도굴단과 관련된 사후 처리도 포함되어 있는 모양이었다.

"아, 참! 그러고 보니 협회에서 조사관이 나오는 거 말이에요. 원래라면 유물 발견자랑 조사관이 면담을 나누는데, 디엘 군이 부상을 입은 데다가 하필 시험 기간에 조사관 방문 일자가 잡혀서 면담은 없던 일로 하기로 했어요. 대신 유물 진품 조사와 등록 자체는 문제없이 진행될 거예요. 괜찮나요?"

"네, 괜찮습니다."

디엘이 고개를 끄덕이자 카리스 학장이 안심한 얼굴로 빙긋 웃었다.

"그래요. 그럼 도움이 필요하다면 에드 군을 통해서 말을 전해 주세요."

"네, 알겠습니다. 감사합니다, 학장님."

"별말씀을요."

기분 좋게 웃으며 학장이 친근하게 손을 흔들어 보였다.

"디엘 군이 원하는 걸 빨리 찾길 바랄게요."

인사를 마친 카리스 학장이 의무실을 빠져나가자 익숙한 정적이 주변을 채웠다.

창 쪽으로 고개를 돌려보니 어느새 가느다란 초승달이 하늘에 걸려 있는 것이 보였다.

파도의 거품처럼 부서지는 달빛을 마주하며 디엘은 제 목에 걸린 펜던트 줄을 만지작거렸다.

밤이 깊을 때까지 줄곧.


〈다음 권에 계속〉